Die Abenteuer Tom Sawyers

Mark Twain

Happy Hour Books

Veröffentlicht von:

HAPPY HOUR BOOKS

www.happyhoursbooks.com

E-Mail: happyhourbooks1@gmail.com

Erste Veröffentlichung durch Happy Hour Books 2025

Titel: **Die Abenteuer Tom Sawyers**

Taschenbuch ISBN: 9789358482867

Gebundene Ausgabe ISBN: 9789358485059

Ebook ISBN: 9789358481785

Inhaltsverzeichnis

Erstes Kapitel

Tom!“

Keine Antwort.

„Tom!“

Alles still.

„Soll mich doch wundern, wo der Bengel wieder steckt! Tom!“

Die alte Dame schob ihre Brille hinunter und schaute darüber hinweg; dann schob sie sie auf die Stirn und schaute darunter weg. Selten oder nie schaute sie nach einem so kleinen Ding, wie ein Knabe ist, *durch* die Gläser dieser ihrer Staatsbrille, die der Stolz ihres Herzens war und mehr stilvoll als brauchbar; sie würde durch ein paar Herdringe ebensoviel gesehen haben. Unruhig hielt sie einen Augenblick Umschau und sagte, nicht gerade erzürnt, aber doch immer laut genug, um im ganzen Zimmer gehört zu werden: „Ich werde strenges Gericht halten müssen, wenn ich dich erwische, ich werde —“

Hier brach sie ab, denn sie hatte sich inzwischen niedergebeugt und stocherte mit dem Besen unter dem Bett herum, und dann mußte sie wieder Atem holen, um ihrem Ärger Ausdruck zu verleihen. Sie hatte nichts als die Katze aufgestöbert.

„So ein Junge ist mir noch gar nicht vorgekommen!“

Sie ging zur offenen Tür, blieb stehen und spähte zwischen den Weinranken und dem blühenden Unkraut, welche zusammen den „Garten“ ausmachten, hindurch. Kein Tom. So erhob sie denn ihre Stimme und rief in alle Ecken hinein: „Tom, Tom!“ Hinter ihr wurde ein schwaches Geräusch hörbar und sie wandte sich noch eben rechtzeitig um, um einen kleinen Burschen zu erwischen und an der

Flucht zu hindern. „Also, da steckst du? An die Speisekammer habe ich freilich nicht gedacht! Was hast du denn da wieder gemacht, he?"

„Nichts."

„Nichts! Schau deine Hände an und deinen Mund. Was ist das?"

„Bei Gott, ich weiß es nicht, Tante!"

„Aber *ich* weiß es, 's ist Marmelade. Wie oft habe ich dir gesagt, wenn du über die Marmelade gingest, würde ich dich bläuen. Gib mir den Stock her!"

Der Stock zitterte in ihren Händen. Die Gefahr war dringend.

„Holla, Tante, sieh dich mal schnell um!"

Die alte Dame fuhr herum und brachte ihre Röcke in Sicherheit, während der Bursche, den Augenblick wahrnehmend, auf den hohen Bretterzaun kletterte und jenseits verschwand. Tante Polly stand sprachlos, dann begann sie gutmütig zu lächeln. „Der Kuckuck hole den Jungen! Werde ich denn das niemals lernen? Hat er mir denn nicht schon Streiche genug gespielt, daß ich immer wieder auf den Leim krieche? Aber alte Torheit ist die größte Torheit, und ein alter Hund lernt keine neuen Kunststücke mehr. Aber, du lieber Gott, er macht jeden Tag neue, und wie kann jemand bei ihm wissen, was kommt! Es scheint, er weiß ganz genau, wie lange er mich quälen kann, bis ich dahinter komme, und ist gar zu gerissen, wenn es gilt, etwas ausfindig zu machen, um mich für einen Augenblick zu verblüffen oder mich wider Willen lachen zu machen, es ist immer dieselbe Geschichte, und ich bringe es nicht fertig, ihn zu prügeln. Ich tue meine Pflicht nicht an dem Knaben, wie ich sollte, Gott weiß es. ‚Spare die Rute, und du verdirbst dein Kind', heißt es. Ich begehe vielleicht unrecht und kann es vor mir und ihm nicht verantworten, fürcht' ich. Er steckt voller Narrenspossen und allerhand Unsinn — aber einerlei! Er ist meiner toten Schwester Kind, ein armes Kind, und ich habe nicht das Herz, ihn irgendwie am Gängelband zu führen. Wenn ich ihn sich selbst überlasse, drückt mich mein Gewissen, und so oft ich ihn schlagen muß, möchte mit das alte Herz brechen. Nun, mag's drum sein, der weibgeborene Mensch bleibt halt sein ganzes Leben durch in Zweifel und Irrtum, wie die heilige Schrift sagt, und ich denke, es ist so. Er wird wieder den ganzen Abend Blindekuh spielen, und ich sollte ihn von Rechts wegen, um ihn zu strafen, morgen arbeiten lassen. Es ist wohl hart für ihn, am Samstag stillzusitzen, wenn alle anderen Knaben Feiertag haben, aber er haßt Arbeit mehr als irgend sonst was, und ich will meine Pflicht an ihm tun, oder ich würde das Kind zu Grunde richten."

Tom spielte Blindekuh und fühlte sich sehr wohl dabei. Zur rechten Zeit kehrte er ganz frech nach Hause zurück, um Jim, dem kleinen, farbigen Bengel, zu helfen, noch vor Tisch das Holz für den nächsten Tag zu sägen und zu spalten — und schließlich hatte er Jim die Abenteuer des Tages erzählt, während Jim drei Viertel der Arbeit getan hatte. Toms jüngerer Bruder (oder vielmehr Halbbruder) Sid war bereits fertig mit seinem Anteil an der Arbeit, dem Zusammenlesen des Holzes, denn er war ein phlegmatischer Junge und hatte keinerlei Abenteuer und kühne Unternehmungen. Während Tom nun seine Suppe aß und nach Möglichkeit Zuckerstückchen stahl, stellte Tante Polly allerhand Fragen an ihn, arglistige und verfängliche Fragen, denn sie brannte darauf, ihn in eine Falle zu locken. Wie so viele gutherzige Geschöpfe, bildete sie sich auf ihr Talent in der höheren Diplomatie nicht wenig ein und betrachtete ihre sehr durchsichtigen Anschläge als wahre Wunder inquisitorischer Verschlagenheit.

„Tom," sagte sie, „es war wohl ziemlich heiß in der Schule?"

„M — ja"

„*Sehr* heiß, he?"

„M — ja."

„Hattest du nicht Lust, zum Schwimmen zu gehen?"

Tom stutzte — ein ungemütlicher Verdacht stieg in ihm auf. Er schaute forschend in Tante Pollys Gesicht, aber es war nichts darin zu lesen. So sagte er: „Nein — das heißt — nicht so sehr."

Die alte Dame streckte ihre Hand nach ihm aus, befühlte seinen Kragen und sagte: „Jetzt, scheint mir, kann dir jedenfalls nicht mehr zu warm sein, nicht?" Auf diese Art, dachte sie, habe sie sich von der vollkommenen Trockenheit seines Kragens überzeugt, ohne ihre wahre Absicht von fern merken zu lassen. Aber Tom hatte trotzdem begriffen, woher der Wind wehte. So beeilte er sich wohlweislich, allen etwaigen Fragen zuvorzukommen.

„Einige von uns haben sich den Kopf unter die Pumpe gehalten — meiner ist noch feucht — fühl nur.“ Tante Polly ärgerte sich, eine so wichtige Indizie übersehen zu haben; so hatte sie von vornherein ihre Waffen aus der Hand gegeben. Dann kam ihr aber ein neuer Gedanke.

„Tom, du hast doch wohl nicht den Kragen, den ich dir an die Jacke genäht hatte, beim Unter-die-Pumpe-halten des Kopfes abgenommen? Mach doch mal die Jacke auf!“

Toms Mienen hellten sich auf. Er öffnete seine Jacke. Sein Kragen saß ganz fest.

„Wirklich. Na ‘s ist gut, du kannst gehen. Ich hätte darauf geschworen, daß du im Wasser gewesen seiest. Nun, dir geht es diesmal wie der gebrannten Katze, ich habe dich zu Unrecht in Verdacht gehabt — *diesmal*, Tom.“

Sie war halb verdrießlich, so aus dem Felde geschlagen zu sein, und doch freute sie sich, daß Tom doch wirklich mal gehorsam gewesen war. Plötzlich sagte Sidney: „Ich hab‘ aber doch gesehen, daß du seinen Kragen mit weißem Zwirn genäht hast — und jetzt ist er auf einmal schwarz!“

„Freilich hab‘ ich weißen genommen — Tom!“

Aber Tom hatte sich schon aus dem Staube gemacht. „Na, warte, Sidney, das sollst du mir büßen,“ damit war er aus der Tür.

An einem sicheren Plätzchen beschaute Tom dann zwei lange Nadeln, welche unter dem Kragen seines Rockes steckten, die eine mit schwarzem, die andere mit weißem Zwirn.

„Sie allein hätte es nie gemerkt,“ dachte er, „ohne diesen Sid. Einmal schwarzen, das andere Mal weißen — zum Teufel, ich wollte, sie entschiede sich für einen, damit ich wüßte, woran ich wäre. Und Sid — na, seine Prügel sind ihm sicher; wenn ich‘s nicht tue, soll man mir die Ohren abschneiden.“

Tom war kein Musterknabe, aber er kannte einen und haßte ihn von Herzen.

Ein Augenblick — und Tom hatte alle seine Kümmernisse vergessen. Nicht, daß sie auf einmal geringer geworden wären oder weniger auf dem Herzen des kleinen Mannes gelastet hätten, — aber Tom hatte eine neue, wundervolle Beschäftigung, und die richtete ihn auf und half ihm über alles hinweg — für den Augenblick; wie eben ein Mann alles Mißgeschick beim Gedanken an neue Taten verschmerzt. Diese neue Beschäftigung war eine ganz neue Art, zu pfeifen, die ihm irgend ein Negerbengel vor kurzem beigebracht hatte, und die jetzt ungestört geübt werden mußte. Die wichtige Erfindung beruhte auf einem vogelartigen, schmetternden Triller, mit gleichzeitigem, durch Zungenschlag hervorgebrachten Geschwindmarsch von Tönen. Der Leser weiß, wie man diese delikate Musik ausübt — oder er ist niemals jung gewesen. Tom hatte mit Fleiß und Aufmerksamkeit bald den Trick heraus und schlenderte, den Mund voll Harmonie und Stolz im Herzen, die Dorfstraße hinunter. Er fühlte sich wie ein Sterngucker, der ein neues Gestirn entdeckt hat. Nur daß keines Sternguckers Freude und Genugtuung so tief und ungetrübt hatte sein können wie die Toms.

Der Sommerabend war lang und noch hell. Plötzlich hörte Tom auf zu pfeifen. Ein Fremder stand vor ihm, ein Bursche, kaum größer als er selbst. Eine neue Bekanntschaft, einerlei, welchen Alters und Geschlechts, war in dem armseligen, kleinen St. Petersburg schon ein Ereignis. Dieser Bursche war gut gekleidet — zu gut für einen Werktag. Sonderbar. Seine Mütze war zierlich, seine enganliegende blaue Jacke neu und sauber, ebenso seine Hose. Er hatte Schuhe an, und es war erst Freitag! Er hatte sogar ein Halstuch um, ein wahres Monstrum von einem Tuch. Überhaupt hatte er etwas an sich, was den Naturmenschen in Tom herausforderte. Je mehr Tom das neue Weltwunder anstarrte, um so mehr rümpfte er die Nase über solche Geziertheit, und sein eigenes Äußere erschien ihm immer schäbiger. Beide schwiegen. Wollte einer ausweichen, so wollte auch der andere ausweichen, natürlich nach derselben Seite. So schauten sie lange einander herausfordernd in die Augen. Endlich sagte Tom: „Soll ich dich prügeln?“

„Das möchte ich doch erst einmal sehen!“

„Das wirst du *allerdings* sehen!“

„Du kannst es ja gar nicht!“

„*Wohl* kann ich‘s!“

„Pah!“

„*Wohl* kann ich‘s!“

„Nicht wahr!“

„*Doch* wahr!“

Eine ungemütliche Pause. Darauf wieder Tom: „Wie heißt du denn?“

„Das geht dich nichts an, Straßenjunge!“

„Ich will dir schon zeigen, daß mich‘s was angeht!“

„Na, warum *tust* du‘s denn nicht?“

„Wenn du noch viel sagst, *tu* ich‘s!“

„Viel — viel — viel, — so, nun tu‘s!“

„Ach, du hältst dich wohl für mehr als mich? Wenn ich nur wollte, könnte ich dich mit einer Hand unterkriegen!“

„Na, warum *tust* du‘s denn nicht? Du *sagst* nur immer, daß du‘s kannst!“

„Wenn du frech wirst, tu ich‘s!“

„Pah — das kann jeder sagen!“

„Du bist wohl was Rechts, du Windhund!“

„Was du für einen dummen Hut aufhast!“

„Wenn er dir nicht gefällt, kannst du ihn ja herunterschlagen! Schlag ihn doch runter, wenn du ein paar Ohrfeigen haben willst!“

„Lügner!“

„Selbst Lügner!“

„Prahlhans, du bist ja zu feig!“

„Ach, mach, daß du weiter kommst!“

„Du, wenn du noch lange Blödsinn schwatzt, schmeiß ich dir ‘nen Stein an den Kopf!“

„Na, so wag‘s doch!“

„Ich tu‘s auch!“

„Warum tust du‘s denn nicht? Du *sagst* es ja immer nur. Tu‘s doch mal! Du bist ja zu bange!“

„Ich bin nicht bange!“

„*Natürlich* bist du bange!“

„Nicht wahr!“

„Doch wahr!“

Wieder eine Pause. Beide starren sich an, gehen umeinander herum und beschnüffeln sich wie junge Hunde. Plötzlich liegen sie in schönster Kampfstellung Schulter an Schulter. Tom schrie: „Scher dich fort!“

„Fällt mir gar nicht ein!“

„Fällt mir auch nicht ein!“

So standen sie, jeder einen Fuß als Stütze zurückgestellt, aus aller Kraft aneinander herumschiebend und sich wütend anstarrend. Aber keiner konnte dem Gegner einen Vorteil abgewinnen. Von diesem stillen Kampf heiß und atemlos, hielten beide gleichzeitig inne, und Tom sagte: „Du bist *doch* ein Feigling und ein Aff obendrein! Ich werd‘s meinem großen Bruder sagen, der kann dich mit dem kleinen Finger verhauen, und ich werd‘s ihm sagen, daß er‘s tut!“

„Was schert mich dein Bruder! Ich hab‘ einen Bruder, der noch viel stärker ist als deiner. Der wirft deinen Bruder über den Zaun da!“

Beide Brüder waren natürlich durchaus imaginär.

„Das lügst du!“

„Das weißt *du*!“

Tom zog mit dem Fuß einen Strich durch den Sand und sagte: „Komm herüber und ich hau dich, daß du liegen bleibst!“

Sofort sprang der andere hinüber und sagte herausfordernd: „So, nun tu‘s!“

„Mach mich nicht wütend, rat ich dir!“

„Beim Deuker, für zwei Penny würd‘ ich‘s wirklich tun!“

Im nächsten Augenblick hatte der feine Junge ein Zweipennystück aus der Tasche geholt und hielt es Tom herausfordernd vor die Nase. Tom schlug es ihm aus der Hand. Im nächsten Augenblick rollten beide

Jungen im Schmutz, ineinander verbissen wie zwei Katzen, und während ein paar Minuten rissen und zerrten sie sich an den Haaren und Kleidern, schlugen und zerkratzten sich die Nasen und bedeckten sich mit Staub und Ruhm. Plötzlich klärte sich die Situation, und aus dem Kampfgewühl tauchte Tom empor, auf dem andern reitend und ihn mit den Fäusten traktierend.

„Sag: Genug!"

Der Bengel setzte seine krampfhaften Bemühungen, sich zu befreien, fort, vor Wut schreiend.

„Sag: Genug!" Und Tom prügelte lustig weiter.

Schließlich stieß der andere ein halb ersticktes „Genug" hervor. Tom ließ ihn aufstehen und sagte: „So, nun weißt du's! Das nächste Mal sieh dich besser vor, mit wem du anbindest!"

Der Fremde trollte sich, sich den Staub von den Kleidern schlagend, schluchzend, sich die Nase reibend, von Zeit zu Zeit sich umsehend, um Tom zu drohen, daß *er ihn* das nächste Mal verhauen werde, worauf Tom höhnisch lachte und seelenvergnügt nach Hause schlenderte. Und sobald er den Rücken gewandt hatte, hob der andere einen Stein auf, zielte, traf Tom zwischen die Schultern und rannte davon mit der Geschwindigkeit einer Antilope. Tom verfolgte den Verräter bis zu dessen Wohnung und fand so heraus, wo er wohne. Als tapferer Held blieb er dann herausfordernd eine Zeitlang an einem Zaun stehen, um zu warten, ob der Feind es wagen werde, wieder herauszukommen; aber der Feind begnügte sich, ihm durch die Fenster Gesichter zu schneiden und hütete sich, den neutralen Boden zu verlassen. Schließlich erschien des Feindes Mutter und nannte Tom ein schlechtes, lasterhaftes, gemeines Kind und jagte ihn davon. So ging Tom also fort, aber er sagte, „er hoffe, den Feind doch noch einmal zu erwischen."

Er kam ein bißchen spät nach Haus, und indem er behutsam in das Fenster kletterte, entdeckte er einen Hinterhalt in Gestalt seiner Tante; und als *sie* den Zustand seiner Kleider sah, war ihr Entschluß unumstößlich gefaßt, ihn am Samstag in strenge Haft zu nehmen und ordentlich schwitzen zu lassen.

Zweites Kapitel

Samstag morgen war gekommen, und es war ein heller, frischer Sommermorgen und sprühend von Leben. Jedes Herz war voll Gesang, und wessen Herz jung war, der hatte ein Lied auf den Lippen. Freude glänzte auf allen Gesichtern, und die Lust, zu springen, zuckte in aller Füßen. Die Akazien blühten, und ihr süßer Duft erfüllte die Luft.

Cardiff Hill, in der Nähe des Hauses und dasselbe überragend, war von Grün bedeckt und war gerade entfernt genug, um wie das gelobte Land, träumerisch, ruhevoll und unberührt zu erscheinen.

Tom erschien auf der Bildfläche mit einem Eimer voll Farbe und einem großen Pinsel. Er überblickte die Umzäunung — und aller Glanz schwand aus der Natur, und tiefe Schwermut bemächtigte sich seines Geistes. Dreißig Yards lang und neun Fuß hoch war der unglückliche Zaun! Das Leben erschien ihm traurig. Er empfand sein kleines Dasein als Last. Seufzend tauchte er den Pinsel in den Topf und strich einmal über die oberste Planke, wiederholte die Operation, und nochmals, und verglich das kleine gestrichene Stückchen mit der unendlichen noch zu erledigenden Strecke — und hockte sich entmutigt auf einen Baumstumpf. Jim kam mit einem Zinneimer aus der Tür, „Buffalo Gals“ singend. Wasser von der Pumpe zu holen, war Tom bisher immer als eine der unwürdigsten Verrichtungen erschienen, jetzt schien es ihm anders. Er sagte sich, daß er dort Gesellschaft finden werde; Weiße, Mulatten und Neger, Knaben und Mädchen traf man immer dort, die, bis an sie die Reihe, zu pumpen kam, herumlungerten, irgend ein Spiel trieben, sich zankten, prügelten und Wetten anstellten. Und dann überlegte er, daß die Pumpe zwar nur einhundertundfünfzig Yards entfernt sei, Jim trotzdem aber nie unter einer Stunde brauchte, um einen Eimer Wasser zu holen, und dann auch noch gewöhnlich geholt werden mußte. Er sagte also: „Du, Jim, ich will Wasser holen, wenn du inzwischen anstreichen willst.“

Jim schüttelte den Kopf und antwortete: „Es geht nicht, Master Tom. Alte Dame sagen mir zu gehen und holen Wasser und nix aufhalten mit irgendwem. Sie sagen, sie wissen, daß Master Tom werden versuchen zu gewinnen mich zu streichen, und so sie sagen, Jim zu gehen nach sein eigenes Geschäft und nix zu streichen."

„Ach was, Jim, laß sie nur reden! So macht sie's immer. Gib mir nur den Eimer — du sollst sehen, ich bin gleich wieder da! Sie braucht's ja nicht zu wissen."

„Nein, Master Tom, ich nix tun! Alte Dame wollen ihm Kopf abreißen, wenn er tut so. Sicher, Master Tom!"

„Sie? Sie kann ja gar nicht schlagen — sie fährt einem mit dem Fingerhut über den Kopf, und wer macht sich *daraus* was? Ihre Worte sind gefährlich, hm, — ja, aber *sagen*, ist doch nicht *tun*, wenn sie nur nicht so viel dabei weinen wollte. — Du, Jim, ich geb dir auch 'ne Murmel! Oder 'ne Glaskugel!"

Jim begann zu schwanken.

„Eine weiße Glaskugel, Jim — und horch mal, was für 'nen schönen Klang hat sie!"

„Ach, sein das schöne, wunderschöne Glaskugel! Aber Master Tom, ich haben so furchtbar Angst vor alte Dame!"

Aber Jim war auch nur ein Mensch — diese Verführungskünste waren zu stark für ihn. Er setzte seinen Eimer hin und griff nach der Kugel. Im nächsten Augenblick sauste er die Straße hinunter mit seinem Eimer und einem Schreckensschrei, — Tom arbeitete mit Vehemenz, und Tante Polly, einen Pantoffel in der Hand und Triumph im Auge, kehrte vom Felde zurück.

Aber Toms Energie hielt nicht lange an. Er begann, an all die Streiche zu denken, die er für heute geplant hatte, und sein Kummer wurde immer größer. Bald würden seine Spielgefährten, frei und sorglos, vorbeikommen, um auf alle möglichen Expeditionen auszugehen und die würden ihre Witze reißen über ihn, der dastand und arbeiten mußte — der bloße Gedanke daran brannte wie Feuer. Er kramte seine weltlichen Schätze aus und hielt Heerschau: allerhand selbsterfundenes Spielzeug, Murmel und Plunder — genug, um sich einen Arbeitstausch zu erkaufen, aber *nicht* genug, um dadurch auch nur für eine halbe Stunde die Freiheit zu bekommen. So steckte er seine armselige Habe wieder in die Tasche und gab den Gedanken auf, einen Bestechungsversuch bei den Jungen zu machen. Mitten in diese trüben und hoffnungslosen Betrachtungen kam plötzlich ein Einfall über ihn. Durchaus kein großer, glänzender Einfall. Er nahm seinen Pinsel wieder auf und setzte ruhig die Arbeit fort. Ben Rogers erschien in Sicht, der Junge aller Jungen, der sich über alle lustig machen durfte. Bens Gang war springend, tanzend, hüpfend — Beweis genug, daß sein Herz leicht und seine Gedanken und Pläne großartig waren. Er knupperte an einem Apfel und ließ ein langes, melodiöses ho! ho! hören, gefolgt von einem gegrunzten: ding, dong, ding! ding, dong, dong! — denn er war in diesem Augenblick ein Dampfboot. Als er näher kam, mäßigte er seine GeschwindigKeit, nahm die Mitte der Straße, bog nach Steuerbord über und legte elegant und mit vielem Geschrei und Umstand bei, denn er vertrat hier die Stelle des „Big Missouri" und hatte neun Fuß Tiefgang. Er war Dampfboot, Kapitän, Bemannung zugleich und sah sich selbst auf der Kommandobrücke stehend, Befehle gebend und ihre Ausführung überwachend.

„Stopp!! Ling — a, ling, ling!!" Die Hauptroute war zu Ende, und er wandte sich langsam einem Nebenarme des Flusses zu. „Stopp! Zurück!! Ling — a, ling, ling!" Seine Arme sanken ermüdet herunter. „Steuerbord wenden! Ling — a, ling, ling! Tschschschuh! Tschuh! Tschuuuhhh!!!" Sein Arm beschrieb jetzt große Kreise, denn er stellte ein Rad von 40 Fuß Durchmesser dar. „Backbord zurück! Ling — a, ling, ling! Tschschuh! Tschuh! Tschuuuhhh!!" Wieder beschrieb der Arm — diesmal der linke — gewaltige Kreise. „Steuerbord stopp!! Ling — a, ling, ling! Backbord stopp! Halt! Langsam überholen! Ling — a, ling, ling! Tschschuh! Tschuh! Tschuuuhhh!! Heraus mit dem Tau dort! Lustig, hoho! Heraus damit! He — wird's bald?! Ein Tau dort um den Pfeiler — so, nun los, Jungens — los!! Maschine stopp!! Ling — a, ling, ling!!"

„Tschschuh! Schscht! Schscht!!" (Läßt den Dampf ausströmen.)

Tom war ganz vertieft in seine Anstreicherei, er merkte nichts von der Ankunft des Dampfbootes! Ben blieb einen Moment stehen, dann sagte er: „Ho, ho, Strafarbeit, Tom, he?"

Keine Antwort. Tom überschaute seine Arbeit mit dem Auge eines Künstlers. Dann machte er mit dem Pinsel noch einen eleganten Strich und übte wieder Kritik. Ben rannte zu ihm hin, Tom wässerte der Mund nach dem Apfel, aber er stellte sich ganz vertieft in seine Arbeit. Ben sagte: „Hallo, alter Bursche, Strafarbeit, was?“

„Ach, bist du‘s, Ben. Ich hatte dich nicht bemerkt.“

„Weißt, ich geh‘ grad zum Schwimmen. Würdest du gern mitgehen können? Aber, natürlich, bleibst du lieber bei deiner Arbeit, nicht?“

Tom schaute den Burschen erstaunt an und sagte: „Was nennst du *Arbeit*?“

„Na, ist das denn *keine* Arbeit?“

Tom betrachtete seine Malerei und sagte nachlässig: „Na, vielleicht *ist* das Arbeit, oder es ist *keine* Arbeit, jedenfalls macht es Tom Sawyer Spaß.“

„Na, na, du willst doch nicht wirklich sagen, daß dir das da Spaß macht!?“

Der Pinsel strich und strich.

„Spaß? Warum soll‘s denn *kein* Spaß sein? Kannst *du* vielleicht jeden Tag einen Zaun anstreichen?“

Ben erschien die Sache plötzlich in anderem Lichte. Er hörte auf, an seinem Apfel zu knuppern. Tom fuhr mit seinem Pinsel bedächtig hin und her, hin und her, hielt an, um sich von der Wirkung zu überzeugen, half hier und da ein bißchen nach, prüfte wieder, während Ben immer aufmerksamer wurde, immer interessierter. Plötzlich sagte er: „Du, Tom, laß mich ein bißchen streichen!“

Tom überlegte, war nahe daran, einzuwilligen, aber er besann sich: „Ne, ne. Ich würde es herzlich gern tun, Ben. Aber — Tante Polly gibt so viel gerade auf diesen Zaun, gerade an der Straße — weißt du. Aber wenn es der *schwarze* Zaun wäre, wär‘s *mir* recht und *ihr* wär‘s auch recht. Ja, sie gibt schrecklich viel auf diesen Zaun, deshalb muß ich das da *sehr* sorgfältig machen! Ich glaube von tausend, was — zweitausend Jungen ist vielleicht nicht einer, der‘s ihr recht machen kann, wie sie‘s haben will.“

„Na — wirklich? — Du — gib her, nur mal versuchen, nur ein klein — bißchen versuchen. Ich würde dich lassen, wenn‘s *meine* Arbeit wäre, Tom.“

„Ben, ich würd's wahr — haf — tig gern tun; aber Tante Polly — weißt du, Jim wollt's auch schon tun, aber sie ließ ihn nicht. Sid wollte es tun, aber sie ließ es ihn auch nicht tun! Na, siehst du wohl, daß es nicht geht? Wenn du den Zaun anstrichest und es *passierte* was, Ben —"

„O, Unsinn! Ich will's so vorsichtig machen! Nur mal versuchen! Wenn ich dir den Rest von meinem Apfel geb'?"

„Na, dann — ne, Ben, tu's nicht, ich hab' *solche* Angst —!"

„Ich geb' dir den ganzen Apfel!"

Tom gab mit betrübter Miene den Pinsel ab — innerlich frohlockend. Und während der Dampfer „Big Missouri" in der Sonnenhitze arbeitete und schwitzte, saß der Künstler, ausruhend, auf einem Baumstumpf im Schatten des Zaunes, schlug die Beine übereinander, verzehrte seinen Apfel und grübelte, wie er noch mehr Unschuldige zu seinem Ersatz anlocken könne. Opfer genug waren vorhanden. Jeden Augenblick schlenderten Knaben vorbei. Sie kamen, um ihn zu verhöhnen und blieben, um zu streichen. Nach einiger Zeit war Ben müde geworden, Tom hatte als Nächsten Billy Fisher ins Auge gefaßt, der ihm eine tote Ratte und eine Schnur, um die Ratte daran durch die Luft fliegen zu lassen, anbot; und von Johnny Miller bekam er eine gut erhaltene Sackpfeife, und so immer weiter — stundenlang. Und als der Nachmittag halb vergangen war, war aus dem armen, verlassenen Tom vom Morgen ein buchstäblich in Reichtum schwimmender Tom geworden. Er besaß außer den angeführten Sachen zwölf Murmel, ein Stück eines Brummeisens, ein Stück blau gefärbtes Glas zum Durchschauen, eine Spielkanone, ein Messer, das gewiß nie jemand Schaden getan hatte oder jemals tun konnte, ein bißchen Kreide, einen Glasstöpsel, einen Zinnsoldaten, den Kopf eines Frosches, sechs Feuerschwärmer, ein Kaninchen mit einem Auge, einen messingnen Türgriff, ein Hundehalsband (aber keinen Hund), den Griff eines Messers, vier Orangeschalen und einen kaputten Fensterrahmen. Er hatte einen sorglosen, bequemen, lustigen Tag gehabt, eine Menge Gesellschafter — und der Zaun hatte eine dreifache Lage Farbe bekommen! Wäre nicht der Zaun jetzt fertig gewesen — Tom hätte noch alle Jungens des Dorfes bankerott gemacht.

Tom dachte bei sich, die Welt wäre schließlich doch wohl nicht so buckelig. Er war, ohne es selbst recht zu wissen, hinter ein wichtiges Gesetz menschlicher Tätigkeit gekommen, *das* nämlich, daß, um jemand, groß oder klein, nach etwas lüstern zu machen, es nur nötig ist, dieses Etwas schwer erreichbar zu machen. Wäre er ein großer und weiser Philosoph gewesen, gleich dem Verfasser dieses Buches, er würde jetzt begriffen haben, daß, was jemand tun *muß*, Arbeit, was man *freiwillig* tut, dagegen Vergnügen heißt. Er würde ferner verstanden haben, daß künstliche Blumen machen oder in der Tretmühle ziehen, „Arbeit“ ist, Kegelschieben aber oder den Mont Blanc besteigen, „Vergnügen“.

Es gibt reiche Engländer, die einen Viererzug zwanzig bis dreißig Meilen in einem Tage laufen lassen, weil dieser Spaß sie einen Haufen Geld kostet; würden sie aber dafür bezahlt werden, so würden sie es als „Arbeit“ ansehen und darauf verzichten.

Drittes Kapitel

Tom präsentierte sich Tante Polly, welche in einem gemütlichen, zugleich als Schlaf-, Frühstücks- und Speisezimmer dienenden Raum am offenen Fenster saß und fleißig mit Handarbeit beschäftigt gewesen war. Die balsamische Sommerluft, die vollkommene Ruhe, Blumenduft und Summen der Bienen, alles hatte seine Wirkung geübt — sie war über ihrer Beschäftigung eingenickt. Sie hatte nur die Katze zur Gesellschaft gehabt, und *die* schlief in ihrem Korbe. Die Brille hatte sie (Tante Polly) zur Vorsicht auf ihren grauen Kopf weiter hinaufgeschoben. Sie mochte geglaubt haben, Tom sei längst wieder flüchtig geworden und wunderte sich nun, ihn ungeniert neben sich sitzen zu sehen.

„Darf ich jetzt spielen gehen, Tante?“ fragte Tom unschuldig.

„Was, schon wieder? Was hast du denn heut getan?“

„Alles fertig, Tante!“

„Tom, lüg‘ nicht! Ich glaub‘s nicht!“

„Ich lüge aber nicht, Tante. Es ist alles fertig.“

Tante Polly setzte kein besonderes Vertrauen in seine Beteuerungen. Sie ging hinaus, um selbst zu sehen, und sie wäre zufrieden gewesen, hätte sie zwanzig Prozent von Toms Worten wahr gefunden; als sie sah, daß wirklich der ganze Zaun gestrichen und nicht nur leicht gestrichen, sondern gründlich und mehrfach mit Farbe bedeckt, und noch ein Stück Boden obendrein eine Farbschicht abbekommen hatte, war ihr Erstaunen unaussprechlich. Sie sagte: „Na, das hätt‘ ich nicht für möglich gehalten! Ich sehe, Tom, du *kannst* arbeiten, wenn du willst.“ Und dann dämpfte sie das Kompliment, indem sie hinzufügte: „Aber es ist mächtig selten, *daß* du willst — leider. ‘s ist gut, geh‘ jetzt und spiel. Schau aber, daß du in einer Woche spätestens wieder hier bist, oder ich hau‘ dich — —“

Sie war so überrascht durch den Glanz seiner Heldentat, daß sie ihn in die Speisekammer zog und einen auserwählten Apfel hervorsuchte und ihn ihm gab — mit dem salbungsvollen Hinweis darauf, wie getane Arbeit jeden Genuß erhöhe und veredele — wenn sie fleißig, ehrlich und ohne Kniffe und Betrügerei getan werde. Und während sie mit einer passenden Bibelstelle schloß, hatte er ein Stück Kuchen stibitzt. Dann hüpfte er davon und sah Sid gerade die Außentreppe hinaufklettern, die auf einen Hinterraum im zweiten Boden führte. Erdklumpen waren genug vorhanden, und im nächsten Moment sausten eine ganze Menge durch die Luft. Sie fielen wie ein Hagelwetter um Sid herum nieder. Und bevor Tante Polly ihre überraschten Lebensgeister sammeln konnte und zu Hilfe eilen, hatten sechs oder sieben Geschosse ihr Ziel erreicht, und Tom war über den Zaun und davon. Es war zwar eine Tür in demselben, aber wie man sich denken kann, hatte Tom es viel zu eilig, um da durchzugehen. Er fühlte sich erleichtert, nun er sich mit Sid wegen dessen Verrates auseinandergesetzt und ihm eine tüchtige Lektion gegeben hatte.

Tom umging einen Häuserblock und gelangte in eine schlammige Allee, die zu Tante Pollys Kuhstall führte. Tom machte sich schleunigst aus dem Gebiet, wo Gefangenschaft und Strafe drohten und strebte dem öffentlichen Spielplatz des Dorfes zu, wo sich zwei feindliche Truppen von Knaben Rendezvous geben sollten — nach vorhergegangener Verabredung. Tom war der Anführer der einen, sein Busenfreund Joe Harper kommandierte die andere. Diese beiden großen Generale ließen sich nicht herab, selbst zu kämpfen — das schickt sich für den großen Haufen — sondern saßen zusammen auf einem Hügel und leiteten die Operationen durch Befehle an die Unterführer. Toms Armee gewann einen großen Sieg — nach einer langen, hartnäckigen Schlacht. Dann wurden die Toten beerdigt, die Gefangenen ausgetauscht, die Bestimmungen für das nächste Zusammentreffen getroffen und der Tag dafür festgesetzt, worauf sich die Armeen in Kolonnen formierten und zurückmarschierten — Tom marschierte allein nach Haus.

Als er an dem Hause des Jeff Thatcher vorbeikam, sah er im Garten ein unbekanntes Mädchen, ein liebliches, kleines, blauäugiges Geschöpf mit hellem, in zwei Zöpfen gebundenem Haar, weißem Sommerkleid und gestickten Höschen. Der ruhmreiche Held fiel, ohne einen Schuß getan zu haben. Eine gewisse Amy Lawrence war mit einem Schlage aus seinem Herzen verstoßen und ließ nicht einmal eine Erinnerung darin zurück. Er hatte sie bis zum Wahnsinn zu lieben geglaubt; seine Liebe war ihm als Anbetung erschienen; und nun zeigte es sich, daß es nur eine schwache, unbeständige Neigung gewesen sei. Er hatte durch Monate um sie geseufzt, sie hatte seine Liebe vor kaum einer Woche erst mit ihrer Gegenliebe belohnt; er war vor kurzen sieben Tagen noch der glücklichste und stolzeste Bursche der Welt gewesen, und jetzt, in einem Augenblick war sie gleich irgend einer beliebigen Fremden, der man flüchtig begegnet ist, aus seinem Herzen verschwunden.

Er betrachtete diesen neuen Engel mit glänzenden Augen, bis er merkte, daß sie ihn entdeckt habe. Dann stellte er sich, als wisse er gar nichts von ihrer Anwesenheit, und begann dann, nach rechter Jungensmanier, sich zu spreizen, um ihre Bewunderung zu erregen. Diese Torheiten trieb er eine Weile, schielte dann hinüber und sah, daß das kleine Mädchen sich dem Hause zugewandt hatte. Tom kletterte auf den Zaun und balancierte oben herum, machte ein trübseliges Gesicht und hoffte, sie werde sich dadurch zu längerem Verweilen bewegen lassen. Sie blieb auch einen Augenblick stehen, dann ging sie weiter der Tür zu. Tom stieß einen tiefen Seufzer aus, als sie die Türschwelle betrat, aber seine Mienen hellten sich auf, leuchteten vor Vergnügen, denn sie hatte in dem Moment, ehe sie verschwand, ein Stiefmütterchen über den Zaun geworfen. Tom rannte herzu und blieb dicht vor der Blume stehen, beschattete seine Augen und schaute die Straße hinunter, als hätte er dort etwas von größtem Interesse entdeckt. Dann nahm er einen Strohhalm auf und begann ihn auf der Nase zu balancieren, indem er den Kopf zurückwarf. So sich rechts und links drehend, kam er der Blume immer näher. Schließlich ruhte sein bloßer Fuß darauf, seine Zehen nahmen sie auf, und er hüpfte mit seinem Schatz davon und verschwand um die nächste Ecke. Aber nur für eine Minute — bis er die Blume unter seiner Jacke versteckt hatte, auf seinem Herzen oder auch auf dem Bauche, denn er war in der Anatomie nicht sehr bewandert und durchaus nicht kritisch. Dann kehrte er zurück, lungerte auf seinem Zaun herum und ließ seine Augen nach ihr herumspazieren, bis die Nacht anbrach; aber die Kleine ließ sich nicht wieder sehen. Tom tröstete sich mit dem Gedanken, daß sie hinter irgend einem Fenster gestanden und von seinen Aufmerksamkeiten Notiz genommen habe. Endlich ging er nach Hause, den Kopf voll angenehmer Vorstellungen.

Während des ganzen Abendessens war er so geistesabwesend, daß sich seine Tante wunderte, was in ihn gefahren sein könne. Er bekam wegen seiner Beschießung Sids Schelte und schien sich weiter gar nichts daraus zu machen.

Er versuchte, seiner Tante vor der Nase Zucker zu stehlen und bekam was auf die Finger. Er sagte: „Tante, du schlägst Sid nie, wenn er so was macht!“

„Na, Sid treibt‘s auch nicht so arg wie du. *Du* würdest den ganzen Tag im Zucker sein, wenn ich nicht aufpaßte.“

Gleich darauf ging sie in die Küche, und Sid, auf seine Unverletzlichkeit pochend, griff nach der Zuckerdose, mit einer Selbstüberhebung gegen Tom, die diesem unerträglich dünkte. Aber Sids Finger glitten aus, und die Zuckerdose fiel auf den Boden und zerbrach. Tom war außer sich vor Vergnügen, *so* außer sich, daß er sogar seine Zunge im Zaume hielt und verstummte. Er nahm sich vor, kein Wort zu sagen, auch nicht, wenn seine Tante wieder hereinkomme — solange, bis sie frage, wer dieses Verbrechen begangen habe. Dann wollte er es sagen, und niemand auf der Welt würde so glücklich sein wie *er*, wenn dieser Musterknabe auch einmal was auf die Pfoten bekam. Er war so voll Erwartung, daß er sich kaum zurückhalten konnte, als die alte Dame dann kam und vor den Scherben stand und Zornesblitze über den Rand ihrer Brille schleuderte. Er sagte zu sich: Jetzt kommt‘s! Und im nächsten Augenblick zappelte er auf dem Fußboden! Eine drohende Hand schwebte über ihm, um ihn nochmals zu treffen; Tom brüllte: „Halt, halt, warum prügelst du *mich*? Sid hat sie zerbrochen!“

Tante Polly hielt erschrocken inne, und Tom sah sofort, daß sich das Mitleid bei ihr zu regen begann. Aber sie sagte nur: „Auf! Ich denke, bei dir schadet kein Schlag. Du hast manches auf dem Kerbholz, wofür du keine Prügel bekommen hast.“

Dann aber empfand sie doch Reue und hätte gerne etwas Liebevolles, Versöhnendes gesagt. Aber sie dachte, das könne als Zugeständnis ihres Unrechts gelten, und dadurch würde die Disziplin leiden. So schwieg sie und ging betrübten Herzens ihren Geschäften nach. Tom verkroch sich in einen Winkel und wühlte in seinen Leiden. Er wußte, daß seine Tante innerlich vor ihm auf den Knien lag, und er fühlte wilde Genugtuung bei diesem Gedanken. Er würde sich nichts merken lassen und „nicht dergleichen tun." Er wußte, daß liebevolle Blicke auf ihm ruhten, aber er spielte den Gleichgültigen. Er stellte sich vor, wie er krank oder tot daliege und seine Tante händeringend über ihm, um ein verzeihendes Wort bettelnd; aber er würde sich abwenden und sterben, ohne das Wort zu sagen. Was würde sie dann wohl empfinden? Dann wieder sah er sich, vom Fluß nach Hause getragen, tot, mit triefenden Haaren, steifen Gliedern und für immer erstarrtem Herzen. O, wie würde sie sich über ihn werfen, wie würden ihre Tränen fließen und wie würde sie zu Gott flehen, ihn ihr wiederzugeben, und sie würde ihn nie, nie wieder mißhandeln! Aber er würde kalt und blaß daliegen und sich nicht regen, ein kleiner Märtyrer, dessen Leiden für immer zu Ende sind. So schraubte er seine Gefühle durch eingebildetes Elend künstlich in die Höhe, daß er fast daran erstickt wäre — er war so leicht gerührt! Seine Augen schwammen in einem trüben Nebel, welcher zu Tränen wurde, sobald er blinzelte, und herabrann und von der Spitze seiner Nase troff. Und solche Wollust bereitete ihm sein Kummer, daß er sich nicht um die Welt von irgend jemand hätte trösten oder aufheitern lassen; er war viel zu zart für eine solche Berührung mit der Außenwelt. Und als seine Cousine Mary nach einem eine ganze Woche langen Besuch auf dem Lande lustig und guter Dinge hereinhüpfte, sprang er auf und schlich in Einsamkeit und Kälte zu *einer* Tür hinaus, während *sie* Gesang und Sonnenschein zur *anderen* hereinbrachte. Er vermied die Orte, an denen sich seine Freunde herumzutreiben pflegten und suchte vielmehr trostlos-verlassene Gegenden, die mit seiner Stimmung mehr im Einklang wären.

Ein Holzfloß auf dem Flusse lud ihn ein; er setzte sich ans äußerste Ende und versenkte sich in die traurige Eintönigkeit um ihn her und wünschte nichts anderes, als tot und ertrunken zu sein — aber ohne vorher einen häßlichen Todeskampf durchmachen zu müssen. Danach zog er seine Blume hervor. Sie war zerknittert und verwelkt und erhöhte noch das süße Gefühl der Selbstbemitleidung.

Ob *sie* Mitleid mit ihm haben würde, wenn sie wüßte? Würde sie weinen und sich danach sehnen, die Arme um ihn zu schlingen und ihn wieder zu erwärmen? Oder würde sie sich gleich der übrigen Welt kalt abwenden? Dieses Bild schien ihm so rührend, daß er es sich immer und immer wieder ausmalte und ausschmückte, bis er es greifbar vor sich sah. Schließlich stand er seufzend auf und schlich in die Finsternis hinaus. Um halb zehn oder zehn Uhr gelangte er in die Straße, in welcher die angebetete Unbekannte wohnte. Er blieb einen Augenblick stehen; kein Ton traf sein lauschendes Ohr; aus einem Fenster des zweiten Stockes fiel ein schwacher Lichtschimmer. War *dieser* Raum durch ihre Anwesenheit geheiligt? Er erkletterte den Zaun und bahnte sich seinen eigenen Weg durch das Buschwerk, bis er unter dem Fenster stand. Lange und aufmerksam spähte er hinauf. Dann legte er sich auf die Erde nieder, die Hände über der Brust gefaltet und in den Händen seine arme, verwelkte Blume. Und so wollte er sterben — draußen, in der kalten Welt, kein Dach über sich, ohne eine freundliche Hand, die ihm den Todesschweiß von der Stirn wischen würde, ohne ein mitleidiges Gesicht, das sich, wenn der Todeskampf kam, über ihn beugen würde — und würde *sie* wohl eine Träne weinen über seinen armen toten Leib, würde es ihr weh tun, ein blühendes, junges Leben so grausam geknickt, so nutzlos vernichtet zu sehen?

Das Fenster ging auf; eines Dienstmädchens mißtönende Stimme entweihte die stille Ruhe und ein Strom Wasser überschüttete die Überreste des Märtyrers. Halb erstickt sprang unser Held auf, prustend und sich schüttelnd. Ein Wurfgeschoß durchsauste die Luft, ein unterdrückter Fluch, das Klirren einer zerbrochenen Fensterscheibe — und eine kleine unbestimmte Gestalt kroch über den Zaun und verschwand in der Dunkelheit.

Nicht lange danach, als Tom bereits zum Schlafengehen entkleidet, seine durchnäßten Sachen beim Scheine eines Talglichtes besichtigte, erwachte Sid. Er wollte seine Glossen dazu machen, hielt es aber doch für besser, zu schweigen, denn aus Toms Augen schossen Blitze. Tom kroch ins Bett, ohne sich lange mit Beten aufzuhalten, und Sid merkte sich das gehörig, um gelegentlich Gebrauch davon zu machen.

Viertes Kapitel

Die Sonne ging über einer ruhigen Welt auf und schien über das Dorf wie ein Segensspruch. Nach dem Frühstück hielt Tante Polly Hausandacht. Sie begann mit einem aus den kräftigsten Bibelstellen bestehenden, mit ein bißchen eigenen Gedanken verbrämten Gebet. Und von dieser Höhe aus gab sie ein grimmiges Kapitel des mosaischen Gesetzes zum besten — wie vom Sinai herab. Danach gürtete Tom, um diesen Ausdruck zu gebrauchen, seine Lenden und machte sich ans Werk, sich seine Bibelverse einzutrichtern. Sid hatte die natürlich schon am Tage vorher gelernt. Tom brachte es mit Aufbietung aller Energie auf fünf Verse — die er aus der Bergpredigt gewählt hatte, da er keine kürzeren finden konnte.

Nach einer halben Stunde hatte Tom eine unbestimmte, allgemeine Idee von seiner Lektion. Weiter kam er nicht, denn seine Gedanken spazierten durch das ganze Gebiet menschlichen Denkens, und seine Finger hatten allerhand zerstreuende Nebenbeschäftigungen. Schließlich nahm Mary sein Buch, um ihn zu überhören, und er machte krampfhafte Anstrengungen, um seinen Weg durch den Nebel zu finden.

„Selig sind die — ä — ä — ä —"

„Die da arm sind —"

„Ja — arm sind; selig sind, die da arm sind — ä — ä — ä —"

„Im Geiste —"

„Im Geiste; selig sind, die da arm sind im Geiste, denn sie — sie —"

„Ihrer —"

„Denn ihrer; selig sind, die da arm sind im Geiste, denn ihrer — ist das Himmelsreich!"

„Selig sind, die da Leid tragen, denn sie — sie — ä — ä —"

„So — —"

„Denn sie s — o —"

„S — o — l — l —?"

„Denn sie soll —. Ach was, ich weiß nichts weiter!"

„Sollen —"

„Ach so: sollen! Denn sie sollen — denn sie sollen — ä —ä — sollen Leid tragen —, denn sie sollen — ä — sollen — was? Warum sagst du mir's nicht. Mary! Sei doch nicht so eklig!"

„Ach, Tom, du armer, dickköpfiger Kerl, ich quäl' dich ja nicht. Das fällt mir gar nicht ein. Du mußt dich halt nochmal dahinter setzen. Nur nicht mutlos. Tom, du wirst es schon zwingen — und wenn du's kannst, Tom, geb ich dir ganz, ganz was Schönes! Na also, sei ein braver Junge!"

„Meinetwegen. — Du, Mary, was ist es denn?" „Jetzt noch nicht, Tom. Wenn ich sage, 's ist was Schönes, dann ist's was Schönes!"

„Da hast du recht, Mary. Na also, ich werd's noch mal tun!"

Und er machte sich nochmal darüber. Und unter dem doppelten Ansporn der Neugier und der Erwartung des Gewinnes machte er sich mit solcher Vehemenz darüber, daß er einen schönen Erfolg hatte.

Mary gab ihm ein nagelneues Taschenmesser, zwölf und einen halben Pence mindestens im Wert; ein Schauer des Entzückens fuhr ihm durch die Glieder. Es ist wahr, zum Schneiden war das Messer nicht gerade zu brauchen, aber es war ein echtes „Barlow" und von unaussprechlicher Pracht; und wenn unter den Burschen des „Wild-West" die Behauptung aufgestellt worden ist, dieses Messer trage seine Bezeichnung als „Waffe" durchaus zu Unrecht, so ist das eine kolossale Lüge; so ist's, mögen sie sagen, was sie wollen. Tom versuchte die Tischkante damit anzuschneiden, und war eben in voller Tätigkeit, als man ihn abrief, um zur Sonntagsschule Staat zu machen.

Mary gab ihm einen Zinneimer und Seife, und er ging zur Tür hinaus und setzte den Eimer auf eine kleine Bank; dann tauchte er die Seife ins Wasser und legte sie daneben; krempelte sich die Ärmel auf, ließ das Wasser auslaufen, ging in die Küche zurück und begann hinter der Tür sich das Gesicht mit dem Tuch eifrig abzutrocknen.

Aber Mary entriß ihm das Tuch und sagte: „Schämst du dich nicht, Tom? Du sollst nicht immer so schlecht sein. Ein bißchen Wasser schadet dir wahrhaftig nicht.“

Tom war einen Augenblick in Verwirrung. Der Eimer wurde wieder gefüllt, und diesmal blieb er eine Weile darüber gebeugt stehen, Mut sammelnd. Ein tiefer Seufzer — und los! Als er dann wieder in die Küche zurückkam, beide Augen geschlossen, und nach dem Tuch griff, tropften Schmutz und Wasser von seinem Gesicht herunter — ein ehrenvolles Zeichen seines Mutes. Aber als er hinter dem Tuche wieder auftauchte, sah er durchaus noch nicht einwandfrei aus; das reine Gebiet hörte an Mund und Ohren auf. Jenseits dieser Linie breitete sich eine undurchdringlich schwarze Fläche bis in den Nacken aus. Mary nahm ihn jetzt in die Mache und als sie mit ihm fertig war, sah er wie ein tadelloser Gentleman aus, fleckenlos und mit hübschen Sonntagslocken in gleichmäßiger Verteilung. (Er selbst haßte diese Locken von Herzen und versuchte, sie auf den Kopf niederzubürsten; denn er hielt Locken für weibisch, und sie erfüllten sein Leben mit Bitterkeit.) Dann kam Mary mit einem Anzuge, den er während zweier Jahre nur an Sonntagen getragen hatte und der allgemein nur als die „anderen Kleider“ bezeichnet wurde — woraus man auf den Stand seiner Garderobe schließen kann. Das Mädchen schubste ihn noch ein bißchen zurecht, nachdem er sich selbständig angezogen hatte. Sie verlieh ihm einen gewissen (ganz ungewohnten) Schein von Zierlichkeit, zog den Hemdkragen herunter, bürstete ihn ab und krönte ihn mit seinem farbigen Strohhut. So sah er außerordentlich sanftmütig und behaglich aus. Und er fühlte sich auch so. Sein Widerwillen gegen ganze und saubere Kleider war unverwüstlich. Er hoffte, Mary werde wenigstens die Stiefel vergessen, aber diese Hoffnung wurde zunichte. Sie bestrich sie, wie es sich gehört, mit Talg und brachte sie ihm. Jetzt verlor er die Geduld und sagte, er solle immer tun, was er nicht möchte. Aber Mary sagte überredend: „Na, komm, Tom, sei ein braver Bursche!“ So fuhr er brummend in seine Stiefel. Mary war bald fertig, und die drei Kinder gingen zur Sonntagsschule, ein Ort, der Tom gründlich verhaßt war. Aber Sid und Mary gingen sehr gern hin.

Die Zeit der Sonntagsschule war von neun bis halb zehn Uhr; dann kam der Gottesdienst. Zwei der Kinder blieben stets mit Vergnügen zur

Predigt da, das dritte blieb auch — ja, aber aus anderen Gründen. Die hochlehnigen, schmucken Kirchenstühle konnten über dreihundert Personen fassen; das Gebäude selbst war klein, vollgestopft — mit einer Art fichtenem Kasten als Turm darauf.

An der Tür blieb Tom ein bißchen zurück und hielt einen sonntäglich gekleideten Kameraden an: „Sag, Bill, hast du ein gelbes Billett?"

„M — ja!"

„Was willst du dafür haben?"

„Was willst du geben?"

„Ein Stück Zuckerstange und einen Angelhaken."

„Zeig her."

Tom zeigte seine Tauschobjekte. Sie waren befriedigend, und das Geschäft wurde gemacht. Dann erhandelte Tom einige blaue und rote Zettel gegen ähnliche Kleinigkeiten. Er stellte die anderen Jungen, wie sie ihm in den Weg kamen, und verkaufte, indem er Zettel der verschiedenen Farben dagegen kaufte. Dann ging er in die Kirche, inmitten eines Schwarmes geputzter, lärmender Knaben und Mädchen, schlängelte sich auf seinen Platz und fing mit dem ersten besten Streit an. Der Lehrer, ein würdiger, bejahrter Mann, trat dazwischen. Dann wandte er sich einen Augenblick um, und Tom riß einen Knaben in der vorderen Bank an den Haaren und war vertieft in sein Buch, als der Knabe herumfuhr. Darauf stach er einen anderen mit einer Nadel, dieser schrie auf, und Tom erhielt abermals einen Verweis. Toms ganze Klasse war eine Musterklasse — nach *seinem* Muster — unruhig, vorlaut und lärmend. Als es ans Aufsagen der Lektion ging, wußte nicht ein einziger seine Verse gründlich, alles stümperte und war unsicher. Indessen — sie kamen durch, und jeder erhielt seine Bestätigung in Form eines blauen Zettels, jeder mit einem Bibelspruch darauf; jeder solcher Zettel galt für zwei aufgesagte Verse. Zehn blaue Zettel waren gleich einem roten und konnten gegen einen solchen umgetauscht werden; zehn rote machten einen gelben aus, und für diesen gab der Superintendent eine sehr einfach gebundene Bibel (heutzutage gewiß vierzig Cents wert).

Wie viele meiner Leser würden Fleiß und Aufmerksamkeit genug haben, um zweitausend Verse auswendig zu lernen, und handelte es sich um eine Doréesche Bibel? Und doch hatte Mary auf diese Weise zwei Bibeln erworben; es war das Werk zweier Jahre; ein Knabe deutscher Abkunft hatte es gar auf vier oder fünf gebracht. Einmal hatte er dreitausend Verse hergesagt, ohne zu stocken. Aber die geistige Anstrengung war zu groß gewesen, und er war von dem Tage an nicht viel besser als ein Idiot — ein böses Mißgeschick für die Schule, denn vor diesem Ereignis hatte der Superintendent bei besonderen Gelegenheiten den Knaben vortreten und „sich blähen" lassen (wie Tom das nannte). Nur die gesetzteren Schüler gaben sich die Mühe, ihre Zettel aufzubewahren, und ihr langweiliges Werk solange fortzusetzen, bis sie Anspruch auf eine Bibel hatten. So war die Erlangung eines solchen Preises ein seltenes und bemerkenswertes Ereignis; der Sieger war an seinem Ehrentage eine so große, hervorragende Person, daß heiliger Ehrgeiz die Brust eines jeden Schülers erfüllte und oft mehrere Wochen anhielt. Es ist möglich, daß Toms Streben niemals auf einen solchen Preis gerichtet war, zweifellos aber sehnte sich sein ganzes Sein nach dem Ruhm und Aufsehen, die ein solches Ereignis mit sich brachten.

Der Geistliche stand jetzt vor der Versammlung, einen geschlossenen Psalter in der Hand und den vierten Finger zwischen die Blätter geschoben. Er befahl Ruhe. Wenn nämlich ein Sonntagsschullehrer seine gewohnte kleine Rede vom Stapel lassen will, ist ein Psalterbuch in seiner Hand so notwendig, wie die Notenblätter in der Hand eines Sängers, der im Konzert vom Podium aus ein Solo vortragen soll — wer weiß, warum? Denn niemals werden Psalterbuch oder Notenblätter beim Vortrag geöffnet.

Der Superintendent war ein schmächtiger Mann von fünfunddreißig Jahren, mit sandgelbem Ziegenbart und kurzgeschorenem sandgelbem Haar. Er trug einen steifen Stehkragen, dessen oberer Rand seine Ohren streifte und dessen scharfe Ecken bis zu den Mundwinkeln vorsprangen — eine Planke, die ihn zwang, den Kopf stets vorzustrecken und den ganzen Körper zu drehen, wenn er zur Seite blicken wollte. Sein Kinn war in eine riesige Krawatte gezwängt, die so breit und lang war, wie eine Banknote und spitze Enden hatte. Mr. Walter war äußerst ernsthaft von Aussehen und sehr gutmütig und ehrenhaft von Charakter. Und er hielt geistige Dinge und Angelegenheiten so sehr in Ehren und wußte sie so streng von allem Weltlichen zu trennen, daß seine Sonntagsschulstimme ihm selbst unbewußt einen gewissen Klang angenommen hatte, von dem sie an Wochentagen vollkommen frei war.

Er begann also: „Nun, Kinder, sitzt einmal so ruhig und gesittet, als es euch nur immer möglich ist, und paßt einmal ein paar Minuten tüchtig auf, denn *darauf* kommt es vor allem an! *Das* sollten alle braven Knaben und Mädchen stets tun! Ich sehe ein kleines Mädchen, das zum Fenster hinausschaut — ich fürchte, sie bildet sich ein, ich wäre irgendwo draußen, vielleicht in einem Baum und hielte den Vögeln meine Rede?! (Unterdrücktes Kichern.) Ich möchte euch sagen, daß es mich glücklich macht, so viele frische, helle Kindergesichter an diesem Ort versammelt zu sehen, um zu lernen, recht tun und gut sein."

In diesem Stil ging's immer weiter. Es ist nicht nötig, den Rest der Rede hierherzusetzen. Sie war ganz nach bekanntem Muster — wir alle haben sie mal gehört.

Das letzte Drittel der Rede wurde durch die Wiederaufnahme des Kampfes zwischen gewissen bösen Buben gestört und durch Unruhe und Geschwätz hier und dort, deren Wellen sogar an den Grundlagen solcher Felsen der Folgsamkeit und Bravheit, wie Sid und Mary, nagten. Aber mit dem Schwächerwerden von Mr. Walters Stimme wurde auch das allgemeine Summen schwächer, und der Schluß der Rede wurde mit stiller Heiterkeit begrüßt.

Zum guten Teil war die Unaufmerksamkeit hervorgerufen worden durch ein ziemlich seltenes Vorkommnis: das Erscheinen von Besuchern: Richter Thatcher, begleitet von einem sehr schwachen, alten Mann, einem vornehmen, mittelalterlichen Gentleman mit eisengrauem Haar, und einer würdevollen Dame, zweifellos der Frau des letzteren. Die Dame führte ein Kind an der Hand. Tom war bis dahin unruhig und schuldbewußt gewesen — er konnte den Blick aus Amy Lawrences Augen nicht ertragen — es sprach *zu viel* Liebe aus diesem Blick! Aber als er diesen kleinen Ankömmling sah, war seine Beklommenheit auf einmal vorbei. Im nächsten Augenblick ließ er wieder seine Künste spielen — er knuffte andere Knaben, riß sie an den Haaren, schnitt Fratzen, mit einem Wort, tat alles, was nur irgend eines Mädchens Aufmerksamkeit erregen und ihren Beifall gewinnen kann. Aber seine Exaltation wurde rasch gedämpft, er erinnerte sich seiner Erlebnisse im Garten dieses Engels; aber diese Erinnerung wurde rasch durch das Glücksgefühl, von dem sein Herz plötzlich erfüllt war, fortgeschwemmt.

Den Besuchern wurden die höchsten Ehrenbezeugungen erwiesen, und nach Beendigung von Mr. Walters Anrede führte er sie in der Schule herum. Der mittelalterliche Mann schien ein bedeutender Mann zu sein. Er war der oberste Richter des Kreises — gewiß die erhabenste Persönlichkeit, die diese Kinder bis jetzt gesehen hatten; und sie grübelten darüber, aus welchem Stoff der wohl gemacht sein könne; und dann waren sie begierig auf seine Stimme und dann zitterten sie wieder davor, sie zu hören. Er war aus Konstantinopel — zwölf Meilen entfernt, — er war also durch die ganze Welt gekommen und hatte *alles* gesehen; diese Augen hatten das Staatshaus gesehen, von dem man sagte, es habe ein wirkliches Zinndach! Die scheue Ehrfurcht, welche diese Vorstellungen hervorriefen, war aus dem absoluten Schweigen und den starr auf ihn gerichteten Augen deutlich zu lesen.

Das also war der große Richter Thatcher, der Bruder ihres Bürgermeisters.

Von Jeff Thatcher hieß es sogleich, er sei mit dem großen Mann verwandt, und *den* beherbergte die Schule! Es würde Musik für Jeffs Ohren gewesen sein, hätte er gehört, was man von ihm flüsterte.

„Sieh nur, Jim, er ist wahrhaftig vorgegangen! Donnerwetter, er will ihm die Hand geben. Er hat ihm die Hand gegeben. Bei Jingo, möchtet wohl auch Jeff sein, he?“

Mr. Walter suchte sich jetzt in Geltung zu bringen durch möglichste Geschäftigkeit, erteilte Befehle, fällte Urteile, gab Winke hier und dort und überall, und zeigte, daß er am rechten Platz sei. Darauf „zeigte“ sich der Bücherverwalter, rannte mit Stößen von Büchern herum, klapperte mit den Bücherbrettern und vollführte einen Spektakel, daß es für jeden Vorgesetzten eine wahre Lust sein mußte. Die jungen Lehrerinnen „zeigten“ sich auch, taten schön mit Kindern, die sie eben geprügelt hatten, hoben warnend ihre niedlichen Finger gegen böse Buben und streichelten brave, kleine Mädchen. Die jungen Lehrer „zeigten“ sich mit kleinen Ermahnungen und anderen Beweisen ihrer Autorität und ihrer Sorgfalt. Und alle Lehrenden beiderlei Geschlechts machten sich mit Vorliebe am Klassenpult zu tun, und es schienen Geschäfte zu sein, die fortwährend wiederholt werden mußten (und wie sie dabei ärgerlich waren!). Die kleinen Mädchen „zeigten" sich auf verschiedene Weise, und die Knaben „zeigten" sich mit solchem Nachdruck, daß die Luft mit Papierkugeln und halb unterdrücktem Gezänk angefüllt war. Und bei alledem saß der große Mann da, hatte ein erhabenes Richterlächeln für die ganze Schule und wärmte sich im Glanze seiner eigenen Größe, denn er „zeigte" sich erst recht. Aber eins fehlte, was Mr. Walters Glück vollgemacht hätte, das war die Gelegenheit, einen Bibelpreis auszuteilen und eins seiner Wunderkinder zu zeigen. Mehrere Schüler hatten eine Menge kleinerer Zettel, aber niemand hatte genug. Er hätte die Welt darum gegeben, seinen kleinen Deutschen für eine einzige Stunde wiederzuhaben.

Da — trat Tom Sawyer vor, neun gelbe Zettel, neun rote und zehn blaue, und verlangte eine Bibel! Das wirkte wie ein Blitz aus heiterm Himmel! So etwas hätte Walter nicht erwartet — in den nächsten zehn Jahren sicher nicht. Aber es war nichts auszusetzen — da lagen die nötigen Zettel beisammen und nahmen sich hübsch genug aus. Tom erhielt also seinen Platz beim Richter und den anderen Auserwählten, und die unerhörte Neuigkeit wurde nach allen Himmelsgegenden ausposaunt.

Es war zweifellos die staunenswerteste Tatsache des Jahrzehnts; und so tief war die Erregung, daß sie den neuen Helden auf die Höhe des Kreisrichters hob und die Schule zwei Weltwunder aus einmal zu bestaunen hatte. Die Jungen waren durch die Bank von Neid erfüllt. Aber die am tiefsten Beleidigten waren diejenigen, welche zu spät einsahen, daß sie selbst zu diesem unerhörten Glanz beigetragen hatten, indem sie Tom Billetts verkauften für die Schätze, welche er durch Übertragung der Anstreich-Gerechtsame erworben hatte. Sie verachteten sich selbst, da sie sich durch einen listigen Betrüger hatten anführen lassen.

Der Preis wurde Tom überreicht, mit so viel Salbung, als der Superintendent unter solchen Umständen auftreiben konnte. Aber es war doch nicht der rechte Schwung darin, denn sein Instinkt sagte ihm, hierbei müsse ein Geheimnis walten, das wohl nicht ganz gut das Licht der Sonne vertragen würde. Es war ganz einfach unglaublich, daß *dieser* Knabe zweitausend Bibelverse in seinem Kopfe aufgespeichert haben sollte — ein Dutzend schon hätte zweifellos seine Kräfte überstiegen. Amy Lawrence war ganz rot vor Stolz und versuchte, es Tom zu zeigen, aber er *wollte* nicht sehen. Sie wunderte sich; dann grämte sie sich ein bißchen; schließlich stieg ein leiser Verdacht in ihr auf und verflog und kam wieder. Sie paßte auf. *Ein* heimlicher Blick verriet ihr Welten, und dann brach ihr Herz, und sie wurde eifersüchtig und wütend, und die Tränen kamen, und sie haßte alle, alle, Tom natürlich am meisten.

Tom wurde vor den Richter geführt. Aber seine Zunge klebte am Gaumen, der Schweiß trat ihm auf die Stirn, sein Herz klopfte — teils infolge der Größe des Mannes, aber mehr noch, weil er *ihr* Vater war. Er hätte, wäre es dunkel gewesen, vor ihm niederfallen und ihn anbeten mögen. Der Richter legte die Hand auf Toms Kopf und nannte ihn einen tüchtigen, kleinen Mann und fragte ihn nach seinem Namen. Der Junge stammelte, hustete und stieß endlich mühsam heraus: „Tom!"

„O nein — nicht *Tom*, sondern —"

„Thomas."

„Richtig. Ich dachte mir doch, daß noch etwas fehlte. Gut. Aber ich glaube, du hast noch einen Namen, und du wirst ihn mir nennen, nicht?"

„Nenne dem Herrn deinen anderen Namen, Thomas, und sage: Herr! Nicht vergessen, was sich schickt!"

„Thomas Sawyer — Herr!"

„So — so ist's recht! Ein guter Junge. Ein braver Junge. Ein braver, kleiner Junge. Zweitausend Verse sind viel — sehr, sehr viel! Und Sie brauchen die Mühe, die es Ihnen bereitet hat, es ihm beizubringen, sicher nicht zu bereuen; denn Kenntnisse sind gewiß mehr wert, als irgend etwas anderes in der Welt. Sie machen große Männer und große Menschen. — Du wirst eines Tages ein großer Mann sein und ein großer Mensch, Thomas, und dann wirst du zurückblicken und sagen: Das alles verdanke ich der herrlichen Sonntagsschule meines Heimatsdorfes; alles meinen lieben Lehrern, die mich angehalten haben, zu lernen; alles dem guten Superintendenten, der mich anfeuerte und über mir wachte und mir eine wundervolle Bibel schenkte, eine herrliche, prächtige Bibel, damit ich sie immer, immer bei mir haben möge; alles meiner Erziehung! *Das* wirst du sagen, Thomas! Und du würdest dir mit *keinem* Geld deinen Schatz von zweitausend Versen bezahlen lassen — nein, wahrhaftig nicht! — Und jetzt kannst du mir und dieser Dame eine große Freude machen und uns einige deiner Verse aufsagen — du wirst es *gern* tun, denn wir freuen uns ja *so sehr* über einen fleißigen Knaben. Ohne Zweifel kennst du die Namen aller zwölf Jünger. Willst du uns also die Namen der beiden zuerst erwählten Jünger nennen?"

Tom zupfte an einem Knopf und sah möglichst einfältig aus. Er wurde rot und senkte die Augen. Mr. Walters Herz sank mit. Er sagte sich, es sei gar nicht möglich, von diesem Jungen Antwort auf die einfachste Frage zu bekommen — und *den* gerade mußte der Richter fragen! Doch fühlte er sich veranlaßt, zu Hilfe zu kommen und sagte: „Antworte dem Herrn, Thomas, — fürchte dich nicht!"

Tom wurde immer röter.

„Nun, ich weiß, *mir* wirst du es sagen," mischte sich hier die Dame ein. „Die Namen der zwei ersten Jünger waren —"

„David und Goliath!"

Decken wir den Schleier der Nächstenliebe über das, was nun folgte!

Fünftes Kapitel

Ungefähr um halb zehn Uhr begann die kleine Glocke der Kirche zu läuten, und sogleich begann das Volk zur Morgenpredigt herbeizuströmen. Die Sonntagsschulkinder zerstreuten sich durchs ganze Haus und nahmen Plätze bei ihren Eltern ein, um unter Aufsicht zu sein. Tante Polly kam, und Tom, Sid und Mary saßen bei ihr. Tom wurde zunächst der Kanzel plaziert, um so weit wie möglich vom offenen Fenster und dem Sommer draußen entfernt zu sein.

Das Volk füllte die Kirche. Der alte, gichtbrüchige Postmeister, der bessere Tage gesehen hatte, der Mayor und seine Frau — denn es gab einen Mayor, neben vielen anderen unnützen Dingen, — der Ortsrichter, die Witwe Douglas, zart, klein und lebhaft, eine edle, gutherzige Seele und immer obenauf (ihr Haus war das einzige steinerne im Dorf, und das gastfreieste und bei Festlichkeiten verschwenderischste, das St. Petersburg aufweisen konnte); Lawyer Riverson; dann die Schönheit des Dorfes, gefolgt von einem Haufen elegant gekleideter, mit allerhand Firlefanz behangener junger Herzensbrecher; dann all die jungen Ladendiener des Dorfes, alle gleichzeitig, denn sie hatten im Vestibül gestanden, Süßholz raspelnd — eine öltriefende, einfältige Schutztruppe — bis das letzte Mädchen Spießruten gelaufen war. Und zuletzt von allen kam der Musterknabe, Willie Mufferson, seine Mutter so sorgsam an der Hand führend, als wäre sie aus Glas. Er brachte seine Mutter stets zur Kirche und war der Liebling aller alten Damen. Das junge Volk haßte ihn — er war *zu* gut; und dann war er ihnen gar zu oft als Muster vorgehalten worden. Sein weißes Taschentuch hing ihm aus der Tasche — so war es damals am Sonntag Mode. Tom hatte kein Taschentuch und verachtete jeden Jungen, der eins hatte. Da die Versammlung jetzt so ziemlich vollzählig war, läutete die Glocke nochmals, zur Mahnung für Nachzügler und Müßige, und dann senkte sich eine große Stille auf die Kirche, nur unterbrochen durch das Kichern und Wispern auf dem

Chor. Der Chor kicherte und wisperte immer und überall während des ganzen Gottesdienstes. Es hat einmal einen Kirchenchor gegeben, der *nicht* schlecht erzogen war, aber ich weiß nicht mehr wo. Es ist schon eine ganze Reihe von Jahren her, und ich kann mich wahrhaftig nicht mehr an die Einzelheiten erinnern — aber ich glaube, es war in einem fremden Lande.

Der Geistliche gab das Lied an und las es nach einer ganz besonderen, in dieser Gegend sehr beliebten Manier in singendem Ton herunter. Seine Stimme begann mit schwachem Flüstern, wuchs beständig an, bis sie einen Punkt erreichte, wo sie unter Herausstoßung des letzten Wortes plötzlich abbrach und wie ein Springbrunnen herunterplumpste.

Er galt als wundervoller Vorleser. Bei allen kirchlichen Versammlungen wurde er aufgefordert, Verse vorzutragen, und wenn er damit fertig war, hoben die Ladies ihre Hände und ließen sie wieder in den Schoß fallen und verdrehten die Augen und schüttelten die Köpfe, als wollten sie sagen: Worte können hier nichts sagen, es ist *zu* wundervoll, zu wundervoll für diese Erde!

Nach dem Liede begann der Reverend Mr. Sprague eine Art Tagesbericht, indem er sich über Nachrichten von Meetings und Versammlungen und tausenderlei Dinge verbreitete, bis alle Weltlust aus dem heiligen Hause gewichen zu sein schien — eine seltsame Mode, die überall in Amerika zu finden ist, sogar in den großen Städten und bis in unser Zeitalter des Zeitungs-Überflusses hinein.

Und jetzt kam die Predigt. Es war eine gute, leutselige Predigt und ging bis ins einzelne. Sie beschäftigte sich mit der Kirche und mit den Kindern der Kirche; mit den anderen Kirchen des Dorfes; mit dem Dorfe selbst; mit dem Lande; mit dem Staat; mit den Behörden der einzelnen Staaten; mit den Vereinigten Staaten; mit dem Kongreß; mit dem Präsidenten; mit den Staatsdienern; mit den armen, sturmumtosten Seefahrern; mit den unter dem Joch ihrer Monarchen seufzenden Millionen Europas und des Orients; mit den Glücklichen und Reichen, die nicht Augen haben, zu sehen und Ohren, zu hören; mit den armen Seelen auf fernen Inseln; und schloß mit der Bitte, daß seine Worte auf guten Boden fallen und dereinst hundertfältige Frucht tragen möchten. Amen.

Darauf folgte Kleiderrascheln, und die Versammlung setzte sich. Der Knabe, dessen Geschichte dieses Buch enthält, hatte keine Freude an dieser Predigt, er hörte sie einfach an — und vielleicht auch das nicht. Doch merkte er sich einzelne Details daraus, ganz unbewußt, denn, wie gesagt, er achtete kaum darauf, aber er kannte den Sermon des Geistlichen schon längst und bemerkte es sofort, wenn mal irgend ein neuer Passus eingeschoben war, und das empfand er dann unangenehm; er hielt Beisätze und Abweichungen von dem Althergebrachten für unnobel und unrecht.

Während der Predigt setzt sich eine Fliege auf den Sitz des Kirchenstuhls vor ihm und marterte ihn durch das fortwährende Aneinanderreiben ihrer Beine. Dann umarmte sie ihren eigenen Kopf und drückte ihn so stark, daß die Glieder am Kopfe angewachsen zu sein schienen, fesselte ihre Flügel mit den Hinterbeinen und preßte sie an den Körper, wie einen Überrock und verrichtete ihre ganze Toilette mit einer Ruhe, als fühle sie sich vollkommen sicher. Und so war es auch. Denn als sich Toms Hand ihr näherte, um sie zu erwischen, blieb sie ruhig sitzen. — Tom dachte, wenn sich ihm diese Beschäftigung bei Beginn der Predigt geboten hätte, würde es ein angenehmer Zeitvertreib für seinen Geist gewesen sein. — Aber beim Schlußsatz begann seine Hand sich zu krümmen und sich vorwärts zu bewegen; und im Augenblick, da das „Amen“ gesprochen wurde, war die Fliege eine Kriegsgefangene. Seine Tante sah es und veranlaßte ihre Befreiung.

Der Geistliche gab seinen Text an und behandelte den ersten Teil mit so gründlicher Langweile, daß manch ein Kopf zu nicken begann; ein anderer Teil wieder war so voll Feuer und Schwefel und setzte der Versammlung so zu, daß sie ganz geknickt und so klein und nichtig erschien, daß es kaum der Erwähnung wert ist.

Tom zählte die Seiten der Predigt, und nach dem Gottesdienst wußte er stets ganz genau, wie viel es gewesen waren, aber über die Predigt selbst wußte er selten etwas anzugeben. Diesmal indessen gab er doch für eine kleine Weile Obacht. Der Geistliche gab eine lange und rührende Schilderung vom Wiedersehen irdischer Schafe im Paradiese, wenn Löwe und Lamm beieinander liegen würden und ein kleines Kind sie am Gängelbande führen könnte. Aber Pathos, Eifer, Moral — alles war verloren an dem kleinen Burschen; er dachte bloß an die Herrlichkeit dieses Heldendarstellers unter den unsichtbaren Wesen;

und er stellte sich vor, wie schön es sein müsse, dieses Kind darzustellen — wenn der Löwe ein zahmer Löwe sein würde.

Bei der Schlußbetrachtung geriet er dann wieder in tiefe Leiden. Er erinnerte sich plötzlich eines Schatzes, den er besaß und zog ihn hervor. Es war ein großes, schwarzes Ungeheuer, mit schrecklichen Kinnbacken — Kneifzangen, sagte Tom. Es befand sich in einer Zündholzschachtel. Das erste, was das Tier tat, war, ihn in den Finger zu beißen. Ein tüchtiger Nasenstüber folgte, und das Tier flog in einen Kirchenstuhl, wo es liegen blieb — der verwundete Finger wanderte in Toms Mund. Das Tier lag auf dem Rücken, hilflos mit den Beinen strampelnd, unfähig, aufzustehen. Tom sah es und griff danach, aber es befand sich außerhalb seines Bereiches. Irgend jemand wollte sich auf den Stuhl niederlassen, sah das Tier ebenfalls und warf es kurzerhand herunter.

Plötzlich kam ein herrenloser Pudel des Weges, trübselig, faul infolge der Sommerhitze, gelangweilt durch die Gefangenschaft, und sich nach einem Abenteuer umsehend. Er entdeckte das Tier. Sein Schwanz richtete sich empor und begann zu wedeln. Er betrachtete seinen Fund, ging um ihn herum, beschnüffelte ihn aus sicherer Entfernung, ging wieder im Kreis herum, kam näher und beschnüffelte ihn dreister, hob dann die Lefzen, schnappte nach ihm, ohne ihn zu fassen, wiederholte diese Prozedur mehrmals, begann zu spielen, legte sich, das Tier zwischen den Pfoten, und setzte seine Untersuchungen fort, wurde bald müde, gleichgültig und vergaß schließlich sein Spielzeug. Sein Kopf sank herab, und sein Kinn drückte immer mehr auf den Feind, welcher ihn plötzlich gepackt hielt. Es ertönte ein scharfes Geheul, des Pudels Kopf schnellte in die Höhe, und das Tier flog ein paar Meter weit fort und lag nun wieder hilflos auf dem Rücken. Die nächstsitzenden Zuschauer stießen sich mit geheimem Vergnügen an, einzelne Gesichter verschwanden hinter Fächern und Taschentüchern, und Tom war ganz glücklich. Der Hund machte ein böses Gesicht und war wohl auch so gestimmt. Er war im Herzen gekränkt und brütete Rache. So ging er wieder zu dem Tier und machte einen neuen, heftigen Angriff, indem er von verschiedenen Punkten eines Kreises aus, dessen Mittelpunkt sein Opfer bildete, auf dieses zusprang, mit den Vorderpfoten dicht vor seinen Augen fuchtelte, mit den Zähnen nach ihm schnappte und den Kopf dicht vor ihm schüttelte, daß die Ohren flogen. Nach einer Weile wurde es ihm wieder langweilig. Er begann ein Spiel mit einer Fliege, aber das bot keinen rechten Ersatz. Darauf lief er ein paarmal im Kreis herum, die Schnauze dicht an der Erde und bekam auch das satt. Er gähnte, seufzte, vergaß das Tier völlig und setzte sich gerade darauf. Wieder ein durchdringender Schrei, und der Pudel sprang hilfesuchend auf einen Stuhl. Das Geschrei dauerte fort, und der Pudel tanzte dicht vor dem Altar herum, lief einen Gang hinunter, sprang an der Tür in die Höhe und flehte um menschliche Hilfe. Seine Angst nahm fortwährend zu, bis er plötzlich wie ein behaarter Komet in *seinem* Weltenraum herumfuhr. Schließlich verließ der zum Wahnsinn getriebene Dulder seine Bahn und sprang auf den Schoß seines Herrn. Dieser warf ihn aus dem Fenster, und die Stimme des unglücklichen Geschöpfes entfernte sich und erstarb in der Ferne.

Inzwischen saß die ganze Versammlung, rot vor unterdrücktem Lachen, und die Predigt hatte völlig aufgehört. Jetzt wurde sie wieder aufgenommen, aber sie ging stockend und abgerissen vor sich, und mit der Aufmerksamkeit war es nichts mehr. Denn selbst die heiligste Andacht war beeinflußt durch schlecht unterdrückte höchst unheilige Heiterkeit, als wenn der arme Geistliche irgend einen schlechten Witz gemacht hätte. Es bedeutete eine wahre Erleichterung für die Versammlung, als der Gottesdienst zu Ende und der Segen gesprochen war.

Tom schlenderte höchst gemütlich heim und dachte bei sich, so ein Gottesdienst wäre doch ganz nett, wenn ein bißchen Abwechselung dabei sei. Nur *ein* Gedanke quälte ihn; er hatte allerdings die Absicht gehabt, den Hund mit seiner „Beißzange“ spielen zu lassen, aber er hätte sie nicht fortschleppen sollen.

Sechstes Kapitel

Der Montagmorgen fand Tom höchst übler Laune. Jeder Montagmorgen fand ihn so, denn er eröffnete eine neue Woche voll von Schul-Leiden und -Sorgen.

Stets wurde dieser Tag mit Seufzen begonnen; er hätte in diesem Augenblick gewünscht, daß es gar keine die Woche unterbrechenden Feiertage geben möge; denn doppelt schwer war es danach, sich in neue Sklaverei und Fronarbeit zu begeben.

Tom lag und dachte nach. Plötzlich kam ihm dann der Wunsch, krank zu sein, um zu Hause bleiben zu können. Das war ein Gedanke. Er überlegte sich die Sache. Aber er konnte keine Krankheit finden und grübelte und grübelte. Einmal glaubte er Anzeichen von Kolik zu entdecken und fing bereits an, sich trügerischen Hoffnungen hinzugeben. Aber bald wurden diese Symptome wieder schwächer, um endlich ganz zu verschwinden. Also mußte er weiter denken. Plötzlich entdeckte er etwas. Einer seiner Oberzähne war locker. Das war ein Glücksfall. Er war im Begriff, anzufangen zu stöhnen („Starter" pflegte er eine solche Improvisation zu nennen), als ihm noch rechtzeitig einfiel, daß seine Tante, wenn er damit zutage trat, den Zahn ganz einfach ausziehen würde, und das würde weh tun. So nahm er sich vor, die Sache mit dem Zahn in Reserve zu halten und nach etwas anderem zu suchen. Während einiger Zeit wollte ihm nichts einfallen, dann aber entsann er sich, den Doktor von einem gewissen „Etwas" reden gehört zu haben, das zwei oder drei Wochen auf einem Patienten gelastet und ihn beinahe einen Finger gekostet habe. So zog er seine wunde Zehe unter der Bettdecke hervor und unterzog sie einer genauen Untersuchung. Jetzt aber wußte er nicht, welches die nötigen Symptome seien. Immerhin schien sich hier eine Aussicht zu bieten, er fing also voll Geistesgegenwart an, zu stöhnen.

Aber Sid schlief felsenfest.

Tom stöhnte lauter und bildete sich ein, in seiner Zehe wirklich Schmerz zu empfinden.

Keine Wirkung auf Sid.

Tom fing an, vor Anstrengung Herzklopfen zu bekommen. Er machte einen letzten Versuch, sog sich voll Luft und stieß eine Reihe wundervoller Seufzer heraus.

Sid schnarchte weiter.

Tom wurde schlimm. „Sid, Sid," sagte er und stieß ihn an. Der Stoß wirkte, und Tom konnte wieder anfangen, zu stöhnen. Sid gähnte, streckte sich, richtete sich auf einem Ellbogen auf und begann Tom anzustarren. Tom stöhnte aus Leibeskräften.

Sid sagte: „Tom, du, Tom!"

Keine Antwort.

„So hör doch, Tom, Tom! Was hast du, Tom?"

Und er stieß ihn an und schaute ihm ängstlich ins Gesicht.

Tom mit kläglicher Stimme: „Tu's nicht, Sid. Stoß mich nicht!"

„Warum — was gibt's, Tom? Ich will Tante rufen."

„Nein, nein! Es wird schon allmählich vorübergehen. Ruf niemand."

„Aber, ich *muß* es tun! Stöhn' nicht so, Tom, es ist gräßlich! Wie lange dauert das schon?"

„Stundenlang! Au, au!! Stör' mich nicht, Sid, du wirst mich töten!"

„Tom, warum hast du mich nicht früher geweckt? Nicht, Tom, tu's nicht! Es geht mir durch und durch, das zu hören! — Sag, Tom!?"

„Ich vergebe dir alles, Sid. (Stöhnen.) Alles, was du mir mal getan hast. Wenn ich tot bin —"

„Tom, du bist verrückt, glaub' ich! Du *sollst* nicht sterben — nicht, Tom?"

„Ich vergebe *allen*, Sid. (Stöhnen.) Sag's ihnen, Sid. — Und Sid, meine gelbe Türklinke und meine Katze — die mit dem einen Auge — sollst du dem neuen Mädchen geben, das gestern gekommen ist, und sag' ihr —"

Aber Sid war in seine Kleider gefahren und war fortgelaufen. Tom stöhnte jetzt wirklich, so lebhaft hatte er sich alles eingebildet; so hatte sein Stöhnen einen ganz natürlichen Ton bekommen.

Sid flog hinunter und schrie: „O, Tante Polly, komm, Tom stirbt!“

„Stirbt?!“

„Ja doch! Komm doch nur schnell!“

„Ach Unsinn! Ich glaub‘s nicht.“

Trotzdem rannte sie die Treppe hinauf, Sid und Mary hinter ihr drein. Ihr Gesicht war ganz weiß, und die Lippen bebten. Am Bett angekommen, stieß sie aus:

„Tom, Tom! Was ist das mit dir?“

„Ach, Tante, ich —“

„Was ist mit dir? Was ist mit dir, Kind?“

„Ach, Tante, meine wehe Zehe tut so schrecklich weh!“

Die alte Dame fiel in einen Stuhl, lachte ein wenig, weinte ein wenig, dann beides gleichzeitig. Das erleichterte sie, und sie sagte: „Tom, wie hast du mich erschreckt! Aber nun fertig mit dem Unsinn, aufstehen!“

Das Stöhnen hörte auf, und der Schmerz wich aus der Zehe. Tom kam sich ein bißchen töricht vor und sagte kleinlaut: „Tante Polly, es schien schrecklich und tat so weh, daß ich sogar meinen Zahn darüber vergessen hatte.“

„So, deinen Zahn! Was ist denn mit deinem Zahn?“

„Einer ist lose und tut ganz schrecklich weh!“

„Na, schon gut, schon gut! Fang nur nicht wieder an zu stöhnen! Mund auf! Ja, der Zahn ist lose, aber du wirst nicht dran sterben. Mary, gib mir ein Stück Faden und eine glühende Kohle aus dem Ofen!“

„Ach, bitte, bitte, Tante,“ bettelte Tom, „nicht ausziehen, ‘s tut *gar* nicht mehr weh! Ich will nicht mehr aufstehen können, wenn‘s noch weh tut! Bitte, tu‘s nicht, Tante! Ich will ja gar nicht mehr aus der Schule bleiben!“

„Wirklich nicht? Also all der Lärm, weil du aus der Schule bleiben wolltest und fischen gehen, wahrscheinlich? Tom, Tom, ich habe dich so lieb, und du scheinst keinen anderen Wunsch zu haben, als mein altes Herz zu brechen mit deinen Torheiten!"

Inzwischen waren die zahnärztlichen Marterwerkzeuge gekommen. Die alte Dame legte das eine Ende der Schnur um Toms Zahn, das andere um den Bettpfosten. Dann nahm sie die Kohle und hielt sie plötzlich dicht vor Toms Gesicht. Im nächsten Augenblick hing der Zahn am Bettpfosten.

Aber jedes Unglück hat sein Gutes. Als Tom nach dem Frühstück zur Schule bummelte, war er der Gegenstand des Neides bei allen Jungen, denn die Lücke in seiner Zahnreihe befähigte ihn, auf ganz neue und wunderbare Weise auszuspucken. Bald hatte er ein ganzes Gefolge, das seinen Vorführungen mit höchstem Interesse beiwohnte. Und einer mit einem geschnittenen Finger, der bisher der Mittelpunkt der Verehrung und Bewunderung gewesen war, sah sich auf einmal ohne Anhänger und seines Glanzes beraubt. Das Herz wurde ihm schwer und eine Verachtung heuchelnd, die er nicht fühlte, meinte er, es wäre wohl was Rechtes, ausspucken zu können wie Tom Sawyer. Aber die anderen riefen ihm zu: „Saure Trauben!" und er ging davon — ein gestürzter Held.

Kurz darauf begegnete Tom dem jugendlichen Paria des Dorfes, Huckleberry Finn, dem Sohn des Dorf-Trunkenboldes. Huckleberry war riesig verhaßt und gefürchtet bei allen Müttern des Ortes, denn er war unerzogen, ruchlos, gemein und schlecht — und deswegen von allen Kindern so bewundert und seine Gesellschaft so gesucht und ihr Wunsch so heiß, zu sein wie er. Tom war, wie alle wohlerzogenen Knaben, neidisch auf Huckleberrys freies, ungehindertes Leben und hatte strengen Befehl, nicht mit ihm zu spielen. Natürlich spielte er darum erst recht mit ihm, wo sich's tun ließ.

Huckleberry war stets in abgelegte Kleider Erwachsener gekleidet, und diese Kleider mußten jahrelang aushalten und flogen in Fetzen um ihn herum.

Sein Hut war eine trostlose Ruine, mit großen Lücken in dem herunterhängenden Rande. Sein Rock — wenn er einen hatte — baumelte ihm fast bis auf die Hacken und hatte die hinteren Knöpfe in der Höhe des Knies. Ein Tragband hielt seine Hosen. Der Hosenboden hing sackartig hinunter — ein luftleerer Raum, sozusagen. Huckleberry kam und ging, wie er mochte. Er schlief auf Türschwellen bei schönem Wetter und in Regentonnen bei schlechtem; er brauchte weder zur Schule zu gehen, noch zur Kirche, keinen Herrn anzuerkennen und niemand zu gehorchen. Er konnte fischen und schwimmen, wann und wo er nur wollte, und sich dabei solange aufhalten, wie es ihm beliebte. Im Frühling war er stets der erste, der barfuß lief und der letzte, der im Herbst sich wieder in das dumme Leder bequemte. Er brauchte sich weder zu waschen, noch reine Kleider anzuziehen. Fluchen konnte er herrlich. Mit einem Worte — was das Leben kostbar machte — er hatte es. So dachten alle die wohlerzogenen, sittsamen, respektablen Buben in St. Petersburg.

Tom rief den romantischen Helden sofort an: „Holla, Huckleberry!"

„Holla, du, wie geht's dir?"

„Was hast du da?"

„Ne tote Katze."

„Laß sehen, Huck. Donnerwetter, wie steif sie ist! Woher hast du die?"

„Von 'nem Jungen gekauft."

„Was hast du dafür gegeben?"

„Einen blauen Zettel und eine Schweinsblase aus dem Schlachthaus."

„Und woher hattest du den blauen Zettel?"

„Vor zwei Wochen von Ben Rogers für einen Stock gekauft."

„Sag — was machst du mit der toten Katze?"

„Was? Warzen heilen."

„So. Wirklich? Ich weiß was Besseres."

„Wird was sein! Was *ist's* denn?"

„Na — faules Wasser!"

„Faules Wasser! Geb dir keinen Heller für dein faules Wasser!"

„So, nicht? Hast du's vielleicht probiert?"

„Ich nicht, Bob Tanner."

„Wer hat dir das gesagt?“

„Na, *er* hat‘s Jeff Thatcher gesagt, und Jeff hat‘s Johnny Baker gesagt, und Johnny dem Jim Hollis, und Jim Hollis dem Ben Rogers, und Ben sagte‘s ‘nem Neger, und *der* hat‘s mir gesagt. So, nun weißt du‘s!“

„Na, weißt du, die haben alle gelogen. Alle, bis auf den Neger, *den* kenn ich nicht. Aber ich hab‘ nie einen Neger gesehen, der *nicht* gelogen hätte. Aber sag‘ doch, wie macht‘s Bob Tanner denn, Huck?“

„Na, er nimmt seine Hand und taucht sie in einen verfaulten Baumstumpf, worin faules Wasser ist.“

„Am Tage?“

„Natürlich!“

„Mit dem Gesicht nach dem Baum?“

„Ja — das heißt, ich glaube.“

„*Sagte* er was?“

„Ich glaube nicht — aber ich weiß nicht.“

„Na — der will darüber sprechen, wie man Warzen heilt — so ein alter Schafskopf! Da hätt‘ er auch sonst was tun können! Also, du mußt mitten in den Wald gehen, wo du weißt, daß ein Baumstamm mit faulem Wasser ist, und gerade um Mitternacht mußt du das Gesicht gegen den Baum wenden und die Hand hineinstecken, und dann sagst du:

‚Ist das Wasser faul und dumpf —
Frißt‘s die Warz‘ mit Stiel und Stumpf!‘

und dann trittst du langsam zurück, elf Schritt, mit geschlossenen Augen, und dann drehst du dich dreimal herum und gehst nach Hause, ohne mit jemand zu sprechen. Denn sonst hilft‘s nichts.“

„Ja, das kann sein; aber Bob Tanner hat‘s anders gesagt.“

„Na, weißt du, dann versteht er‘s halt nicht. Darum hat er auch am meisten Warzen von allen im Dorf, und er hätte nicht *eine*, wenn er das mit dem faulen Wasser wüßte, wie‘s ist. Ich hab‘ auf diese Weise tausend Warzen fortgekriegt, Huck. Ich bekomme so viel Frösche in die Hand, daß ich immer eine Masse Warzen habe. — Zuweilen mach‘ ich sie mit ‘ner Bohne ab.“

„Ja, Bohne ist gut, damit hab‘ ich‘s auch schon gemacht.“

„So? Wie machst du‘s denn?“

„Na, man nimmt die Bohne und schneidet sie durch, und dann schneidet man die Warze, bis Blut herauskommt, und dann läßt man das auf die eine Hälfte der Bohne tropfen, und dann nimmt man die und gräbt bei Vollmond am Kreuzweg ein Grab, und da tut man sie dann hinein. Dann, weißt du, zieht die eine Hälfte der Bohne, wo das Blut darauf ist, die andere Hälfte an, und so hilft das Blut, um die Warze fortzuziehen, so lang, bis sie fort ist.“

„Ja, Huck, das ist ganz richtig. Nur, wenn du sie begräbst und dazu sagst: ‚Bohne fort — komm nicht mehr an diesen Ort,‘ ist‘s noch besser. So macht‘s John Harper, und der ist schon mal bis Coonville und überall gewesen. Aber sag‘ — wie heilst du sie denn mit ‘ner toten Katze?“

„Weißt du, du nimmst die Katze und gehst auf den Kirchhof gegen Mitternacht, dahin, wo ein Gottloser begraben ist. Wenn‘s dann Mitternacht ist, kommt ein Teufel — oder auch zwei oder drei — du kannst ihn aber nicht sehen, sondern hörst nur so was wie den Wind, oder hörst ihn sprechen. Und wenn sie dann den Kerl fortschleppen, wirfst du die Katze hinterher und rufst:

‚Teufel hinterm Leichnam her,
Katze hinterm Teufel her,
Warze hinter der Katze her —
Seh‘ euch alle drei nicht mehr!‘

Das heilt *jede* Warze.“

„Das läßt sich hören. Hast du‘s schon mal versucht, Huck?“

„Nein, aber die alte Hopkins hat's mir erzählt."

„Ja, ich glaub', 's ist so, denn die sieht aus wie 'ne Hexe."

„Das glaub' ich! Weißt du, Tom, sie ist eine Hexe! Sie hat meinen Alten behext. Er hat's selbst gesagt. Er begegnete ihr mal ganz allein und sah, daß sie ihn behexen wollte, da hob er einen Stein auf, und wenn sie sich nicht gebückt hätte, hätt' er sie geworfen. Na, in der Nacht darauf fiel er von einem Schuppen, auf dem er besoffen gelegen hatte, und brach den Arm."

„Das ist ja schrecklich! Woher *wußte* er, daß sie ihn behext hatte?"

„Gott, das *weiß* mein Alter halt. Er sagt, wenn die dich recht steif anschaut, behext sie dich, besonders wenn sie dabei murmelt. Dann spricht sie nämlich das Vaterunser rückwärts."

„Sag, Huck, wann willst du das mit der Katze probieren?"

„Diese Nacht. Ich denke, sie werden diese Nacht den alten Hoss Williams holen."

„Aber der ist doch am Samstag schon beerdigt, Huck. Haben sie ihn nicht schon Samstag nacht geholt?"

„Ach, Unsinn! Wie konnten sie's denn *vor* Mitternacht? Und *dann* war's Sonntag. Am Sonntag kommen doch die Teufel nicht herauf!"

„Daran hab' ich nicht gedacht. Dann ist's richtig. Darf ich mitgehen?"

„Meinetwegen — wenn du dich nicht fürchtest?"

„Fürchten? Das ist das wenigste. Willst du miauen?"

„Ja, und du mußt auch miauen, wenn du kommen kannst. Letztes Mal hast du mich so lange warten lassen, bis der alte Hays einen Stein nach mit warf und schrie: ‚Der Teufel hol' die Katz!' Da hab' ich ihm einen Stein ins Fenster geschmissen — aber sag's nicht weiter!"

„Bewahre! Damals konnte ich nicht miauen, weil mir meine Tante aufpaßte; aber diesmal werde ich bestimmt miauen. — Du, Huck, was ist das?"

„Das? Ach, nur 'ne Baumwanze."

„Woher hast du die?"

„Aus dem Wald mitgebracht“

„Was willst du dafür haben?“

„Ich — ich weiß nicht. Ich will sie gar nicht verkaufen.“

„Na ja, ‘s ist ja auch nur ‘ne lump‘ge Wanze.“

„Oho, nach so ‘ner Wanze kannst du lange laufen. Mir gefällt sie schon.“

„‘s gibt ‘ne Menge solcher Wanzen. Wenn ich wollte, könnt ich tausend solche haben.“

„So, warum *willst* du denn nicht? Weil du ganz gut weißt, daß du‘s *nicht* kannst! Dies ist eine ganz besondere Wanze. Es ist die erste, die ich dies Jahr gesehen hab‘.“

„Du, Huck, ich geb‘ dir meinen Zahn dafür.“

„Laß sehen.“

Tom holte ein Papier hervor und rollte es sorgfältig auf. Huckleberry untersuchte es genau. Dann sagte er:

„Ist er auch echt?“

Tom machte den Mund auf und zeigte seine Zahnlücke.

„Gut.“ sagte Huckleberry, „er ist echt.“

Tom verschloß die Wanze in der Schachtel, die vorher das Gefängnis der „Kneifzange“ gewesen war, und die beiden trennten sich, jeder höchlichst zufrieden mit seinem Tausch.

Als Tom das kleine, einsam gelegene Schulhaus erreicht hatte, ging er ganz lustig, wie einer, der sich möglichst beeilt hat, hinein. Er hängte seine Mütze auf und setzte sich mit geschäftiger Eile auf seinen Platz. Der Lehrer, auf einem großen Lehnstuhl thronend, hatte ein bißchen geschlafen und fuhr bei Toms Anstalten in die Höhe.

„Thomas Sawyer!“

Tom wußte, daß, wenn sein Name ganz gesprochen wurde, die Situation kritisch war.

„Herr!“

„Komm vor! Wo bist du denn wieder mal so lange gewesen?“

Tom wollte seine Zuflucht zu einer Lüge nehmen, als er zwei lange, helle Zöpfe einen Rücken herabhängen sah und sie infolge geheimer Sympathie erkannte. Und daneben, auf der Mädchen-Seite, war der *einzigste* Freiplatz! Sofort entgegnete er: „Ich mußte mit Huckleberry Finn etwas besprechen."

Des Lehrers Pulse stockten, er starrte hilflos um sich. Alles Geräusch der Arbeitenden verstummte. Die Schüler glaubten, dieser kühne Bursche habe den Verstand verloren.

Der Lehrer fragte nochmals: „Du — du mußtest *was*?"

„Mit Huckleberry Finn sprechen."

Ein Irrtum war nicht mehr denkbar.

„Thomas Sawyer, das ist die staunenerregendste Antwort, die ich je erhalten habe. *Darauf* kann nur die Rute antworten. Zieh die Jacke aus!"

Des Lehrers Arm arbeitete, bis er völlig ermattet und die Rute kaput war. Dann hieß es: „So, nun geh, und setz dich zu den *Mädchen*! Und laß dir das zur Warnung dienen!"

Das Kichern, welches jetzt durch das Schulzimmer ging, schien Tom in Verlegenheit zu bringen, in Wahrheit aber war es vielmehr die wundervolle Nähe seines unbekannten Idols und die mit Ehrfurcht gemischte Freude dieses Glücksfalls. Er ließ sich auf dem Ende der Bank nieder, und das Mädchen wandte sich ab, indem es ostentativ den Kopf drehte. Kichern, Flüstern und Tuscheln erfüllten das Zimmer, aber Tom saß mäuschenstill, die Arme auf das lange Pult vor sich gelegt, und schien eifrig zu lernen. Nach und nach legte sich die allgemeine Beschäftigung mit ihm, und das gewöhnliche Schulsummen füllte wieder die Luft. Sofort begann Tom verstohlen glänzende Blicke auf das Mädchen zu werfen. Dieses merkte es, schnitt ihm 'ne Grimasse und drehte für die Zeit einer Minute den Kopf von ihm ab. Als sie vorsichtig wieder herumsah, lag ein Pfirsich vor ihr. Sie stieß ihn weg. Tom schob ihn ihr liebenswürdig wieder zu; sie schob ihn nochmals fort, aber weniger heftig. Tom legte ihn geduldig zum dritten Mal auf ihren Platz. „Bitte — nimm, ich hab' noch mehr!" Das Mädchen lächelte bei dieser Anrede, machte aber sonst kein Zeichen des Einverständnisses. Nun begann der Bursche etwas auf seine Tafel zu zeichnen, wobei er sein Werk sorgfältig mit der Hand bedeckte. Eine Zeitlang tat das Mädel gleichgültig; aber ihre Neugier begann sich doch bald bemerkbar zu machen durch begehrliche Blicke. Tom arbeitete weiter, ohne eine Ahnung davon. Das Mädel bewerkstelligte eine Art Verrenkung, um einen Blick auf Toms Werk werfen zu können, der aber merkte noch immer nichts.

Schließlich gab sie nach und flüsterte zögernd: „Laß mich sehen!"

Tom enthüllte sofort eine klägliche Karikatur eines Hauses mit zwei schiefen Giebeln und korkzieherförmigem Rauch über dem Schornstein. Das Interesse der Kleinen an dem Werk wurde immer lebhafter, sie vergaß alles darüber. Als es beendet war, betrachtete sie es einen Moment und flüsterte dann: „Zu niedlich! Mach einen Mann!"

Der Künstler errichtete im Vordergrund einen Mann, einen wahren Mastbaum. Er hätte mit Leichtigkeit über das Haus wegsteigen können; aber die Kleine war nicht kritisch. Sie war zufrieden mit dem Monstrum.

„Ein wundervoller Mann — jetzt mach mich, wie ich daher komme!"

Tom malte so etwas wie ein Zifferblatt, darüber einen Vollmond auf einem Strohhalm von Hals, und Arme, in deren ausgespreizten Fingern ein mächtiger Fächer steckte. Das Mädchen sagte: „Reizend, Tom. Ich wollte, ich könnte auch zeichnen."

„'s ist ganz leicht," flüsterte Tom, „ich will's dich lehren."

„Ja, willst du? Wann?"

„Am Mittag. Gehst du zum Essen nach Haus?"

„Wenn *du* bleibst, bleib ich auch."

„Na, gut also. — Wie heißt du denn?"

„Becky Thatcher. — Und du? Ach, ich weiß: Thomas Sawyer."

„So heiß ich, wenn ich was getan hab'. Wenn ich brav bin, nennt man mich Tom. Du wirst mich Tom nennen, nicht wahr?"

„Ja."

Nun begann Tom etwas auf die Tafel zu kritzeln, was das Mädchen wieder nicht sehen sollte. Aber sie ließ sich nicht mehr abweisen. Sie verlangte, es zu sehen.

„Es ist nichts," sagte Tom gleichgültig.

„Es ist *doch* was."

„Nein, es ist nichts. Du brauchst's nicht zu sehen."

„Doch, ich will's sehen. Ich *will.* — Laß mich sehen, bitte!"

„Ich will's dir *sagen.*"

„Nein, ich will nicht — ich will, ich will, ich will es *sehen*!"

„Aber du sagst es doch niemand? So lang du lebst?"

„Nein, ich sag's niemand. Jetzt laß mich sehen!" Und sie legte ihre kleine Hand auf seine, und ein kleines Handgemenge folgte. Tom tat, als wehre er sich im Ernst, ließ aber doch seine Hand langsam abgleiten, bis die Worte sichtbar wurden:

„Ich liebe dich!"

„Garstiger Junge!" Dabei gab sie ihm einen kleinen Klaps, schien aber doch nicht allzu böse zu sein.

Gerade in diesem schönen Moment fühlte Tom einen schweren Griff am Ohr und eine unwiderstehlich emporziehende Gewalt. So wurde er durch das Schulzimmer eskortiert und auf seinen eigenen Platz befördert, unter einem Kreuzfeuer von Spott und Gelächter der ganzen Schule. Dann blieb der Lehrer während eines schrecklichen Augenblickes neben ihm stehen und kehrte dann endlich auf seinen Thron zurück, ohne ein Wort gesprochen zu haben. Aber obwohl Toms Ohr schmerzte, war sein Herz doch voll Jubel.

Als die Schule wieder beruhigt war, machte Tom einen sehr ehrenwerten Versuch, zu arbeiten, aber der Sturm in ihm war zu heftig. Dann sollte er lesen und brachte ein klägliches Gestümper zu Tage, in der Geographiestunde machte er Seen zu Bergen, Berge zu Flüssen, Flüsse zu Erdteilen, bis das Chaos wieder hereinbrach. Schließlich beim Buchstabieren wühlte er sich durch eine Menge einzelner Worte und Silben, bis er sich völlig festgerannt hatte und die Zinn-Medaille, die er vor Monaten als besondere Auszeichnung gewonnen hatte, wieder abgeben mußte.

Siebentes Kapitel

Je gewissenhafter Tom sich bemühte, seine Gedanken an das Buch zu fesseln, um so mehr schweiften sie in die Ferne. So gab er es schließlich mit einem Seufzer auf und gähnte. Es wollte ihm scheinen, als werde es heute niemals Mittagszeit. Die Luft stand bewegungslos; kein Hauch. Es war der schläfrigste aller schläfrigen Tage. Das halb erstickte Murmeln der fünfundzwanzig Kinder, die da so eifrig studierten, lullte Toms Seele ein, gleich dem Gesumse der Bienen. Draußen im prallen Sonnenschein reckte Cardiff Hill sein im saftigsten Grün prangendes Haupt durch den schimmernden Schleier der Luft, die aus der Ferne gesehen, die Farbe des Purpurs angenommen hatte — infolge der großen Hitze. Ein paar Vögel wiegten sich auf müßigen Schwingen hoch im Zenith. Sonst war kein Lebewesen sichtbar, außer ein paar Kühen, und die schliefen auch. Toms Herz lechzte nach Freiheit oder wenigstens irgend welcher Beschäftigung, um damit diese traurigen Stunden totzuschlagen. Seine Hand wanderte in die Tasche, und über sein Gesicht huschte ein Schimmer freudiger Dankbarkeit, ihm selbst unbewußt. Dann wurde die Zündholzschachtel ans Tageslicht befördert. Er befreite die Wanze und setzte sie vor sich auf die Bank. Das unvernünftige Tier wurde wahrhaftig von demselben Ausdruck des Dankes verschönt, aber es hatte zu früh frohlockt, denn als es Miene machte, sich dankerfüllt davonzubegeben, schubste Tom es mit dem Griffel zurück und zwang es, eine andere Richtung einzuschlagen. Toms Busenfreund saß neben ihm, seufzend, wie es Tom noch eben getan hatte; jetzt war er sofort von tiefstem und dankbarstem Interesse erfüllt für diesen reizenden Zeitvertreib. Dieser Busenfreund war Joe Harper. Die beiden Burschen waren die Woche hindurch unzertrennliche Freunde — Samstags waren sie erbitterte Feinde. Joe zog einen Griffel aus seinem Kasten und begann sich an den Exerzitien des Gefangenen zu beteiligen. Der neue Sport gewann von Minute zu Minute an Interesse. Aber bald bemerkte Tom, daß sie einander ins Gehege kamen und eigentlich keiner recht was von der

Wanze habe. So legte er Joes Tafel auf den Tisch und zog daran entlang einen senkrechten Strich mit dem Griffel. „So," sagte er, „so lange sie auf deiner Seite ist, kannst du mit ihr herumschubsen, und ich lasse sie in Ruhe, sobald du sie aber auf *meine* Seite entkommen läßt, mußt du sie in Ruhe lassen, und ich darf sie behalten, so lange ich sie auf meiner Seite halten kann."

„Na, also — los!"

Die Wanze entschlüpfte sofort von Toms Gebiet und überschritt den Äquator. Joe drangsalierte sie eine Weile, und dann kroch sie wieder zu Tom. So ging es mehrmals hin und her. Während sich einer der beiden voll Eifer mit der Wanze herumschlug, schaute der andere begierig zu; beider Köpfe waren, dicht aneinander gedrängt, über den Tisch gebeugt, und beider Geist war von gleichem Interesse erfüllt. Schließlich schien sich das Glück für Joe zu entscheiden. Die Wanze versuchte dies und das, schlug immer neue Wege ein und wurde so hitzig und aufgeregt wie die Jungen selbst, aber jedesmal, wenn sie Joe überlistet und den Sieg davongetragen zu haben schien, und es Tom bereits in den Fingern zuckte, zu beginnen, trieb Joes Griffel die Wanze noch im letzten Augenblick zurück und hielt sie wiederum gefangen. Schließlich konnte Tom es nicht länger aushalten. Die Versuchung war zu groß. So holte er aus und half mit seinem Griffel ein bißchen nach. Das ärgerte Joe mächtig. „Tom, laß das!"

„Ich will sie jetzt auch mal wieder ein bißchen zum Spielen haben, Joe."

„Halt, das gibt's nicht; laß sie los!"

„Sag, was du willst — ich *muß* sie jetzt mal haben!"

„Ich sag dir — laß sie!"

„Fällt mit grad ein!"

„Du sollst aber — sie ist auf meiner Seite!"

„Du hör', Joe — wem gehört die Wanze?"

„Ist mit ganz egal, wem sie gehört — sie ist auf meiner Seite, und du sollst sie nicht anfassen!"

„Sooo — ich *will* aber — nu grade! Zum Teufel, mir gehört die Wanze! Ich werd' doch mit ihr tun dürfen, was ich will!"

Tom fühlte einen schrecklichen Schlag auf der Schulter, im nächsten Augenblick fühlte Joe ihn, und während der nächsten Minuten flog der Staub in dichten Wolken von ihren Jacken, und die ganze Schule jubilierte. Die beiden waren viel zu sehr in ihren Streit vertieft gewesen, um die plötzliche Stille zu bemerken, die sich über die Klasse gelagert hatte, während der Lehrer auf den Zehen von seinem Pult heruntergeschlichen kam. Er hatte einen guten Teil der Auseinandersetzung mit angehört, bis er tätig eingriff.

Als die Schule mittags aus war, schlich Tom zu Becky und flüsterte ihr ins Ohr:

„Setz deinen Hut auf und tu so, als wenn du nach Hause gingest. Wenn du um die Ecke bist, laß die anderen laufen und komm durch die Seitengasse zurück. Ich will ‘nen anderen Weg gehen und komme dann auch zurück."

So ging eins mit einem Trupp Schüler fort, das andere mit ‘nem andern. Eine kurze Weile danach trafen sie sich am Ende des Gäßchens wieder, und als sie wieder bei der Schule anlangten, waren sie da ganz ungestört.

Dann saßen sie zusammen, vor sich eine Tafel, und Tom gab Becky seinen Griffel, führte ihr die Hand, und sie zeichneten zusammen ein wundervolles Haus. Sobald das Interesse an der Kunst zu schwinden begann, fingen sie an, sich was zu erzählen. Tom schwamm in Seligkeit.

„Hast du Ratten gern?" fragte er Becky.

„Pfui, ich hasse sie!"

„Ja, ich auch — das heißt lebendige. Aber ich meinte tote, die man an ‘nem Strick sich um den Kopf herumschwingen lassen kann."

„Nein, ich mag überhaupt gar keine Ratten. Ich möchte Gummi zum Kauen."

„Das mein ich! Ich wollt‘, ich hätt‘ welchen!"

„Möchtest du? Ich hab‘ welchen. Du kannst ihn ‘ne Weile kriegen, aber dann mußt du ihn mir wiedergeben!"

Und dann kauten sie Gummi und stemmten die Knie gegen die Bank und waren seelenvergnügt.

„Warst du schon mal im Zirkus?“ fragte Tom.

„M — ja, mein Papa hat mich schon ‘n paarmal mitgenommen, wenn ich artig war.“

„Ich bin schon drei- oder viermal dort gewesen — vielmal! — Die Kirche ist gräßlich langweilig neben dem Zirkus. Ich möchte immer in den Zirkus gehen. Wenn ich groß bin, will ich Clown im Zirkus werden.“

„Ach, willst du wirklich? Das ist aber nett. Die sind alle so hübsch geputzt.“

„M — ja. Und dann verdienen sie eine Unmenge Geld — Ben Rogers sagt, mehr als einen Dollar täglich. — Sag, Becky, warst du schon mal verlobt?“

„Was ist das?“

„Nun — wenn man sich heiraten will.“

„Nein.“

„Möcht‘s du‘s mal sein?“

„Ich weiß nicht. Ich denke ja. Ist denn das nett?“

„Nett? *Ich* weiß nicht, was netter ist. Du brauchst nur zu einem Knaben zu sagen, du möchtest keinen anderen jemals als ihn, niemals, niemals, *niemals*, und dann küßt ihr euch — und dann ist‘s fertig. Jeder kann das.“

„Küssen? Warum denn küssen?“

„Weil das halt *zu* schön ist, weißt du! Die Leute tun das immerfort.“

„Immer?“

„Natürlich, jeder, der ‘nen andern lieb hat, tut‘s. Weißt du nicht mehr, was ich auf die Tafel geschrieben habe?“

„J — ja“

„Was denn?“

„Ich — ich kann‘s nicht sagen.“

„Soll ich‘s *dir* sagen?“

„J — ja — aber ein andermal."

„Nein, *jetzt.*"

„Nein, nicht jetzt — morgen."

„Nein — jetzt, Becky. Bitte! Ich will's auch ganz leise sagen; ins Ohr will ich's dir sagen."

Als Becky zögerte, nahm Tom ihr Stillschweigen für Zustimmung, schlang seinen Arm um ihre Schulter, legte seinen Mund an ihr Ohr und flüsterte ihr die alte Zauberformel zu. Und dann sagte er: „Nun, mußt du's *mir* sagen — grad so!"

Sie wehrte sich eine Weile und bat dann: „Aber, du mußt das Gesicht fortwenden, daß du's nicht sehen kannst — dann tu ich's. Aber du darfst es niemand sagen, willst du, Tom? Na, sag, *willst* du?"

„Selbstverständlich, Becky! Also jetzt!"

Er drehte den Kopf zur Seite. Sie beugte sich hinüber, bis ihr Atem ihn berührte, und flüsterte dann ganz leise: „Ich — liebe — dich!"

Und dann sprang sie auf und lief um Tische und Bänke herum, Tom hinterher, und flüchtete schließlich in einen Winkel, ihre weiße Schürze vor dem Gesicht. Tom faßte sie um und sprach leise auf sie ein.

„Na, Becky — 's ist ja schon gut — alles, bis auf den Kuß! Fürchte dich nur nicht davor, ich tu dir gewiß nichts. Sei gut, Becky!"

Damit zupfte er an der Schürze und an den Händen. Allmählich gab sie nach und ließ die Hände sinken. Ihr Gesichtchen, glühend vor Scham, erschien wieder. Tom küßte sie auf die roten Lippen und sagte: „So, nun ist's ganz vorbei, Becky! Und jetzt weißt du wohl, darfst du nie wieder 'nen anderen gern haben, außer mir, und darfst auch keinen heiraten, außer mir, nie, nie nie! Willst du?"

„Nein, ich will nie 'nen anderen lieb haben als dich, Tom, und ich will nie 'nen anderen heiraten als dich, und du darfst auch nie eine andere heiraten als mich, niemals."

„Na, gewiß! Versteht sich doch! Und, wenn wir jetzt wieder in die Schule gehen, oder wenn wir *von* der Schule nach Haus kommen, mußt du immer mit mir gehen, wenn's die anderen nicht sehen — und du wählst mich und ich dich beim Spazierengehen — so ist's unter Verlobten!"

„Nett ist das. Ich hatte davon noch nie gehört."

„O, es ist so lustig! Als ich und Amy Lawrence —"

Die erstaunten Augen belehrten Tom über seine Dummheit, und er hielt verwirrt inne.

„Ach, Tom, also bin ich nicht die erste, mit der du verlobt warst?"

Das Mädchen begann zu heulen.

Tom bat: „Nicht weinen, Becky. Ich mag sie ja gar nicht mehr leiden."

„Doch, du magst sie noch, Tom, du weißt ganz gut, daß du sie noch magst!"

Tom versuchte, seinen Arm um ihren Hals zu legen, aber sie stieß ihn fort, drehte das Gesicht nach der Wand und fing wieder an zu heulen. Tom machte mit seinen süßesten Schmeicheleien einen neuen Versuch und wurde abermals abgeschlagen. Da erwachte sein Stolz, er wandte sich ab und ging hinaus. Draußen blieb er ein wenig stehen, schwankend und unentschlossen, schielte nach der Tür und hoffte, sie würde bereuen und ihm nachkommen. Aber sie kam nicht. Schließlich wurde er weich; er fühlte, daß das Unrecht auf seiner Seite wäre. Es war wohl sehr sauer, ihr nochmals entgegenzukommen, aber er machte sich selbst Mut und ging hinein. Sie stand immer noch in ihrem Winkel, das Gesicht zur Wand gekehrt. Toms Herz wollte brechen. Er ging zu ihr, stand einen Augenblick zögernd und wußte nicht, was tun. Dann sagte er ganz schüchtern: „Becky — ich — ich kümmere mich um keine andere als dich."

Keine Antwort. Schluchzen.

„Becky," in bittendem Ton. „Becky, willst du nicht wenigstens was sagen?"

Immer lauteres Schluchzen. Tom zog seinen kostbarsten Schatz hervor, den abgebrochenen Knopf irgend eines alten Hausgerätes, hielt ihn ihr dicht vor die Augen und schmeichelte: „Na, Becky, willst du den haben?"

Sie schlug ihn ihm aus der Hand, daß er bis zur Tür flog. Da marschierte Tom denn aus der Tür, über Berg und Tal, um an dem Tage nicht mehr zur Schule zurückzukehren. Sofort drehte sich Becky um. Sie lief zur Tür. Er war nicht mehr zu sehen. Sie rannte hinaus auf den Spielplatz. Er war nicht dort. Nun begann sie aus Leibeskräften zu schreien: „Tom, komm zurück — Tom!!“

Sie horchte angestrengt, aber keine Antwort kam. Sie war also allein in der Stille und Verlassenheit ringsum. So fing sie wieder an zu schreien, um sich selbst zu ermutigen, bis die Schüler wieder zur Schule zu kommen begannen und sie ihren Kummer hinunterschlucken und ihr gebrochenes Herz einstweilen beruhigen mußte. So nahm sie ihr Kreuz eines ganzen langweiligen Nachmittags auf sich, ohne unter all diesen Fremden eine einzige mitfühlende Seele zu finden, die ihren Schmerz mit ihr geteilt hätte.

Achtes Kapitel

Tom schlenderte immer weiter durch die Gassen, bis er zu weit von der Schule entfernt war, um noch zum Nachmittagsunterricht gehen zu können, dann setzte er sich in Trab. Ein paarmal passierte er kleine „Flußarme“, da ihm ein weitverbreiteter, jugendlicher Aberglaube sagte, daß er sich dadurch vor Verfolgung sichern könne. Nach einer halben Stunde war er hinter Douglas Mansion auf dem Gipfel von Cardiff Hill verschwunden, das Schulhaus lag weit unten im Nebel, kaum noch sichtbar. Er „nahm“ einen dichten Wald, schlug einen Weg in das Innere ein, der keiner war, und setzte sich auf eine Moosbank unter das weite Blätterdach einer Eiche. Kein Lüftchen regte sich. Die schwere Nachmittagsluft ließ sogar die Vögel verstummen. Die ganze Natur lag in starrer Dumpfheit, nur zuweilen unterbrochen durch entferntes Pochen eines Spechtes, wodurch das Schweigen und das Gefühl des Alleinseins nur um so fühlbarer wurde. Der kleine Bursche versank in melancholische Träume. Seine Empfindungen standen vollkommen in Einklang mit seiner Umgebung. Lange saß er, die Ellbogen auf die Knie gestemmt, das Kinn in der Hand, und dachte nach. Es wollte ihm scheinen, daß das ganze Leben im besten Fall eitel Kummer und Sorge sei, und er beneidete mehr als je Jimmy Hodges. Es muß sehr friedvoll sein, dachte er, für immer zu liegen und zu schlummern und zu träumen, wenn der Wind in den Blättern flüstert und Gras und Blumen auf dem Grab fächelt — und von nichts mehr gedrückt und belästigt zu werden — nie mehr. Hätte er nur ein gutes Sonntagsschulzeugnis gehabt — wie leicht hätte er für immer dem Leben Valet gesagt. Und dann dieses Mädchen. Was hatte er ihr eigentlich getan? Nichts! Er hatte die beste Absicht von der Welt gehabt und war artig gewesen wie ein Hund — wie ein wohlerzogener Hund. Sie würde ein paar Tage traurig sein — vielleicht! Ach, wenn er doch für einige Zeit wenigstens hätte sterben können.

Aber der leichte Sinn der Jugend läßt sich nicht lange niederdrücken. Tom begann sehr bald wieder in sein altes Lebenselement zurückzutreiben. Wie, wenn er jetzt fortging und auf geheimnisvolle Weise verschwände? Wenn er weit, weit in unbekannte Länder, jenseits des großen Wassers, gelangte und nie wieder zurückkäme. Was würde sie dann wohl fühlen? Der Gedanke, ein Clown zu werden, kam ihm wieder, wurde aber mit Abscheu abgewiesen. Für dumme Witze und Possen und gemalte Kleider war sein Geist, der sich eben noch in den kühnsten Träumen verloren hatte im Reich der Romantik, wenig disponiert. Nein, er wollte Soldat werden und nach langen Jahren als kriegserfahrener, berühmter Mann zurückkehren. Oder noch besser, er wollte zu den Indianern gehen, mit ihnen Büffel jagen, in den wilden Bergen und den verlassenen Prärien den Kriegspfad beschreiten, um dann einmal als großer Häuptling, geschmückt mit Federn, mit allen nur denkbaren Farben scheußlich bemalt, zurückzukommen, eines schönen Morgens mit blutdürstigem Kriegsgeheul in die Sonntagsschule einbrechen und alle seine Gefährten in unerträglichem Neid vergehen zu sehen!

Aber ihm fiel etwas noch Großartigeres ein! Ein Pirat wollte er werden! Das war's! Jetzt erst lag seine Zukunft klar vor ihm, strahlend in unaussprechlichem Glanz. Wie würde sein Name die Welt erfüllen und die Menschen schaudern machen. Wie stolz würde er die schäumende See durchfurchen auf seinem großen, kohlschwarzen Dreimaster, dem „Sturmgeist“, mit der gräßlichen Flagge am Mast! Und dann, auf dem Höhepunkt seines Ruhmes angelangt, würde er plötzlich in dem alten Dorfe erscheinen, und, ein braungebrannter, wetterfester Held in schwarzer Jacke, langschaftigen Seemannsstiefeln, hochroter Schärpe, den Hut mit wallenden Federn geschmückt, die schwarze Fahne mit den Totenschädeln und den gekreuzten Gebeinen darauf entfaltet, mit lähmendem Entsetzen die guten Leute in der Kirche erfüllen! „Es ist Tom Sawyer, der Pirat! Der schwarze Rächer des spanischen Meeres!!“

Ja — es war beschlossen, sein Schicksal besiegelt. Er wollte von zu Hause fortlaufen und drauf los! Gleich am nächsten Morgen mußte er anfangen. Deshalb hieß es jetzt mit den Vorbereitungen beginnen. Er wollte zunächst seine Schätze zusammenscharren. Er ging zu einem hohlen Baum in der Nähe und begann am Fuße desselben mit seinem Messer den Boden aufzukratzen. Bald traf er auf hohlklingendes Holz.

Er legte seine Hand drauf und deklamierte mit feierlicher Stimme: „Was nicht hier ist, komme, was schon hier ist, bleibe!“

Dann entfernte er die Erde und förderte einen von Schindeln gebildeten Behälter zu Tage. Er hob ihn auf und öffnete eine kleine Schatzkammer, deren Boden und Seiten gleichfalls durch Schindeln gebildet wurden. Darin lag *eine* Glaskugel. Toms Erstaunen war grenzenlos! Er schüttelte den Kopf, machte ein verdutztes Gesicht und sagte: „Nun, *das* ist stark!“

Dann schleuderte er die Glaskugel wütend von sich und versank in Nachdenken. Die Wahrheit war, daß hier ein alter Aberglaube zunichte geworden war, den er und alle seine Kameraden stets für unfehlbar gehalten hatten. Wenn man nämlich *eine* Glaskugel mit gewissen vorgeschriebenen Worten vergrub und nach einer Zeitlang die Grube mit den gleichen Worten wieder öffnete, so fand man alle Kugeln, die man nur jemals besessen und verloren hatte, beisammen, und wären sie auch noch so weit zerstreut gewesen. Und nun war das auf so schmerzliche Weise und so augenscheinlich fehlgeschlagen. Toms ganzer Glaube war in seinen Grundfesten erschüttert. Er hatte wohl sehr oft von derartigen geglückten Unternehmungen, niemals aber von fehlgeschlagenen gehört. Es fiel ihm nicht ein, daß er es schon mehrmals versucht und nachher den Platz des Begräbnisses nicht hatte wiederfinden können. Er grübelte eine Zeitlang darüber nach und entschied schließlich, daß irgend eine Hexe den Zauber gestört haben müsse. Er dachte sich von diesem Punkt zu überzeugen, so suchte er, bis er eine Sandstelle mit einer trichterartigen Vertiefung darin fand. Gleich legte er sich nieder, preßte den Mund fest darauf und rief:

„Wanze, komm herauf vom Grund,
Tu mir, was ich möchte, kund!“

Der Sand begann sich zu heben und eine kleine, schwarze Wanze erschien für einen Augenblick, verschwand aber schleunigst wieder.

„Sie wagt‘s nicht! Es *war* also eine Hexe! Ich wußte es ja!“

Er sah sofort die Nutzlosigkeit eines Kampfes gegen Hexen ein und gab es mutlos auf. Aber wenigstens hätte er die eben fortgeworfene

Glaskugel gern wieder gehabt und begann sofort umherzusuchen, konnte sie aber nicht finden. Nun ging er zu seiner Schatzkammer zurück und stellte sich genau so, wie er vorher gestanden, als er die Kugel fortwarf. Dann zog er eine andere aus der Tasche, warf sie ebenso fort und deklamierte dabei: „Bruder, such den Bruder!“ Er paßte genau auf, wo sie niederfiel, ging dorthin und suchte umher. Aber sie mußte entweder näher oder weiter geflogen sein — er wiederholte also den Versuch noch zweimal. Der letzte Versuch hatte Erfolg. Die beiden Kugeln lagen kaum einen Fuß voneinander.

In diesem Augenblick drang der Ton einer Zinntrompete durch den Wald herüber. Tom entledigte sich blitzartig seiner Jacke und Hose, machte sich aus einem Hosenträger einen Gürtel, räumte einen Haufen Gestrüpp hinter dem hohlen Baum fort, holte einen rohgeschnitzten Bogen und Pfeil hervor, ein hölzernes Schwert, eine Zinntrompete, raffte alles zusammen und raste davon, barbeinig, in flatterndem Hemd. Bald hielt er unter einer großen Ulme, stieß antwortend in die Trompete und schlich auf den Zehen vorwärts, um vorsichtig nach allen Richtungen auszulugen. Zu einer eingebildeten Heldenschar gewandt, flüsterte er:

„Halt, tapfere Gefährten! Haltet hier, bis ich blase!“

In diesem Augenblick erschien Joe Harper, ebenso gekleidet und bewaffnet wie Tom. Tom rief: „Halt! Wer kommt ohne meine Erlaubnis in den Sherwood-Wald?!“

„Guy von Guisborne wagt‘s! Wer bist du, daß — daß —“

„Daß du es wagen darfst, so zu sprechen,“ ergänzte Tom prompt, denn sie spielten „nach dem Buch“ und deklamierten aus dem Gedächtnis.

„Daß du es wagen darfst, so zu sprechen?“

„Wer ich bin? Robin Hood, wie dein schuftiger Leichnam bald fühlen soll!“

„Du wärest in der Tat jener berühmte Geächtete? Mit Vergnügen will ich mit dir um die Herrschaft dieses herrlichen Waldes streiten! Paß auf!“

Sie zogen ihre hölzernen Schwerter, warfen alle anderen Waffen auf die Erde, nahmen eine Fechterstellung an, Fuß bei Fuß, und begannen einen heißen, kühnen Kampf „zwei oben und zwei unten." Plötzlich sagte Tom:

„Du, wenn's dir recht ist — stärker!"

So gingen sie denn noch stärker los, schnaufend und schwitzend.

Zuweilen stieß Tom hervor: „Fall', fall', warum fällst du nicht?!"

„Fällt mir nicht ein! Warum fällst du nicht selbst? *Du* bekommst die meisten Schläge!"

„Ach, das ist ja gleich! Ich *kann* doch nicht fallen! Das steht doch nicht im Buch! Im Buch steht doch: Und mit einem schrecklichen Hieb fällte er den armen Guy von Guisborne! Du mußt dich umdrehen, und ich geb dir eins hinten drauf!"

Gegen solche Autorität ließ sich nicht streiten, Joe drehte sich um, erhielt seinen Hieb und fiel. „So," sagte er, sich wieder aufrappelnd, „nun laß du mich dich töten. Das ist recht und billig!"

„Gibt's nicht, steht nicht im Buch!"

„So? Na, meinetwegen. 's ist aber eine rechte Gemeinheit von dem Buch! — So, jetzt kannst du Friar Tuck sein, Tom, oder Much, des Müllers Sohn, und mich mit einem Zaunpfahl lahm prügeln; oder ich bin der Sheriff von Nottingham, und du bist jetzt mal Robin Hood und tötest mich."

Tom war's zufrieden, und auch diese Abenteuer wurden durchgefochten. Dann war wieder Joe Robin Hood und bekam von der verräterischen Nonne die Erlaubnis, all seine furchtbare Kraft mit dem Blut seiner Wunden davonfließen zu sehen. Zuletzt schleifte ihn Joe, der jetzt eine ganze Bande weinender Geächteter repräsentierte, vorsichtig davon, gab ihm seinen Bogen in die schwache Rechte, und Tom flüsterte mit ersterbender Stimme:

„Wo dieser Pfeil niederfällt, da begrabt den armen Robin Hood unter grünen Bäumen." Dann schoß er einen Pfeil ab, fiel zurück und würde tot gewesen sein — aber er hatte sich in Nesseln geworfen und sprang in die Höhe — etwas zu schnell für einen Toten.

Sie zogen sich wieder an, verbargen ihre Kriegsgeräte und gingen fort, bedauernd, daß es keine Geächteten mehr gab, und sich fragend, was die moderne Zivilisation getan habe, um diesen Verlust verschmerzen zu lassen. Sie waren sich beide vollkommen klar, daß sie lieber ein Jahr hindurch Geächtete im Sherwood-Walde gewesen wären als für Lebenszeit Präsident der Vereinigten Staaten.

NEUNTES KAPITEL

Um halb neun wurden Tom und Sid, wie gewöhnlich, zu Bett geschickt. Sie sprachen ihre Gebete, und Sid war bald eingeschlafen. Tom lag wach und wartete in peinvoller Ungeduld. Als es ihm schien, daß es bald wieder Tag werden müsse, hörte er es zehn Uhr schlagen. Das war zum Verzweifeln. Er hätte um sich schlagen mögen, wie es seine Nerven verlangten, aber er fürchtete, Sid aufzuwecken. So lag er still und starrte in die Dunkelheit. Es war so schrecklich still! Allmählich begannen aus der Stille heraus kleine, geheimnisvolle, kaum hörbare Stimmen sich bemerkbar zu machen.

Zuerst vernahm er nur das Ticken der Uhr. Dann begannen morsche Balken geheimnisvoll zu brechen. Auch im Fußboden regte es sich. Es war kein Zweifel, daß Geister ihr Wesen trieben. Ein dumpfer, sich regelmäßig wiederholender Ton drang aus Tante Pollys Schlafzimmer herauf. Und jetzt begann das eintönige Zirpen einer Grille, das keine menschliche Macht zum Schweigen zu bringen vermag. Dann wieder ließ das unheimliche Klopfen des Totenkäfers in einem Balken über seinem Kopf Tom erschauern — gewiß waren irgend jemandes Tage gezählt. Jetzt erfüllte das langgezogene Heulen eines Hundes die nächtliche Stille und wurde sofort durch ein noch entfernteres Heulen beantwortet. Tom lag halb betäubt. Er glaubte, alle Zeit habe aufgehört und die Ewigkeit beginne. Trotz aller Anstrengung schlief er ein. Die Uhr schlug elf, aber er hörte nichts mehr. Und dann mischte sich in seine halbbewußten Träume ein höchst melancholisches Katzengeheul. Das Aufreißen eines benachbarten Fensters schreckte ihn in die Höhe. Der wütende Ruf: „Hol der Teufel die verfluchte Katze!“ und der Anprall einer leeren Flasche gegen die Rückwand von Tante Pollys Holzschuppen ermunterten ihn vollends; eine Minute später war er völlig angekleidet, stieg aus dem Fenster und noch auf allen Vieren am Dach eines kleinen Anbaues entlang. Während dieses Spazierganges miaute er ein- oder zweimal halblaut, dann kletterte er auf das Dach des Holzschuppens und sprang von dort zur Erde. Huckleberry Finn war da mit seiner toten Katze. Die Jungen machten sich davon und verschwanden in der Dunkelheit. Eine halbe Stunde später wateten sie durch das nasse Gras des Kirchhofes.

Es war ein Kirchhof in der althergebrachten Art des Westens. Er lag auf einem Hügel, über ein und eine halbe Meile vom Dorfe entfernt. Umgeben war er von einem halb morschen alten Zaun, der sich bald nach innen, bald nach außen lehnte und doch sich immer noch aufrecht erhielt. Gras und Unkraut überwucherten den ganzen Gottesacker. Die meisten der älteren Gräber waren längst eingesunken. Nicht ein einziger Grabstein war zu sehen. Roh geschnitzte, wurmstichige Holzkreuze steckten auf den Hügeln, einen Anhalt suchend und keinen findend. „Zum ewigen Gedächtnis", das und ähnliches war auf einige gemalt, aber man konnte es meistens nicht mehr lesen — auch nicht bei hellem Tageslicht. Ein leichter Wind säuselte in den Bäumen, und Tom argwöhnte, daß es Stimmen von Toten sein könnten, die sich über die Störung ihrer Ruhe beklagten.

Nur leise, mit verhaltenem Atem, wagten die beiden zu sprechen, Zeit und Stunde und die trostlose Schwermut und Verlassenheit ihrer Umgebung bedrückten ihren Geist. Sie fanden das neugeschaufelte Grab, das sie suchten, und stellten sich in den Schutz und Schatten dreier mächtiger Ulmen, welche, ein paar Schritte vom Grabe entfernt, sich dicht aneinander drängten.

Dann warteten sie lange schweigend auf das, was da kommen sollte. Das Husten einer entfernten Eule war der einzige Ton, der die tiefe Stille zuweilen unterbrach. Toms Beklemmung wuchs. Er mußte durchaus sprechen. So sagte er mit flüsternder Stimme: „Hucky, glaubst du, daß die Toten es leiden werden, daß wir hier sind?"

Huckleberry gab flüsternd zurück: „Ich wollte, ich wüßte es. 's ist schrecklich traurig hier, nicht?"

„Ich glaub' wohl!"

Während der nächsten Minuten schwiegen beide, die Frage innerlich weiter verarbeitend. Dann wisperte Tom wieder: „Sag, Hucky — meinst du, daß Hoss Williams uns sprechen hört?"

„O, sicher, wenigstens sein Geist."

Nach einer Pause Tom wieder: „Hätt' ich doch nur *Herr* Williams gesagt! Aber ich hab's ja nie anders gehört. Alle nennen ihn einfach Hoss."

„Ja. Tom, man kann gar nicht vorsichtig genug sein in dem, was man über die Leute da unten sagt."

Dies war ungemütlich, und die Unterhaltung erstarb wieder. Plötzlich packte Tom seinen Kameraden am Arm und raunte: „Pscht!"

„Was denn, Tom?" Und die beiden drängten sich klopfenden Herzens aneinander.

„Pscht! Da ist's wieder! Hast du denn nichts gehört?"

„Ich —"

„Da! Nun hörst du's doch!"

„Herr Gott, Tom, sie kommen! Sie kommen ganz bestimmt! Was tust du?"

„Ich? Nichts! Meinst du, daß sie uns sehen werden?"

„O, Tom, die sehen in der Dunkelheit wie die Katzen. — Ich wollte nur, ich wär' nicht hergekommen!"

„Ach was, fürchte dich nicht! Ich glaub' nicht, daß sie uns was tun! Wir haben ja nichts Schlechtes getan. Wenn wir ganz still sind, werden sie uns vielleicht gar nicht bemerken!"

„Ich will's versuchen, Tom, aber, Herr Gott, ich bin halb tot vor Angst!"

„Still!"

Sie steckten die Köpfe zusammen und wagten kaum zu atmen. Dumpfes Stimmengewirr wurde vom anderen Ende des Kirchhofes hörbar.

„Sieh, sieh doch!" flüsterte Tom. „Was ist das?"

„'s ist Teufelsspuk! Ach, Tom, wie schrecklich!"

Ein paar unbestimmte Figuren tauchten aus der Dunkelheit auf, eine altertümliche Blendlaterne mit sich führend, welche die Umgebung mit zahllosen Lichtstreifen erhellte. Schaudernd flüsterte Huckleberry:

„Ganz gewiß, es sind Teufel! Drei auf einmal! Gott, Gott, Tom, wir sind verloren! Weißt du kein Gebet?“

„Ich will‘s versuchen, aber sei doch nicht so bange! Sie werden uns ja nicht erwischen. Müde bin ich, geh zur Ruh —“

„Pscht!“

„Was gibt‘s Huck?“

„Das sind ja *Menschen*! Einer wenigstens! Die eine Stimme gehört dem alten Muff Potter!“

„Ist das gewiß?“

„Wenn ich dir‘s doch sage! Nur ganz still! Er wird uns schwerlich bemerken! Besoffen, wie gewöhnlich — erbärmlicher, alter Trunkenbold!“

„‘s ist schon gut, ich bin ja ganz still! — Jetzt bleiben sie stehen — sie können‘s nicht finden — jetzt kommen sie wieder näher — heiß — kalt — wieder heiß — riesig heiß! Da — da sind sie jetzt ganz in der Nähe! — Du, Huck, ich kenne die zweite Stimme — ‘s ist die von Indianer-Joe.“

„‘s ist richtig! Diese mörderische Bestie! Ich wollt‘ fast lieber, es wären Teufel! Was sie wohl vorhaben?“

Mit dem Tuscheln war‘s jetzt aus; die drei waren beim Grab angelangt und standen kaum ein paar Fuß vom Versteck der beiden Abenteurer.

„Hier ist es,“ sagte die dritte Stimme, worauf einer der anderen die Laterne in die Höhe hielt — sie beleuchtete des jungen Dr. Robinson Gesicht. Potter und Indianer-Joe hatten einen Schubkarren mit einem Strick und ein paar Schaufeln mitgebracht. Sie setzten ihre Last nieder und begannen, das Grab zu öffnen. Der Doktor setzte die Laterne auf das Kopfende des Grabes und setzte sich mit dem Rücken gegen eine der Ulmen nieder. Er war so nahe, daß die beiden Burschen ihn hätten berühren können.

„Hurtig, Leute,“ sagte er leise. „Der Mond wird gleich herauskommen!“

Sie grunzten was als Antwort und gruben weiter. Einige Zeit war nichts zu hören als der dumpfe Ton der Schaufeln, die ihre Ladung von Erde und Steinen abluden. Es klang sehr eintönig. Endlich stieß eine Schaufel krachend auf den Sargdeckel — zwei Minuten später hatten die Männer den Sarg herausgeschoben und niedergesetzt.

Darauf brachen sie mit ihren Schaufeln den Deckel auf, zogen die Leiche heraus und warfen sie brutal auf die Erde. Der Mond trat in diesem Augenblick hinter den Wolken hervor und beleuchtete grell die scheußliche Szene. Der Schubkarren wurde herbeigeholt, der Körper daraufgelegt, mit einer Decke eingehüllt und mit Stricken festgebunden. Potter zog ein großes Messer hervor, schnitt das überhängende Stück des Strickes ab und sagte: „So, *das* wär getan, Beinsäger, jetzt noch 'nen Fünfer 'raus, oder das da bleibt stehen."

„'s ist ganz richtig," stimmte der Indianer-Joe bei.

„Seht mal! Was soll das heißen?" fragte der Doktor. „Ihr habt euer Geld im voraus verlangt, und ich hab's euch gegeben."

„Ja — und 's ist das letzte Mal gewesen," schrie der Indianer-Joe, sich dem Doktor nähernd, der rasch aufgestanden war. „Vor fünf Jahren hast du mich vom Hause deines Vaters bei Nacht und Nebel vertrieben, als ich um was zu essen bat, und hast gesagt, ich hätt' wohl was anderes vorgehabt; und als ich schwor, wir würden noch mit 'nander abrechnen, und wär's erst in hundert Jahren, hat mich dein Vater als Landstreicher eingesperrt. Dachtest du, ich hätt's vergessen? Ich hab' nicht umsonst Indianerblut! Und jetzt will ich's dir geben, und du wirst zum stillen Mann gemacht!"

Bis jetzt hatte er dem Doktor mit der Faust unter der Nase herumgefuchtelt. Plötzlich holte dieser aus und streckte den Raufbold zu Boden. Potter warf sein Messer zu Boden, und mit den Worten: „Halt einmal, du sollst meinen Freund nicht hauen!" stürzte er sich auf den Doktor, und im nächsten Augenblick lagen beide wütend ringend, und Gras und Erde mit den Füßen zerstampfend, auf dem Grab. Der Indianer-Joe war gleich wieder auf den Beinen, seine Augen glühten unheimlich, er ergriff Potters Messer und umkreiste katzengleich die Kämpfenden, auf eine Gelegenheit lauernd. Aber auf einmal gelang es dem Doktor, sich freizumachen, er ergriff den schweren Sargdeckel und schlug Potter damit zu Boden — ebenso rasch hatte Joe seinen Vorteil wahrgenommen und stieß das Messer bis ans Heft in des jungen Mannes Brust. Der Doktor stieß einen Schrei aus und fiel auf Potter, ihn mit seinem Blute färbend; und im selben Moment verhüllten die

Wolken das schreckliche Schauspiel, während die beiden zu Tode erschrockenen Burschen Hals über Kopf in der Dunkelheit verschwanden.

Sobald der Mond wieder hervorkam, stand Joe über den beiden regungslos Liegenden und betrachtete sie. Der Doktor murmelte etwas Unverständliches, tat einen langen Seufzer — und war still.

„Beim Satan — der Stich sitzt," brummte Joe und begann die Leiche zu berauben, worauf er das verräterische Messer in Potters offene Hand steckte und sich auf den geöffneten Sarg setzte. Drei — vier — fünf Minuten verflossen, und dann begann Potter sich zu bewegen und zu stöhnen. Seine Hand schloß sich um das Messer, er hob es auf, blickte darauf und ließ es schaudernd fallen. Dann richtete er sich auf, schob die Leiche von sich und starrte verwirrt um sich. Joe anzusehen, vermied er.

„Herr Gott, Joe, wie war das?" sagte er mit zitternder Stimme.

„'s ist 'ne faule Geschichte," entgegnete Joe grob. „Wozu tatst du's?"

„Ich! *Ich* hab's nicht getan!"

„Sieh mal! Na — mit solchem Geschwätz kommst du nicht los!"

Potter zitterte und wurde aschfahl.

„Ich hatte mir doch vorgenommen, nüchtern zu bleiben! Warum mußte ich auch nachts trinken. — Hab's ja noch im Kopf — mehr, als wie wir kamen. — Immer betrunken — völlig — auf gar nichts kann ich mich besinnen! Sag, Joe, *ehrlich*, alter Bursche — hab ich's getan?! Ich wollt's nicht tun — auf Ehr und Seligkeit, Joe, ich wollt's nicht tun! O, 's ist schrecklich — und er war so jung und hoffnungsvoll —"

„Na, ihr habt halt gerauft, und er gab dir eins rüber mit dem Sargdeckel, und du fielst hin. — Und dann kamst du wieder auf, wanktest und konntest dich kaum auf den Füßen halten, hobst das Messer auf — na, und stießest es ihm in den Leib, grad, wie er dir noch 'nen tüchtigen Schlag geben wollte, und dann hast du hier wie 'n toter Klotz gelegen bis jetzt."

„O — ich wußte ja nicht mehr, was ich tat. 's kam wohl alles vom Branntwein und von der Wut — schätz' ich. Ich hab' nie vorher in meinem Leben so was getan, Joe! 's können's mir alle bezeugen.

Geprügelt — ja, aber gestochen niemals, Joe. Joe, sag's niemand! Sag mir, Joe, daß du's niemand sagen willst! Sei 'n guter Bursche! Joe! Ich hab' dich immer gern gehabt, Joe, und hab' deine Partei genommen. Weißt du nicht, Joe? Joe, du sagst es *nicht*, Joe, nicht?!" Und der arme Kerl fiel auf die Knie vor den kaltherzigen Mörder und hob beschwörend die Hände.

„Na, du bist immer treu und brav zu mir gewesen, Muff Potter, und ich werd' dich nicht verraten. — Das ist doch wie 'n Kerl gesprochen, he?"

„O, Joe, ja, du bist ein Engel, Joe. Ich will dich segnen, so lang ich leb'!" Und Potter begann zu weinen.

„Na, komm, 's ist jetzt genug *davon*. 's ist 'ne verdammt schlechte Zeit zum Heulen. Mach, daß du in *der* Richtung fortkommst, und ich will hierhin gehen. Vorwärts, mach fort — und laß nichts liegen, zum Teufel!"

Potter setzte sich in Trab, woraus bald regelrechter Galopp wurde. Joe schaute ihm nach, brummend: „Wenn er so betäubt von dem Prügeln und voll von Schnaps ist, wie er aussieht, so wird er an das Messer erst denken, wenn er so weit fort ist, daß er's nicht wagt, an so 'nen Ort zurückzukommen — Hasenfuß!"

Zwei oder drei Minuten später sah nur noch der Mond den Ermordeten, den eingebundenen Körper des Toten, den aufgebrochenen Sarg und das leere Grab. Tiefe Stille herrschte wieder wie vorher.

Zehntes Kapitel

Die beiden Burschen liefen dem Dorfe zu, sprachlos vor Schreck. Von Zeit zu Zeit blickten sie ängstlich über die Schulter zurück, als fürchteten sie sich vor Verfolgern. Jeder Baumstumpf, der an ihrem Wege aus der Dunkelheit auftauchte, schien ihnen ein Mann und ein Feind, und ließ sie bis ins Mark erzittern. Und als sie bei einigen außerhalb des Dorfes gelegenen Niederlassungen vorbeikamen, schien ihnen das Bellen der erwachten Hunde Flügel zu verleihen.

„Wenn wir — nur bis zu der alten Gerberei — kommen — bevor wir — zusammenbrechen —" stieß Tom abgerissen zwischen mühsamem Atemholen hervor.

„Ich — ich kann — nicht mehr — länger!"

Huckleberrys pochendes Herz war seine ganze Antwort; beide hefteten ihre Augen fest auf das Ziel ihrer Hoffnung und machten die äußersten Anstrengungen, es zu erreichen. Sie kamen ihm immer näher, und schließlich Brust an Brust, fielen sie förmlich durch die offene Tür — dankbar und atemlos, in den schützenden Schatten. Allmählich beruhigten sich ihre Pulse, und Tom flüsterte:

„Du, Huckleberry, was meinst du, wird von all dem kommen?"

„Na, ich denke, wenn Dr. Robinson stirbt, wird Gehenktwerden davon kommen."

„Meinst du?"

„Nicht meine, ich *weiß*, Tom!"

Tom dachte 'ne Weile nach, dann sagte er: „Wer wird's denn verraten? Wir?"

„Was fällt dir ein? Angenommen, ‘s käm‘ was dazwischen und Indianer-Joe müßt *nicht* hängen, wird er uns früher oder später so gewiß töten, daß wir grad so gut schon jetzt hier liegen könnten!“

„Huck, das hab‘ ich mir auch gedacht.“

„Wenn‘s jemand sagen soll, mag‘s doch Muff Potter tun, wenn er dumm genug ist. Der ist ohnehin immer betrunken genug!“

Tom sagte nichts — er brütete über etwas. Plötzlich wisperte er: „Huck, Muff Potter *weiß* es nicht. Wie kann er‘s *sagen*?“

„Warum sollt er‘s nicht wissen?“

„Weil er grad den ekligen Klaps bekommen hatte, als es Joe tat. Meinst du, da hätt‘ er‘s sehen können? Meinst du wirklich, er könnt‘s wissen?“

„Beim Henker, ‘s ist so, Tom!“

„Und dann — weißt du — sollt‘ ihm nicht der Hieb den Rest gegeben haben?“

„Kaum glaublich, Tom! Er hatte Schnaps in sich. Ich konnt‘s sehen; übrigens hat er das immer. Wenn mein Alter voll ist, kannst du ihn nehmen und ihn mit ‘nem Kirchturm überhauen — er spürt‘s nicht. Er sagt‘s auch selbst. Grad so ist‘s heut mit Muff Potter. Aber wenn einer klar im Kopf ist, schätz‘ ich, daß so ‘n Klaps genug für ihn sein möchte.“

Nach abermaligem nachdenklichem Schweigen fuhr Tom abermals fort:

„Huck, bist du sicher, daß du den Mund halten kannst?“

„Tom, wir *müssen* den Mund halten! Du weißt doch! Dieser Indianer-Teufel würde nicht mehr Umstände machen, uns abzuschneiden, wie mit ‘nen paar Katzen, wenn wir so dumm wären, zu plappern, und sie henkten ihn *nicht*. Nun, Tom, komm mal her, laß uns einander schwören — das müssen wir, Tom! — schwören, den Mund zu halten!“

„Mir recht, Huck. ‘s wird wohl das beste sein. Wollen wir also die Hand hochhalten und schwören, daß wir —“

„Halt mal, so geht‘s nicht! Das ist gut genug für kleine, alltägliche Dinge, zum Beispiel bei Mädchen, wenn die einem überall nachlaufen, und wenn sie — hm — wenn man sich verrannt hat, mein‘ ich — aber so was geht bei so 'ner häßlichen Geschichte nicht — da muß was Schriftliches sein — und Blut!"

Tom stimmte von ganzem Herzen zu. Die Idee war tief — und dunkel — und schrecklich; die Stunde, die Umstände, die Umgebung — alles wirkte zusammen. Er nahm eine glänzend geschliffene Schindel auf, die im Mondlicht lag, zog ein Stückchen Rotstift aus der Tasche, ließ das Mondlicht sein Werk bescheinen, und kritzelte mühsam, jeden schwerfälligen Grundstrich hervorhebend, indem er die Zunge zwischen die Zähne klemmte und sie bei den Haarstrichen wieder freiließ, folgende Zeilen: „Huck Finn und Tom Sawyer schwöhren, Sie wolen über dies den Mund Halten und sie wünschen, dahs Sie Tot niederfallen auff ihren Wech, wenn sie jemalls plautern oter schreiben."

Huckleberry war ganz erfüllt von Toms Fähigkeit im Schreiben und seinem glanzvollen Stil. Er war im Begriff, mit einem Nagel sich das Fleisch zu ritzen, als Tom einfiel: „Halt, nicht so. Nagel ist Eisen. Der könnte Grünspan haben."

„Grünspan — was ist das?"

„'s ist Gift, *das* ist es! Du würdest sofort davon aufgeschwellt werden — sollst du sehen!" Darauf nahm Tom eine Nadel, und beide ritzten sich den Ballen des Daumens und drückten einen Blutstropfen heraus. Schließlich, nach vielem Quetschen machte sich Tom daran, seine Anfangsbuchstaben zu malen, indem er den kleinen Finger als Feder benutzte. Dann zeigte er Huckleberry, wie er ein H und ein F zu machen habe — und dann war der Eid bekräftigt.

Sie vergruben die Schindel, häuften unter allerhand Zeremonien und Zauberformeln einen Hügel darüber, und die ihre Zungen bindenden Fesseln waren geschmiedet und der Schlüssel dazu lag in der Erde.

Eine menschliche Figur schlüpfte vorsichtig durch eine Lücke am anderen Ende des verfallenen Gebäudes, aber sie merkten es nicht.

„Tom," wisperte Huckleberry, „sichert uns das davor, zu schwatzen — für immer?"

„Aber, natürlich tut's das! Mag jetzt geschehen, was will — wir müssen schweigen. Wir wollen tot niederfallen — weißt du's denn nicht?"

„Ja, ich rechne, ‘s ist an dem.“

Sie tuschelten noch ‘ne Weile fort. Plötzlich schlug ein Hund mit langem, kläglichem Ton an, gerade jenseits der Stelle der Mauer, wo sie saßen — keine zehn Schritt davon. Die Burschen packten einander unwillkürlich in versteinerndem Schreck.

„Wen von uns mag er meinen?“ flüsterte Huckleberry.

„Ich weiß nicht — schau durch die Ritze — schnell!“

„Nein, tu du‘s, Tom!“

„Ich kann‘s — kann‘s nicht!“

„Bitte, Tom! — Da ist‘s wieder!“

„Ach, Gott sei Dank,“ wisperte Tom, „ich kenne seine Stimme, ‘s ist Bull Harbison.“

„Ach, das ist mal gut! Ich sag dir, Tom, ich war wirklich zu Tod erschrocken! Meinte wahrhaftig, ‘s wär ‘n fremder Hund.“

Der Hund heulte wieder. Die Herzen der Burschen sanken wieder in die Hosen.

„Ach, verflucht, das ist nicht Bull Harbison!“ flüsterte Huckleberry weinerlich.

Tom, zitternd vor Furcht, rappelte sich auf und legte das Auge an die Lücke.

Der Ton seiner Stimme war erbarmungswürdig, als er jetzt flüsterte: „O, Huck, ‘s *ist ein fremder Hund* —!“

„Schnell, Tom, schnell, *wen* von uns meint er?“

„Huck, er muß uns beide meinen! — Wir stehen dicht beieinander.“

„O, Tom, ich fürchte — wir sind futsch! Ich rechne, wohin *ich* komme, darüber kann kein Zweifel sein. Ich bin so schlecht, Tom!“

„Der Teufel hol‘s! Das kommt davon, wenn man Blindekuh spielt und alles tut, wovon der Lehrer sagt, daß man‘s nicht tun soll! Ich wollt‘, ich wär so artig gewesen wie Sid — wenn ich‘s gekonnt hätte. Aber nein, ich mocht‘s nicht sein! Aber wenn ich hier fortkomm‘, ich sag‘

dir, ich werd‘ *immer* in die Sonntagsschule gehen.“ Und Tom begann ein bißchen zu heulen.

„Du *schlecht*?“ Und Huckleberry heulte zur Gesellschaft mit. „Ich sag‘s dir, Tom, du bist einfach Gold gegen mich! O, Gott, Gott, Gott — ich wollte, ich wäre nur halb so gut wie du!“

Tom fuhr zusammen und flüsterte: „Schau, Hucky, schau nur! Er wendet uns ja den *Rücken* zu!“

Hucky schaute hinaus, und Freude erfüllte sein Herz.

„Teufel, ‘s *ist* so! Tat er‘s vorher auch schon?“

„Ja, er tat‘s, aber ich Dummkopf dachte nicht daran. Na, das ist mal famos. Aber — wen kann er nur meinen?“

Das Heulen hörte auf. Tom spitzte die Ohren. „Pscht —was ist das?“

„‘s klingt wie — wie Schweinegrunzen. Oder, Tom — doch nicht, ‘s schnarcht jemand.“

„Ist‘s das? Wo aber, Hucky?“

„Ich glaub‘ dort, am anderen Ende. ‘s klingt wenigstens so. Pop pflegt zuweilen da zu schlafen — mit den Schweinen, aber, Gott segne dich, er macht alles zittern, wenn er schnarcht. Und dann, ich rechne, *hierher* kommt er nicht zurück!“

Die Abenteuerlust begann sich in den Seelen der beiden Burschen zu regen.

„Hucky, gehst du mir nach, wenn ich vorangehe?“

„*Sehr* gern nicht, Tom! Denk, ‘s könnt Joe sein!“

Tom zauderte. Aber sofort regte sich wieder die Versuchung, und sie beschlossen, den Versuch zu wagen, unter dem Vorbehalt, daß sie fliehen dürften, sobald das Schnarchen aufhören würde. So gingen sie auf den Fußspitzen weiter, einer hinter dem anderen. Als sie nur noch fünf Schritt von dem Schnarchenden entfernt waren, trat Tom auf einen Zweig, der mit lautem Knacken brach. Der Mann grunzte, wälzte sich ein bißchen herum, das Mondlicht fiel, auf sein Gesicht — es war Muff Potter. Die Herzen der Burschen hatten still gestanden — wie ihre Leiber, als sich der Mann rührte, aber jetzt war ihre Furcht vergangen. Sie schlichen zurück, schlüpften durch die geborstene Mauer und blieben in einiger Entfernung stehen, um sich zu verabschieden, Das lange unheimliche Geheul erhob sich wieder und klang durch die Nachtluft. Sie wandten sich um und sahen den fremden Hund wenige Schritt von der Stelle entfernt, wo Muff Potter lag, mit dem Kopf diesem zugewandt, die Schnauze zum Himmel gerichtet.

„Herrje, *den* meint er!“ riefen beide in einem Atem.

„Sag, Tom, sie sagen, ein scheußlicher Köter soll um Johnny Millers Haus herumgeheult haben — vor mehr als zwei Wochen. Und dann hat sich auch ‘ne Eule auf das Dach gesetzt und da geheult, am selben Abend. Und da ist doch bis heute noch keiner gestorben!“

„Ja, ich weiß. Und ich mein‘, das beweist nichts. Fiel nicht am nächsten Samstag Gracie Miller auf den Küchenherd und verbrannte sich schrecklich?“

„Ja — aber sie ist doch nicht gestorben. Noch mehr, sie ist bald wieder ganz gesund.“

„Schon recht, wart‘ nur und red‘ *dann*! Sie ist futsch, so gewiß als Muff Potter dort futsch ist! Die Neger sagen‘s, und die wissen so was ganz genau, Hucky.“

Damit gingen sie nachdenklich auseinander.

Als Tom in sein Schlafzimmerfenster schlüpfte, war die Nacht schon vorbei.

Er entkleidete sich mit äußerster Vorsicht und schlief ein, sich beglückwünschend, daß niemand etwas von seinem Streifzug gemerkt habe. Er hatte nicht gesehen, daß der brave, schnarchende Sid wach war — seit einer Stunde.

Als Tom aufwachte, war Sid bereits angezogen und fort. Das Licht draußen erschien Tom so spät wie auch die Luft. Er stutzte. Warum hat man ihn nicht gerufen — da er doch um diese Zeit stets schon auf war? Der Gedanke fiel ihm schwer aufs Herz.

In fünf Minuten war er angekleidet und die Treppe hinunter, übel gelaunt und schläfrig. Die Familie saß noch um den Tisch, hatte aber bereits gefrühstückt.

Kein Tadel, aber abgewandte Gesichter. Tiefes Stillschweigen und ein Hauch von Trauer; schwer lasteten sie auf des Sünders Haupt. Er setzte sich und tat ganz lustig, aber es war sehr schwer. Er bekam kein Lächeln, keine Antwort und versank in Stillschweigen, und sein Herz versank in die tiefste Tiefe.

Nach dem Frühstück nahm ihn seine Tante auf die Seite, und Tom atmete ordentlich auf, in der Hoffnung, daß er jetzt werde geprügelt werden; aber es sollte anders kommen. Seine Tante vergoß Tränen über ihn und fragte ihn, wie er hingehen und ihr armes Herz brechen könne. Und schließlich sagte sie, er solle nur sich selbst ruinieren und ihre grauen Haare mit Kummer in die Grube fahren lassen, denn sie habe den Mut in bezug auf ihn nun verloren.

Dies war schlimmer als tausend Prügel, und Toms Herz wurde noch schwerer, als es heute morgen gewesen. Er heulte, er bat um Verzeihung, versprach Besserung wieder und immer wieder, und er erhielt schließlich seine Entlassung mit dem Gefühl, nur halbe Verzeihung und schwaches Vertrauen gefunden zu haben.

Er empfand die Gegenwart gar zu trübselig, um ein Rachegefühl gegen Sid aufkommen zu lassen. So war des letzteren eiliger Rückzug durch die Hintertür überflüssig. Er schlich in düsterster Gemütsverfassung zur Schule und empfing dort seine Prügel wegen des Schwänzens mit Joe Harper am vorigen Tage mit der Miene eines, dessen Herz von schweren Kümmernissen belastet und ganz unempfindlich für Kleinigkeiten ist. Dann verzog er sich auf seinen Platz, stützte die Ellbogen auf den Tisch und das Kinn auf die Hände und starrte auf die Wand mit dem starren Gesichtsausdruck des Leidens, das den höchsten Punkt erreicht hat und nun nicht mehr gesteigert werden kann. Sein Ellbogen drückte auf einen harten Gegenstand. Nach langer Zeit änderte er schläfrig und gleichgültig seine Stellung und nahm den Gegenstand in Augenschein. Er war in Papier gewickelt. Er rollte das Papier auf. Ein langer, starrer, verschleierter Blick — und sein Herz brach! Es war der wundervolle abgebrochene Knopf von gestern! Dieser letzte Tropfen machte das Gefäß überlaufen.

Elftes Kapitel

Kurz nach neun Uhr wurde das ganze Dorf durch die schreckliche Neuigkeit alarmiert. Obwohl sich damals noch niemand etwas von einem Telegraphen träumen ließ, flog die Nachricht doch von Mund zu Mund, von Haus zu Haus, mit fast telegraphischer Eile. Natürlich gab der Schullehrer für nachmittags frei. Man hätt's ihm sehr übel genommen, hätte er's nicht getan. Ein blutiges Messer war bei der Leiche gefunden und durch ein paar Leute als das des Muff Potter rekognosziert worden — so hieß es. Und man sagte ferner, ein verspäteter Bürger habe Muff Potter in der Gegend des Verbrechens um ein oder zwei Uhr getroffen, wie er sich in einem Wassergraben wusch, und Muff Potter sei plötzlich ausgerissen — alles verdächtige Umstände, besonders das Waschen, was sonst gar nicht zu Potters Gewohnheiten gehörte. Man sagte auch, der Ort sei nach dem „Mörder" durchsucht (das Volk ist nicht träge, belastende Momente zu suchen und zu einem Urteilsspruch zu gelangen), daß er aber nicht gefunden worden sei. Reiter waren nach allen Himmelsrichtungen ausgesandt, und der Sheriff hatte die beste Hoffnung, man werde ihn (nicht den Shcriff!) noch vor der Nacht erwischt haben.

Der ganze Ort war unterwegs nach dem Kirchhof. Toms Herzeleid schwand, und er schloß sich der Prozession an, nicht weil er nicht tausendmal lieber anderswohin gegangen wäre, als vielmehr unter dem Zwang eines schrecklichen, unerklärlichen Antriebs. An dem gräßlichen Schauplatz angelangt, zwängte er seinen kleinen Körper durch die Menge und genoß den ganzen traurigen Anblick. Es schien ihm eine Ewigkeit, seit er hier gewesen. Jemand packte seinen Arm. Er fuhr herum, und sein Blick traf auf Huckleberry. Dann sahen beide wie auf Verabredung seitwärts und fürchteten, es möge ihnen jemand das Einverständnis vom Gesicht lesen können. Aber alles schwatzte durcheinander und achtete nur auf den schrecklichen Anblick vor sich.

„Armer Bursche!“ „Armer, junger Bursche!“ „Eine Lehre für Leichenräuber!“ „Muff Potter muß hängen für das da, wenn man ihn erwischt!“ Das waren so die Bemerkungen, die fielen, und der Geistliche sagte: „Es war ein Gericht. *Seine* Hand ist hier sichtbar!“ In diesem Augenblick erschauerte Tom von Kopf bis zu Fuß, denn seine Augen fielen auf des Indianer-Joes gleichgültiges Gesicht.

Die Menge begann zu flüstern und zu tuscheln. „Er ist‘s, er ist‘s! Er kommt!“

„Wo, wo?“ fragten zwanzig Stimmen. „Muff Potter! Hallo, er steht still! Seht mal, er kommt *hierher* zurück! Laßt ihn nicht entwischen!“

Leute, die in den Zweigen der Bäume über Tom saßen, sagten, er habe nicht den geringsten Versuch gemacht, zu entschlüpfen, er stand nur und schaute zweifelnd und wie erstarrt um sich.

„Teuflische Frechheit!“ sagte einer der Umstehenden. „Wagt‘s, zurückzukommen und sein Werk ganz ruhig zu betrachten! Hat wohl nicht gedacht, schon Gesellschaft hier zu finden!“

Die Menge teilte sich jetzt, und der Sheriff kam ostentativ hindurchgeschritten, Potter am Arm führend. Des armen Burschen Gesicht sah blaß aus, und aus seinen Augen sprach die Furcht, die ihn beherrschte. Als er vor dem Ermordeten stand, zuckte er wie unter einem Hieb zusammen, verbarg das Gesicht in den Händen und brach in Tränen aus.

„Ich hab‘s nicht getan, Freunde.“ schluchzte er. „Auf Ehr‘ und Seligkeit, ich tat‘s nicht!“

„Wer hat dich denn angeklagt?“ schrie eine Stimme. Dieser Hieb saß. Potter nahm die Hände vom Gesicht und schaute in sichtbarster Hilflosigkeit um sich. Er sah Joe und rief aus: „O, Joe, du versprachst mir, niemals —“

„Ist das Euer Messer?“ Und es wurde vom Sheriff vorgehalten.

Potter wäre umgefallen, wenn man ihn nicht aufgefangen und ihn auf die Erde niedergelassen hätte. Dann sagte er: „Dacht‘ ich mir‘s doch, wenn ich nicht zurückkäme und —“, er schauderte. Dann erhob er seine kraftlose Hand mit müder Gebärde und flüsterte: „Sag‘s ihnen, Joe, sag‘s ihnen — ‘s ist nichts mehr zu machen.“

Dann standen Huckleberry und Tom stumm und starr und hörten den kaltherzigen Lügner ganz gemütlich Bericht erstatten; sie erwarteten jeden Augenblick, Gottes Blitzstrahl werde ihn treffen, und wunderten sich, ihn solange unberührt stehen zu sehen. Und nachdem er geendet hatte und gesund und heil blieb, dachten sie nicht mehr daran, ihren Eid zu brechen und des armen Gefangenen Leben zu retten, denn es war zweifellos, daß Joe sich dem Satan verschrieben hatte, und es wäre wohl gefährlich gewesen, sich mit einer solchen Macht einzulassen.

„Warum liefst du nicht davon? Warum, zum Teufel, kamst du hierher zurück?"

„Konnt' nicht anders — ich *konnt'* nicht anders," stöhnte Potter. „Ich *wollt'* wohl fortlaufen, aber ich konnt' nirgends hinkommen als *hierher*!"

Und er fing wieder an zu schluchzen.

Joe wiederholte seinen Bericht, ebenso ruhig, ein paar Minuten später und beschwor ihn auf Verlangen, und die Burschen, die den Lichtstrahl immer noch nicht hervorbrechen sahen, wurden dadurch in ihrem Glauben, daß er einen Pakt mit dem Teufel geschlossen habe, noch mehr bestärkt. Er war mit einem Schlage für sie der Gegenstand des unheimlichsten Interesses geworden, wie nichts anderes, und sie konnten die bezauberten Blicke nicht von ihm wenden. Sie beschlossen innerlich, ihn nachts, wenn sich einmal die Gelegenheit böte, zu belauern, in der Hoffnung, seines schrecklichen Herrn und Meisters ansichtig zu werden.

Joe half den Körper des Ermordeten aufheben und auf einen Karren laden, um ihn fortzuschaffen. Und es ging ein Flüstern durch das schaudernde Volk, daß die Wunde ein wenig zu bluten anfinge! Die Knaben hofften, dieser glückliche Umstand werde den Verdacht in die wahre Richtung lenken. Aber sie waren enttäuscht, als mehrere der Leute sagten: „Er war nur drei Schritt von Muff Potter entfernt, als es geschah."

Toms schreckliches Geheimnis, seine furchtbare Mitwisserschaft störte seinen Schlaf während mehr als einer Woche; und eines Morgens beim Frühstück sagte Sid:

„Tom, du wirfst dich im Schlaf herum und sprichst so viel, daß du mich die halbe Nacht wach erhältst."

Tom erbleichte und senkte die Augen.

„‘s ist ein böses Zeichen,“ sagte Tante Polly mit Nachdruck. „Was hast du auf dem Herzen, Tom?“

„Nichts — nichts — ich weiß nicht.“ Aber seine Hand zitterte so, daß er seinen Kaffee verschüttete.

„Und du schwatzt solchen Unsinn,“ fuhr Sid fort. „In der letzten Nacht sagtest du: ‚‘s ist Blut, ‘s ist Blut, nichts als Blut.‘ Du sagtest das immer wieder. Und dann sagtest du: ‚Ängstigt mich nicht — ich will alles sagen.‘ Sagen — was? *Was* willst du sagen?“

Tom schwamm alles vor den Augen. Es ist nicht zu sagen, was geschehen sein würde, wenn nicht plötzlich die Spannung aus Tante Pollys Gesicht gewichen wäre und sie Tom, ohne es zu wissen, zu Hilfe gekommen wäre. Sie sagte: „Kann mir‘s denken! Der schreckliche Mord ist‘s. Ich selbst träume jede Nacht davon. Manchmal träum‘ ich, ich selbst hätt‘s getan.“

Mary sagte, sie wäre gerade so angegriffen davon. Sid schien befriedigt. Tom ging aus der Affäre so beruhigt hervor, als es nur immer möglich war, simulierte während einer Woche Zahnschmerzen und band sich jede Nacht die Backen fest zu. Er wußte nicht, daß Sid wachte und des öfteren die Bandage lockerte und dann, auf den Ellbogen gestützt, eine gute Weile lauerte, dann wieder alles in Ordnung brachte und sich hinlegte. Toms Gemütsverstimmung wich nach und nach, und die Zahnschmerzen begannen ihm lästig zu werden und wurden ganz abgeschafft. Wenn es Sid gelungen war, etwas von Toms unbewußtem Murmeln aufzufangen, so behielt er es jedenfalls für sich. Tom schien es, als könnten seine Schulkameraden nicht oft genug Totenschau über Katzen halten und dadurch seine Erinnerung immer wieder auffrischen. Sid fiel auf, daß Tom niemals den Beschauer spielen wollte, obwohl er sonst doch gewöhnt war, bei allem den Führer abzugeben; er merkte auch, daß Tom sich nie unter den Zeugen befand — und das war auffallend. Schließlich entging Sid durchaus nicht die entschiedene Abneigung Toms gegen diese ganze Spielerei, und seine Bemühungen, ihr aus dem Wege zu gehen. Sid grübelte darüber, sagte aber nichts. Indessen, schließlich schwand alle Unruhe und hörte auf, Toms Geist zu quälen.

Jeden Tag oder doch jeden zweiten in dieser traurigen Zeit passte Tom auf eine Gelegenheit, um zu dem kleinen Gitterfenster zu laufen und allerhand kleine Annehmlichkeiten für den „Mörder" hineinzuschmuggeln. Das Gefängnis war ein trübseliges, kleines, halbverfallenes Loch und stand in einem Sumpfe außerhalb des Dorfes. Wärter waren nicht aufgestellt, denn es hatte selten Gäste zu beherbergen. Diese Geschenke halfen sehr dazu, Toms Gemüt aufzuheitern. Die Dörfler hatten nicht übel Lust, Joe beim Kragen zu nehmen und ihm wegen der Leichenberaubung den Prozeß zu machen, aber so furchtbar war sein Ruf, daß niemand sich fand, der Lust gehabt hätte, die Sache zu übernehmen. So wurde sie denn unterlassen. Vorsichtigerweise hatte Joe bei seinen Geständnissen jedesmal gleich mit der Rauferei begonnen, ohne über die vorhergegangene Leichenberaubung ein Wort zu verlieren. Daher schien es das weiseste, wenigstens vorläufig die Angelegenheit nicht vor Gericht zu ziehen.

Zwölftes Kapitel

Einer der Gründe, die Toms Geist von seiner geheimen Erregung abgezogen hatten, war, daß er einen neuen und wichtigen Gegenstand des Interesses fand. Becky Thatcher hatte aufgehört, zur Schule zu kommen. Tom hatte mehrere Tage mit seinem Stolze gekämpft und versucht, sie „unter den Wind zu bekommen," aber vergeblich. Er ertappte sich dabei, wie er um ihres Vaters Haus herumstrich, nachts, und sich dabei sehr unglücklich fühlte. Sie war krank. Wie, wenn sie sterben mußte! In dem Gedanken war Verzweiflung. Er hatte kein Vergnügen mehr am Kriegspielen, nicht einmal mehr an seinem Piraten-Beruf. Der Glanz des Lebens war dahin, nichts als Finsternis war geblieben. Er ließ seinen Reifen liegen und seinen Bogen; er hatte keinen Spaß mehr daran. Seine Tante war beunruhigt. Sie fing an, allerhand Medizinen an ihm zu probieren. Sie gehörte zu den Leuten, die auf jede Medizin schwören und alle neu erfundenen Heilmethoden. Sie war unermüdlich in ihren Experimenten. Sobald sie von etwas Neuem in der Branche hörte, brannte sie darauf, es zu probieren; nicht an sich selbst, denn sie war nie leidend; aber am ersten besten, der ihr in die Hände fiel. Sie war Abonnentin sämtlicher „Heil"-Zeitschriften und jedes gedruckten, wissenschaftlichen Betruges; den größten Unsinn, mit dem nötigen feierlichen Ernst vorgetragen, nahm sie wie ein Evangelium auf in ihrer Unwissenheit. Alle Abhandlungen über Ventilation, das Zubettgehen und Aufstehen, Essen und Trinken, über das Maß der nötigen Bewegung, die Gemütsverfassung, die Art der Kleidung, erschienen ihr einfach einwandfrei, und sie merkte gar nicht, daß die Gesundheits-Journale des laufenden Monats gewöhnlich all das widerriefen, was sie im Monat vorher empfohlen hatten. Sie war einfachen Herzens und so ehrenhaft, wie der Tag lang ist, und so war sie ein leichtes Opfer. Sie sammelte ihre prahlerischen Zeitschriften mit den Quacksalber-Medizinen, und so gewaffnet, ritt sie, den Tod hinter sich, auf ihrem fahlen Pferd, „die Hölle hinter sich," um eine Metapher zu brauchen. Aber sie argwöhnte niemals, daß sie nicht ein

Engel der Genesung und der Balsam des Herrn in Person für die leidende Nachbarschaft sei.

Die Wasserbehandlung war neu und Toms übles Befinden kam ihr wie gerufen. Jeden Morgen in aller Frühe wurde er herausgeholt, in einen Holzschuppen geschleppt und mit einer Sintflut kalten Wassers überschüttet. Dann rieb sie ihn trocken mit einem Handtuche, gleich einer Feile, und er wurde zurücktransportiert. Darauf wurde er in ein nasses Tuch gerollt und wieder unter seine Bettdecke gestopft, bis er schwitzte, wie eine Seele im Fegfeuer, und „ihre Schmutzflecken drangen durch alle Poren heraus," wie Tom sagte. Indessen, alledem zum Trotz, wurde der Junge immer melancholischer, niedergeschlagener und gleichgültiger. Sie fügte heiße Bäder, Sitzbäder, Gießbäder und Sturzbäder hinzu. Der Junge blieb leblos wie eine Leiche. Sie begann das Wasser mit Blasen ziehenden Haferschleimpflastern zu versetzen. Sie überlegte seine Aufnahmefähigkeit und füllte ihn wie einen Krug täglich mit allen möglichen quacksalberischen Mittelchen an.

Tom war allmählich gegen all diese Verfolgungen gleichgültig geworden. Dieser Zustand erfüllte der alten Dame Herz mit Entsetzen. Diese Gleichgültigkeit mußte um jeden Preis gebrochen werden. Zu dieser Zeit gerade vernahm sie vom „Schmerzentöter". Sie ordnete sofort täglich ein Lot an. Sie versuchte es selbst und war sehr befriedigt davon. Es war wie Feuer in flüssiger Form. Sie ließ die Wasserkur und alle anderen Methoden und beschränkte sich auf den Schmerzentöter. Sie gab Tom einen Teelöffel und wartete ängstlich auf die Wirkung. Ihre Unruhe war mit einem Schlage zu Ende, ihr Geist hatte wieder Frieden. Denn die „Gleichgültigkeit" war gebrochen. Der Bursche hätte kein wilderes, mehr von Herzen kommendes „Interesse" zeigen können, wenn sie ein Feuer unter ihm angezündet hätte.

Tom fühlte, daß es Zeit war, aufzuwachen. Diese Lebensweise hätte ja ganz romantisch sein können, war aber nachgerade zu anstrengend und zu eintönig. So grübelte er über verschiedenen Plänen seiner Befreiung und verfiel schließlich darauf, sich als Freund des Schmerzentöters zu bekennen. Er verlangte so oft danach, daß er lästig wurde, und seine Tante ihm schließlich befahl, sich selbst zu helfen und sie in Ruhe zu lassen. Wäre es Sid gewesen, kein Schatten würde ihre Freude getrübt haben; da es aber Tom war, beobachtete sie die Flasche mit Aufmerksamkeit. Sie fand, daß die Medizin beständig weniger wurde, es fiel ihr aber nicht ein, daß der Junge eine Bodenritze im Speisezimmer damit anfüllte.

Eines Tages war Tom wieder bei dieser Arbeit, als Tante Pollys gelbe Katze des Weges kam, schnurrend, den Teelöffel begehrlich betrachtete und um ein bißchen bettelte. Tom sagte zu ihr: „Bitt nicht drum, wenn du‘s nicht brauchst, Peter!“

Aber Peter gab zu verstehen, er *habe* es nötig.

„Überleg‘s noch mal.“

Peter blieb dabei.

„Na, du hast drum gebeten, und ich will‘s dir geben; aber wenn‘s dir nicht gefällt, darfst du niemand Vorwürfe machen als dir selbst.“

Peter war einverstanden; so öffnete Tom seine Schnauze und goß den Schmerzenztöter hinein. Peter machte einen Riesensatz in die Luft, stieß ein Kriegsgeheul aus und fuhr immer rund im Kreise herum durchs Zimmer, gegen Möbel stoßend, Blumentöpfe umwerfend, kurz, lauter Verwirrung anrichtend. Dann erhob er sich auf die Hinterbeine und tanzte sinnlos vor Vergnügen herum, den Kopf über die Schultern zurückgeworfen, mit einer Stimme, aus der grenzenloses Behagen klang. Tante Polly kam gerade noch rechtzeitig herein, um sie mit einem letzten Hurra durchs Fenster fliegen zu sehen, mit ihr die Reste der Blumentöpfe. Die alte Dame stand starr vor Erstaunen, über ihre Brillengläser hinwegschauend. Tom lag auf der Erde und krümmte sich vor Lachen.

„Tom, was um des Himmels willen fehlt der Katze?“

„Ich weiß nicht,“ stöhnte der Junge.

„So was hab‘ ich doch noch nicht gesehen! Was *kann* sie haben?“

„In der Tat, ich weiß nicht, Tante. Katzen tun immer so, wenn sie vergnügt sind.“

„Tun sie — wirklich?“ Es war etwas in dem Ton, was Tom stutzen machte.

„Hm — ja. Das heißt — ich meine, sie tun‘s.“

„Du *meinst*?“

„Hm — ja —"

Die alte Dame bückte sich, Tom wartete mit ängstlichem Interesse. Zu spät entdeckte er ihre List. Der Griff des Teelöffels war unter der Tischdecke sichtbar. Tante Polly zog ihn heraus und hielt ihn in die Höhe. Tom fuhr zusammen und senkte die Augen. Tante Polly hob ihn an dem gewöhnlichen Henkel — seinem Ohr — in die Höhe und klopfte ihm mit ihrem Fingerhut tüchtig auf den Kopf.

„Nun, sag' mal, *wozu* mußt du das arme Tier so quälen?"

„Ich hab's ja aus Mitleid getan — weil sie keine Tante hat."

„Hat keine Tante! Hansnarr! Was hat das hier zu tun?"

„'ne Menge. Denn hätt' sie eine gehabt, so würd' sie selbst 's ihm gegeben haben! Sie hätt' ihr die Gedärme rausgeröstet, ohne mehr zu fühlen, als wenn's ein Mensch gewesen wäre!"

Tante Polly fühlte plötzlich Gewissensbisse. Das setzte die Sache in ein neues Licht. Was grausam war gegen eine Katze, mußte auch gegen einen kleinen Burschen grausam sein. Sie begann, zu seufzen, sie fühlte sich traurig. Ihre Augen wurden ein bißchen feucht, sie legte die Hand auf Toms Kopf und sagte freundlich:

„Ich hab's gut gemeint, Tom. Und Tom, es *hat* dir genützt!"

Tom schaute zu ihr auf mit ein bißchen Schelmerei in seinem Ernst und sagte:

„Ich weiß wohl, Tante, daß du's gut meintest, und ich meinte es gut mit Peter. Es tat *ihm* auch gut! Ich hab' ihn nie so lustig rumlaufen gesehen —"

„Na, mach, daß du weiter kommst, Tom, ehe du mich wieder ärgerst. Und versuch doch mal 'n braver Junge zu sein, und du brauchst auch keine Medizin mehr zu nehmen."

Tom kam sehr frühzeitig zur Schule. Es war bekannt geworden, daß dieses sehr seltene Ereignis in letzter Zeit jeden Tag sich zugetragen hatte. Und dann, wie seit kurzem stets, lungerte er am Tor des Schulhofes, statt mit seinen Kameraden zu spielen. Er sagte, er wäre krank, und er sah auch so aus. Er stellte sich, als sähe er überall hin, wohin seine Blicke tatsächlich beständig gerichtet waren — die Straße hinunter. Plötzlich kam Jeff Thatcher in Sicht und Toms Miene hellte sich aus. Er spähte einen Augenblick angestrengt und wandte sich dann betrübt ab. Als Jeff ankam, hielt ihn Tom an und suchte ihn geschickt über Becky auszuholen, aber der herzlose Jeff tat, als sähe er den Köder gar nicht. Tom wartete und wartete, hoffend, sobald ein wehender Rock in Sicht kam und die Inhaberin desselben verwünschend, sobald er sah, daß es nicht die Rechte war. Schließlich erschienen keine Röcke mehr, und er verfiel in hoffnungslosen Trübsinn. Dann auf einmal kam doch noch ein Rock durchs Tor herein, und Toms Herz tat einen mächtigen Sprung. Im nächsten Moment war er draußen und schoß drauf los wie ein Indianer, springend, lachend, Buben stoßend, mit Risiko von Leib und Leben über den Zaun setzend, Purzelbäume machend, auf dem Kopf stehend — kurz, lauter heroische Dinge verrichtend und fortwährend hinüber schielend, ob Becky Thatcher ihn beobachtete. Aber sie schien von alledem gar nichts wahrzunehmen; sie schaute nicht hin. War es möglich, daß sie seine Anwesenheit wirklich nicht bemerkt hatte? Er betrieb seine Kunststücke in ihrer unmittelbaren Nähe; fuhr, ein Kriegsgeheul ausstoßend, um sie herum, schlug einem Jungen die Mütze herunter, schleuderte sie auf den Schulhof, brach durch eine Gruppe, sie nach allen Richtungen auseinandersprengend und fiel dabei selbst gerade Becky vor die Nase hin, sie fast umstoßend — sie wandte sich ab, das Näschen rümpfend, und er hörte sie sagen:

„Pa! Einige Burschen kommen sich schon sehr wichtig vor — immer müssen sie sich breit machen!“

Tom wurde blutrot. Er rappelte sich auf und trollte davon, zermalmt und mutlos.

Dreizehntes Kapitel

Tom zögerte nun nicht länger. Ihn erfüllte ein finsterer, verzweifelter Gedanke. Er wäre ein verlassener, freundloser Junge dachte er. Niemand liebte ihn. Wenn sie merken würden, wozu sie ihn getrieben, würden sie vielleicht betrübt sein. Er hatte versucht, das Rechte zu tun und brav zu werden, aber man ließ ihn nicht. Da man sich durchaus von ihm befreien wollte, mochte es so sein. Und man würde ihn für die Folgen verantwortlich machen — warum auch nicht? Welches Recht haben Freundlose, sich zu beklagen? Ja, sie hatten ihn zum äußersten getrieben, er würde ein Leben voll Verbrechen führen; 's gab keine Wahl. — Inzwischen war er weit hinunter zu „Meadow-Land" gekommen, und die Schulglocke tönte lockend an sein Ohr — sie wollte ihn wohl zurückhalten. Er seufzte bei dem Gedanken, nie, nie wieder den alt-vertrauten Ton hören zu sollen — es war sehr hart, aber *mußte* sein; da er in die kalte Welt hinausgetrieben war, mußte er sich unterwerfen — aber er vergab ihnen! Dann kamen Tränen — schwer und bitter.

Gerade in diesem Augenblick begegnete ihm sein Herzensfreund Joe Harper — mit trüben Augen und zweifellos einen großen, schrecklichen Entschluß im Herzen. Offenbar waren hier „zwei Seelen und ein Gedanke." Tom seine Augen mit dem Ärmel trocknend, begann etwas herauszustottern von einem Entschluß, aus grausamer und liebloser Behandlung zu fliehen, in die weite Welt zu gehen und *nie* wiederzukommen und schloß damit, daß er hoffe, Joe werde ihn nicht vergessen.

Aber es zeigte sich, daß Joe im Begriff gewesen, an Tom das gleiche Verlangen zu stellen und ihn zu diesem Zweck gesucht hatte. Seine Mutter hatte ihn gezüchtigt, weil er Rahm getrunken haben sollte, den er nie gesehen, von dem er überhaupt gar nichts wußte; es war klar, sie mochte ihn nicht mehr und wollte nichts von ihm wissen, sie wollte ihn einfach los sein. Da sie es so wollte, war für ihn nichts zu tun, als nachzugeben. Er *hoffte*, sie würde glücklich sein und nie bereuen, daß sie ihren armen Jungen in die fühllose Welt hinausgetrieben hatte, zu leiden und zu sterben.

Indem die beiden Burschen trübselig weiterschlichen, machten sie einen neuen Bund, einander beizustehen, Brüder zu sein und sich nie zu trennen, bis sie der Tod einst von ihren Kümmernissen erlösen werde. Dann begannen sie Pläne zu schmieden. Joe war dafür, Eremit zu werden, in einer elenden Hütte aus Stroh zu liegen und einmal vor Kälte, Mangel und Kummer zu sterben. Aber, nachdem er Tom angehört hatte, sah er ein, daß ein Verbrecherleben voll von aufregenden Abenteuern vorzuziehen sei und stimmte zu, Pirat zu werden.

Drei Meilen unterhalb St. Petersburgs, an einem Fluß, wo der Mississippi die Kleinigkeit von einer Meile Breite hatte, war eine lange, schmale, bewaldete Insel, mit einer Sandbank an der Spitze, die wählten sie als Rendezvouzplatz aus. Sie war unbewohnt, lag fern der heimatlichen Küste, gegenüber einem dichten und völlig unbewohnten dickichtartigen Walde. So wurde die Jackson-Insel gewählt. Wer der Gegenstand ihrer Seeräuberei sein sollte, war eine Frage, die sie weiter nicht bekümmerte. Dann suchten sie Huckleberry Finn auf, und er verband sich ihnen sofort, denn ihm war jede Karriere recht; er war einverstanden. Sie trennten sich einstweilen, um sich an einer einsamen Stelle auf der Sandbank, zwei Meilen oberhalb des Dorfes um ihre Lieblingsstunde, das heißt, um Mitternacht, wieder zu treffen. Es befand sich dort ein kleines Holzfloß, das sie zu kapern beschlossen. Jeder sollte Haken und Stricke mitbringen und solchen Proviant, den er auf möglichst unauffällige und geheime Weise würde stehlen können — wie es sich für Ausgestoßene schickt. Und bevor noch der Nachmittag um war, hatten sie sich den Genuß verschafft, das Gerücht auszustreuen, das Dorf werde sehr bald „was hören“. Alle, denen diese geheimnisvolle Mitteilung wurde, hatte man gebeten, „den Mund zu halten und zu warten.“

Gegen Mitternacht kam Tom mit einem gekochten Schinken und ein paar Kleinigkeiten an und blieb in dichtem Gestrüpp auf einem kleinen Ufervorsprung stehen, den Platz der Zusammenkunft überschauend. Es war sternklar und totenstill, der gewaltige Strom lag ruhig — gleich einem Ozean. Tom lauschte einen Augenblick, aber kein Ton störte die Stille. Dann ließ er ein langgezogenes, besonderes Pfeifen hören. Es wurde von unten beantwortet. Tom pfiff nochmals; auch dieses Signal wurde ebenso erwidert. Dann sagte eine vorsichtige Stimme:

„Wer ist da?“

„Tom Sawyer, der ‚schwarze Rächer des spanischen Meeres‘. Nennt eure Namen!“

„Huck Finn, ‚der Bluthändige‘ und Joe Harper, ‚der Schrecken der Meere‘.“ Tom hatte diese Namen aus seinen Lieblingsbüchern gewählt.

„‘s ist gut. Gebt die Losung!“

Zwei heisere Stimmen stießen dasselbe schreckliche Wort gleichzeitig in die betrübende Nacht hinaus: „Blut!“ Darauf rollte Tom seinen Schinken über den Abhang und ließ sich selbst ebenso hinunter, bei dem Experiment Kleider und Haut in Mitleidenschaft ziehend. Es gab zwar einen bequemen, leichten Weg die Küste entlang bis unterhalb des Ufervorsprungs, aber er ermangelte der Anregung durch Schwierigkeit und Gefahr, die doch so wertvoll sind für einen Seeräuber.

Der ‚Schrecken der Meere‘ hatte eine Speckseite mitgebracht und hatte sich mit dem Hierherschleppen fast ausgerenkt. Finn, ‚der Bluthändige‘, hatte einen kleinen Kessel gestohlen und eine Quantität halb trockene Tabakblätter, auch ein paar Maiskolben, um Pfeifen daraus zu machen. Aber keiner der Piraten rauchte oder kaute — außer er selbst. Der ‚schwarze Rächer des spanischen Meeres‘ sagte, man könne ohne Feuer nichts anfangen. Das war ein weiser Gedanke; Zündhölzer waren zu der Zeit noch völlig unbekannt. Sie sahen ein Feuer flackern auf einem großen Floß, hundert Meter oberhalb, schlichen heimlich hin und setzten sich in den Besitz einer Fackel. Sie machten eine bedeutende Unternehmung daraus, alle Augenblicke „Pst!“ sagend und dann und wann plötzlich innehaltend und den Finger an die Lippen legend; markierten Dolchstöße und gaben Befehle in düsterstem Tone, daß, wenn der Feind angriffe, er eins haben solle, denn „ein toter Mann verrät nichts.“ Sie wußten allerdings ganz gut, daß die Schiffer alle im Dorfe unten seien, um zu schlafen oder zu trinken, das war aber kein Grund für sie, diese Sache in nicht seeräubermäßiger Weise zu betreiben.

Sie fuhren sogleich ab, Tom kommandierend, Huck am Hinterteil, Joe vorn sitzend. Tom stand in der Mitte, lichtbeschienen und mit verschränkten Armen und gab mit lauter, strenger Stimme seine Befehle.

„Laviert und bringt‘s Schiff vor den Wind!“

„Ganz recht, Herr!“

„Tüchtig, tüch—tig!!“

„Wohl, wohl, Herr.“

„‘nen Strich abfallen lassen!“

„Abgefallen ist, Herr!“

Wie sie so beständig und eintönig in der Mitte des Stromes dahintrieben, war es selbstverständlich, daß diese Befehle nur der Form wegen gegeben wurden und in Wirklichkeit an niemand gerichtet waren.

„Was für Segel führt‘s Schiff?“

„Hauptsegel, Toppsegel und Klüversegel, Herr.“

„Bramsegel rauh! Bringt‘s vor den Wind, sechs von euch an die Vortopmarssegel! Vorwärts, Leute, lustig!!“

„Ho, ho, Herr!“

„Marssegel runter! Schoten und Brassen! Vor — wärts, Jungens!“

„Ho, ho, Herr!“

Das Floß trieb in der Mitte des Stromes. Die Jungen legten sich zurecht und lagen dann still auf dem Ohr. Der Fluß ging nicht so hoch, so machten sie nicht mehr als zwei bis drei Meilen. Während der nächsten dreiviertel Stunden wurde kein Wort gesprochen. Jetzt kam das Floß dem Dorf gegenüber vorbei. Zwei oder drei Lichtpunkte zeigten, wo es lag, friedlich schlafend, dicht an der breiten Fläche des lichtbeschienenen Flusses, ohne Ahnung von dem Unerhörten, das sich hier zutrug. Der ‚schwarze Rächer‘ stand unbeweglich, die Arme gekreuzt, den letzten Blick auf den Schauplatz seiner glücklichen Jugend und seiner letzten Leiden werfend und in dem Wunsche, „sie“ könnte ihn hier sehen, draußen auf der wilden See, Gefahr und Tod mit furchtlosem Herzen ins Angesicht sehend, mit einem grimmigen Lächeln auf den Lippen seinem Schicksal entgegengehend. Es war nur eine Kleinigkeit für seine Einbildungskraft, Jacksons Insel aus dem Gesichtskreise des Dorfes fortzudenken, und so konnte er den letzten Blick mit gebrochenem, aber befriedigtem Herzen hinübersenden. Die anderen Piraten nahmen gleichfalls Abschied. Und sie alle schauten solange, daß sie nahe daran waren von der Strömung aus dem Bereich der Insel getrieben zu werden. Aber sie entdeckten die Gefahr noch rechtzeitig und trafen Vorkehrungen, sie abzuwenden. Um zwei Uhr morgens landete das Floß auf der Sandbank, zweihundert Meter oberhalb der Spitze der Insel, und sie wanderten hin und her, bis sie ihre Ladung geborgen hatten. Zu dem kleinen Floße gehörte auch ein altes Segel, das spannten sie in den Büschen an einer abgelegenen Stelle auf, um ihre Vorräte darunter zu bergen. Sie selbst aber wollten bei gutem Wetter in freier Luft schlafen, wie es Ausgestoßenen ziemt.

Sie machten ein Feuer an zwanzig bis dreißig Fuß im tiefsten Schatten des Waldes und kochten dann ein paar Kleinigkeiten als Abendessen in ihrer Bratpfanne und verzehrten die Hälfte des mitgebrachten Schinkens.

Es schien ihnen herrlich, in dieser wild-ungebundenen Weise im jungfräulichen Wald eines unentdeckten und unbewohnten Eilandes zu schmausen, fern von den Hütten der Menschen, und sie nahmen sich vor, nie wieder in die Zivilisation zurückzukehren. Das flackernde Feuer erhellte ihre Gesichter und warf seinen roten Schein auf die Baumsäulen ihres Waldtempels und auf das Laubwerk und das Gewirr der Schlinggewächse. Als die letzte Schinkenkruste den Weg alles Eßbaren gegangen war, streckten sich die Burschen auf dem Grase aus, erfüllt von Behagen. Sie hätten einen kühleren Platz finden können, aber sie wollten sich nicht eines so romantischen Vergnügens berauben, wie es das prasselnde Lagerfeuer ihnen bot.

„Ist‘s nicht nett!“ fragte Joe.

„*Herrlich* ist‘s!“ bestätigte Tom.

„Was würden die Jungs sagen, wenn sie uns sehen könnten?“

„Sagen? Na, die würden doch gleich sterben, um hier sein zu können — nicht, Hucky?“

„Denk wohl,“ brummte Hucky. „Mir paßt‘s schon. Möchte nirgends sein als hier. Hab‘ niemals genug zu essen gehabt — und *hier* kann niemand kommen und einen für ‘nen Landstreicher nehmen und anfahren.“

„‘s ist gerad ein Leben für mich,“ bekräftigte Tom. „Man braucht morgens nicht aufstehen, braucht nicht zur Schule zu gehen, sich nicht zu waschen und ähnliche Dummheiten.“

„Du siehst, Joe, ein Pirat braucht *nichts* zu tun, wenn er zu Hause ist, aber ein Einsiedler, *der* muß immerfort beten, und dann darf er keinen Scherz treiben, und immer so allein!“

„O, ‘s ist so,“ sagte Joe, „aber ich hatt‘ nicht dran gedacht — weißt du. Ich bin ein gut Teil lieber Pirat, als daß ich‘s damit versucht hätte.“

„Du mußt wissen,“ fuhr Tom fort, „Einsiedler werden die Menschen nicht mehr so viel wie früher, aber vor ‘nem Piraten haben sie immer Respekt. Und ein Einsiedler muß auf der härtesten Stelle, die er finden kann, schlafen und sich den Kopf mit Sackleinwand und Asche bedecken und draußen im Regen stehen und —“

„Warum muß er Sackleinwand und Asche auf den Kopf tun?“ fragte Huck.

„Weiß selbst nicht. Aber ‘s ist bestimmt so. Einsiedler tun‘s immer. Du müßtest‘s auch tun, wenn du ‘n Einsiedler wärst.“

„Heißt, wenn ich‘s möcht‘.“

„Na, was wolltest du denn tun?“

„Das weiß ich nicht. Aber ich tät‘s nicht!“

„Na, Hucky, du mußt‘s! Wie wolltest du dich drum drücken?“

„Weil ich‘s halt einfach nicht täte. Ich lief fort — glaub‘ ich.“

„Lief fort! Na, du würdest ein schöner Kerl von ‘nem Einsiedler sein! ‘ne Schande!“

Der ‚Bluthändige‘ gab keine Antwort, er hatte Besseres zu tun. Eben hatte er einen Maiskolben fertig ausgehöhlt, tat jetzt Tabakblätter hinein, drückte eine glühende Kohle drauf, machte aus einem Binsenrohr einen Stiel und stieß dicke Rauchwolken hervor; er befand sich im Zustand ausschweifendsten Behagens.

Plötzlich sagte Huck: „Was haben Piraten zu tun?“

„O, die haben zuweilen lustige Zeiten,“ belehrte Tom, „nehmen Schiffe weg und verbrennen sie, vergraben alles Gold daraus an einer unheimlichen Stelle ihrer Insel, wo Geister und solche Dinger sie bewachen, und töten alle auf dem Schiff — lassen sie über ‘ne Planke springen.“

„Und sie schleppen die Frauen auf ihre Insel,“ sagte Joe, „die *Frauen* töten sie nicht.“

„Nein,“ stimmte Tom zu, „sie töten keine Frauen — dazu sind sie zu edel, Und dann sind die Frauen auch immer wunderschön, immer!“

„Und tragen die aller-allerschönsten Kleider. Lauter Gold und Diamanten,“ sagte Joe wieder mit Begeisterung.

„Wer?“ fragte Huck.

„Na — die Piraten.“

Huck beschaute kritisch seine eigenen Kleider. „Ich schätze, ich wäre für ‘nen Piraten zu schlecht gekleidet,“ sagte er mit traurigem Pathos, „aber ich hab‘ keine anderen als diese.“

Aber die anderen beiden trösteten ihn damit, daß die schönen Kleider früh genug kommen würden, wenn sie nur erst mal ihr Abenteuerleben begonnen haben würden; sie machten ihm begreiflich, daß seine Lumpen es für den Anfang schon täten, obwohl es für bessere Piraten sich schickte, in anständigerer Garderobe zu erscheinen.

Allmählich wurde die Unterhaltung einsilbig und Müdigkeit begann sich auf die Augenlider der kleinen Landstreicher zu senken. Die Pfeife entfiel den Fingern des ‚Bluthändigen‘, und er schlief den Schlaf des Gerechten und des Müden.

Der ‚Schrecken des Meeres‘ und der ‚schwarze Rächer des spanischen Meeres‘ kamen nicht so leicht zum Schlafen. Sie sagten ihr Abendgebet innerlich und legten sich nieder, da niemand hier war, dessen Autorität sie hätte zwingen können, niederzuknien und es laut zu sprechen. In Wahrheit hatten sie Lust, es überhaupt nicht zu sprechen, aber sie hatten doch Furcht, soweit vom Wege abzuirren, um nicht ein plötzliches, speziell für sie bestimmtes Donnerwetter vom Himmel herabzubeschwören. Dann endlich befanden sie sich ganz dicht am Rande des Schlafes — als noch einmal ein Störenfried auftrat, der sich nicht abweisen lassen wollte. Es war das Gewissen. Sie begannen die unbestimmte Empfindung zu haben, daß sie doch wohl unrecht getan hätten, fortzulaufen. Danach dachten sie an die gestohlenen Lebensmittel und damit begann erst die rechte Selbstquälerei für sie. Sie versuchten sie von sich abzuwenden, indem sie sich des gestohlenen Zuckerwerks und der Äpfel erinnerten, die sie auf dem Kerbholz hatten. Aber das Gewissen ließ sich durch solche mageren Einwände nicht beruhigen. Es schien ihnen schließlich doch unmöglich, um die unumstößliche Tatsache herumzukommen, daß Äpfelstehlen lediglich „stibitzen“ sei, während das Forttragen von Schinken, Speckseiten und solchen Wertgegenständen nur als vollgültiger, klarer Diebstahl bezeichnet werden könne — und dagegen gab es ein Verbot in der Bibel! Worauf sie innerlich beschlossen, daß, solange sie auch bei dem Geschäft bleiben würden, ihre Seeräubereien nicht wieder durch das Verbrechen des Diebstahls gebrandmarkt werden sollten. Ihr Gewissen schloß auf dieser Grundlage denn auch Waffenstillstand, und diese merkwürdig inkonsequenten Piraten fielen in tiefen Schlummer.

Vierzehntes Kapitel

Als Tom morgens erwachte, war er sehr erstaunt über seine Umgebung. Er setzte sich auf, rieb sich die Augen und schaute um sich; dann begriff er. Es herrschte kühle, graue Dämmerung und ein wundervoller Hauch von Ruhe und Frieden in der tiefen, alles durchdringenden Stille und Lautlosigkeit des Waldes. Nicht ein Blatt rührte sich, nicht ein Laut störte das große Nachdenken der Natur. Tautropfen lagen auf Blättern und Gräsern. Eine weiße Schicht Asche bedeckte die Feuerstelle, und ein dünner, blauer Streifen Rauch hob sich in die Luft empor. Joe und Huck schliefen noch. Jetzt plötzlich begann ein Vogel im Innern des Waldes zu singen; andere antworteten; dann machte sich das Hämmern eines Spechtes hörbar. Allmählich erhellte sich der kühltrübe Grauton des Morgens, und ebenso allmählich vermehrten sich die Stimmen, und das Leben nahm zu. Alle Wunder der den Schlaf abschüttelnden und an die Arbeit gehenden Natur entfalteten sich vor dem staunenden Knaben. Ein kleines, grünes Kriechtier kam über ein von Tau bedecktes Blatt daher, zwei Drittel des Körpers von Zeit zu Zeit in die Luft erhebend, herumschnüffelnd, dann wieder weiterkriechend, „maßnehmend", wie Tom bei sich sagte. Und als die Raupe sich ihm selbst näherte, saß er mäuschenstill und hoffte, je nachdem sie sich auf ihn zu bewegte oder eine andere Richtung einschlug; und als sie schließlich, nachdem sie einen Augenblick peinvoller Erwartung für Tom ihren gekrümmten Leib aufgerichtet gehalten hatte, entschieden auf Tom losmarschierte und eine Entdeckungsreise auf ihm antrat, war sein ganzes Herz voll Vergnügen, denn er hoffte daraufhin ganz zweifellos, einen neuen Anzug zu bekommen — eine herrliche Piratenuniform. Nun erschien eine Prozession Ameisen, Gott weiß, woher, um sich an ihre Arbeit zu machen; eine schleppte ganz mutig eine tote Spinne, die fünfmal so groß war wie sie selbst, und zerrte sie auf einen Baumstrunk. Ein braun geflecktes Käferchen kraxelte einen Grashalm in die Höhe, und Tom beugte sich zu ihm herab und sang:

„Käferchen, Käferchen, flieg nach Haus,
Kinder allein in dem brennenden Haus!“

worauf es die Flügel ausbreitete, um heimwärts zu fliegen und nach den allein gelassenen Kinderchen zu sehen, was Tom nicht weiter überraschte, denn er kannte längst die Leichtgläubigkeit und die Furcht dieses Tieres vor Feuer und hatte sie mehr als einmal ruchlos ausgenutzt.

Die ganze Natur war jetzt wach und in Bewegung, lange Nadeln von Sonnenlicht brachen durch das dichte Laub fern und nah, und kleine Schmetterlinge flatterten hin und her.

Tom weckte die anderen Piraten, und alle stürmten heulend davon, waren in zwei oder drei Minuten entkleidet und jagten sich und stießen sich herum in dem seichten, klaren Wasser der Sandbank. Sie empfanden nicht das geringste Verlangen nach dem kleinen Dorfe, das in der Ferne an der majestätischen Wasserwüste noch fest schlief. Eine zufällige Strömung oder eine schwache Welle hatte das Floß fortgetrieben. Indessen freuten sie sich eher darüber, denn durch sein Verschwinden war die Brücke zwischen ihnen und der Zivilisation gleichsam abgebrochen.

Sie kehrten wunderbar erfrischt zu ihrem Lagerplatz zurück, vergnügt und heißhungrig; bald hatten sie das Lagerfeuer wieder angezündet. Huck fand eine Quelle goldklaren Wassers in der Nähe, sie machten Becher aus Eichenrinde oder Blättern und konstatierten, daß Wasser, von solcher Wild-Wald-Romantik versüßt, ein sehr guter Ersatz für Kaffee sei.

Während Joe sich daran machte, Speck zum Frühstück zu rösten, baten Tom und Huck ihn, einen Augenblick zu warten; sie rannten nach einer vielversprechenden Stelle der Sandbank und warfen dort ihre Angeln aus; fast sofort hatten sie Erfolg. Joe hatte gar nicht Zeit gehabt, ungeduldig zu werden, als sie schon zurück waren mit ein paar Handvoll Forellen, einem riesigen Barsch und anderen Fischen, — Vorrat genug für eine ganze Familie. Sie brieten die Fische mit Speck und waren überrascht; denn kein Fisch war ihnen bisher so delikat erschienen. Sie wußten nicht, daß ein Fisch um so besser ist, je eher er übers Feuer kommt; auch überlegten sie sich kaum, welche Würze

Schlaf und Bewegung im Freien, ein Bad und die Zutat eines tüchtigen Hungers ausmachten.

Nach dem Frühstück lagen sie im Schatten herum, während Huck ein Pfeifchen schmauchte, und dann machten sie sich zu einer Entdeckungsreise durch den Wald auf die Füße. Sie trollten lustig dahin über vermoderte Baumstämme, durch wirres Gestrüpp, zwischen schweigenden Königen des Waldes hindurch, die von oben bis unten mit allerhand Schlingpflanzen behangen waren. Ab und zu trafen sie auf verborgene, mit Gras bewachsene und mit Blumen geschmückte kleine Lichtungen.

Sie fanden eine Menge Dinge, die ihnen gefielen, aber nichts, was sie in Entzücken gesetzt hätte. Sie stellten fest, daß die Insel über drei Meilen lang und eine Viertelmeile breit und daß die Küste, wo sie ihr am nächsten war, nur durch einen schmalen Kanal, kaum zweihundert Meter breit, von ihr getrennt sei. Alle paar Stunden nahmen sie ein Bad, so war es hoher Nachmittag, als sie zum Lager zurückkehrten. Sie waren zu hungrig, um wieder Fische zu fangen, fielen daher tüchtig über ihren Schinken her, warfen sich dann im Schatten nieder und plauderten. Aber das Gespräch geriet bald ins Stocken und erstarb dann ganz. Die Stille und Einsamkeit, die über dem Walde lagen, und die Empfindung der Verlassenheit begannen auf die Gemüter zu wirken. Sie versanken in Nachdenken. Eine Art unbestimmter Sehnsucht ergriff sie und lastete immer schwerer auf ihnen — es war das Heimweh. Selbst Finn, der Bluthändige, träumte von seinen Treppenstufen und leeren Regentonnen. Aber sie schämten sich ihrer Schwäche, und niemand war tapfer genug, davon zu sprechen.

Jetzt plötzlich wurden die Jungen durch einen ganz besonderen Schall in der Ferne aufgeschreckt, wie es wohl durch das Ticken einer Wanduhr geschieht, das man schon lange gehört hat, ohne es zu bemerken. Indessen wurde der geheimnisvolle Ton bestimmter und drängte sich geradezu der Wahrnehmung auf. Die Jungen fuhren in die Höhe, schauten einander an, und dann verharrte jeder in lauschender Stellung. Es folgte langes Stillschweigen, tief und ungestört; dann kam ein tiefer, dumpfer Ton aus weiter Ferne herüber.

„Was ist das," schrie Joe atemlos.

„Möcht's auch wissen," entgegnete Tom flüsternd.

„'s ist *nicht* Donner," schloß sich Huck in erschrecktem Ton an, „denn Donner —"

„Still!" befahl Tom, „horcht — *dann* sprecht."

Sie warteten eine Zeitlang, die ihnen eine Ewigkeit dünkte, und dann unterbrach derselbe dumpfe Ton die tiefe Stille.

„Wollen wir hingehen und nachsehen?"

Sie sprangen auf und rannten nach der dem Dorfe zugewandten Küste. Sie teilten die Büsche auf der Sandbank und spähten hindurch über die Wasserfläche. Das kleine, eiserne Dampfboot befand sich über eine Meile unterhalb des Dorfes, mit dem Strome treibend. Das Verdeck schien mit Menschen bedeckt. Eine Menge Boote trieben sich um den Dampfer herum oder ließen sich von der Strömung treiben, aber die Jungen konnten nicht herausbringen, was die Leute vorhatten. Plötzlich schoß eine große weiße Dampfwolke vom Dampfboot aus über den Fluß, und als sie sich ausbreitete und in kleinen Wölkchen in die Höhe stieg, tönte derselbe dumpfe Ton den Lauschenden in die gespitzten Ohren.

„*Jetzt* weiß ich!" schrie Tom, „'s ist jemand ertrunken!"

„'s ist an dem," bestätigte Huck. „Sie machten es letzten Sommer so, als Bill Turner unterging. Sie schossen 'nc Kanone über dem Wasser ab und davon kam er wieder raus. Ja — und sie nahmen Laibe Brot, taten Quecksilber 'rein und ließen sie dann schwimmen, und wo einer dann ertrunken ist, dahin schwimmen sie ganz richtig und bleiben da stehen."

„Ja," sagte Joe, „das hab' ich auch gehört. Möchte aber wissen, was das Brot damit zu tun hat."

„O, ich denke, 's Brot ist's wenigste," meinte Tom. „Ich meine, 's ist mehr, was sie drüber sprechen, ehe sie's aussetzen."

„Aber sie sprechen ja gar nichts drüber," warf Huck ein. „Ich hab's gesehen, und sie taten's *nicht*!"

„Na, das ist sonderbar," kopfschüttelte Tom. „Aber sie sagen gewiß was zu sich selbst. Natürlich tun sie's. Jeder weiß das."

Die anderen gaben zu, daß das, was Tom da sage, was für sich habe, denn ein lumpiges Stück Brot, nicht durch eine Besprechung mit besonderer Kraft ausgestattet, konnte sich nicht so klug und geschickt benehmen, wenn man es auf eine Unternehmung von solcher Wichtigkeit ausschickte.

„Teufel," sagte Joe, „ich wollt' ich wär' drüben!"

„Ich auch," bestätigte Huck. „Ich gäb 'nen Haufen, um zu wissen, was das ist."

Die Jungen horchten und warteten. Plötzlich durchfuhr ein erleuchteter Gedanke Toms Hirn, und er rief aus:

„Jungs, ich weiß, *wen* sie suchen dort drüben! *Uns* suchen sie!"

Sie fühlten sich sofort als Helden. Hier war ein glänzender Triumph. Sie wurden vermißt. Sie wurden beweint. Herzen brachen ihretwegen. Tränen wurden vergossen. Anklagende Erinnerung an unfreundliche Handlungen gegen diese armen Verlorenen stiegen auf, und nutzloses Bedauern und Gewissensbisse quälten die Herzen. Und das beste — die Vermißten wurden zum öffentlichen Gesprächsthema des ganzen Dorfes, und dann der Neid aller Buben, soweit diese glänzende Botschaft drang! Es war herrlich! Es gab dem Piratenspielen erst den rechten Wert.

Als die Dämmerung hereinbrach, kehrte das Dampfboot zu seinen gewöhnlichen Geschäften zurück, und die Boote verschwanden. Die Piraten kehrten in ihr Lager zurück. Sie waren noch ganz betäubt durch den Überschwang ihrer neuen Größe und das wunderbare Aufsehen, das sie erregten.

Sie fingen Fische, bereiteten ihr Abendessen, verzehrten es und legten sich dann nieder, um Vermutungen anzustellen, was das Dorf über sie denken und sprechen möchte. Und die Bilder, die sie sich von der allgemeinen Bestürzung, deren Ursache *sie* waren, machten, entzückten sie über alle Maßen. Aber als die Schatten der Nacht sie zu umhüllen begannen, hörten sie auf zu plaudern und saßen da, schauten ins Feuer, während ihr Geist augenscheinlich ganz wo anders weilte. Der Rausch war geschwunden, und Tom und Joe konnten an niemand zu Hause zurückdenken, der sich über ihre Heldentat so freuen mochte, wie *sie* es taten. Trübe Ahnungen stellten sich ein. Sie fühlten sich unbehaglich und unglücklich. Ein oder zwei Seufzer entschlüpften ihnen. Endlich wagte Joe einen Fühler auszustrecken, um zu sehen, wie die anderen über die Rückkehr zur Zivilisation denken mochten, — nicht jetzt natürlich — aber —

Tom wies ihn mit Verachtung zurück! Huck, bis jetzt noch ganz gleichmütig, stimmte Tom bei, und der Wankelmütige gab eine demütige „Erklärung“ ab und war froh, sich mit einem so geringen Odium schwachherzigen Heimwehs, als es sich nur immer machen ließ, aus der Affäre zu ziehen. Für den Augenblick war die Empörung also offenbar niedergeschlagen.

Als die Nacht dunkelte, begann Huck zu nicken und sogleich zu schnarchen. Joe war der nächste. Tom lag eine Zeitlang unbeweglich auf den Ellbogen, die beiden aufmerksam beobachtend. Schließlich erhob er sich vorsichtig auf die Knie und kroch durch das Gras und den flackernden Widerschein des Lagerfeuers. Er sammelte und untersuchte verschiedene große Stücke weißer Sykomorenrinde und wählte schließlich zwei, die ihm die besten schienen, aus. Dann kroch er wieder zum Feuer und kritzelte etwas mit Rotstift auf jedes von ihnen. Eins rollte er zusammen und schob es in seine Tasche, das andere tat er in Joes Hut und legte diesen in einiger Entfernung von seinem Eigentümer hin. In den Hut tat er dann noch gewisse Schulbuben-Kostbarkeiten von fast unschätzbarem Wert, darunter ein Stück Kreide, einen Klumpen Federharz, drei Angelhaken und eine jener Art Marbeln, die als „so gut wie Kristall“ bekannt sind. Dann schlich er auf den Zehen vorsichtig zwischen den Bäumen hindurch, bis er außer Hörweite zu sein glaubte, und dann setzte er sich in scharfen Trab in der Richtung nach der Sandbank zu.

Fünfzehntes Kapitel

Wenige Minuten später befand sich Tom im seichten Wasser der Sandbank, der Illinois-Küste zuwatend. Bevor ihm die Flut bis zur Hälfte des Körpers reichte, war er schon halb drüben. Die Strömung erlaubte jetzt kein Waten mehr; so machte er sich zuversichtlich daran, die letzten hundert Meter schwimmend zurückzulegen. Er schwamm querüber, aber bald wurde er stärker stromabwärts getrieben, als er gedacht hatte. Indessen, er erreichte die Küste schließlich, trieb an ihr entlang und fand eine niedrige Stelle, wo er hinauskletterte. Er legte die Hand auf die Tasche, fand, daß seine Baumrinde darin wohlgeborgen sei und schlug sich dann mit triefenden Kleidern durch den Wald, der Küste folgend. Kurz vor 10 Uhr kam er auf einen freien Platz dem Dorfe gegenüber und erblickte das Dampfboot im Schatten der Bäume und des hohen Ufers liegend. Alles war totenstill unter den funkelnden Sternen.

Er kroch unter einen Ufervorsprung, tauchte ins Wasser, tat schwimmend drei oder vier Stöße und kletterte in das Boot, welches, wie es sich gehörte, am Stern des Dampfbootes befestigt war. Er legte sich unter die Bank und wartete mit Herzklopfen. Plötzlich schlug die blecherne Glocke an, und eine Stimme gab Befehl, abzustoßen. Ein paar Minuten später wurde die Spitze des Bootes vom Dampfer stark angezogen, und die Reise hatte begonnen. Tom fühlte sich erhoben durch seinen Erfolg — er wußte, daß es die letzte Fahrt sei, die das Boot an diesem Abend machte.

Nach langen zwölf bis fünfzehn Minuten stoppte das Fahrzeug, und Tom glitt über Bord und schwamm im Dunkeln dem Ufer zu; er landete fünfzig Meter unterhalb — zur Sicherheit vor etwaigen herumstreichenden Bekannten. Er lief durch wenig belebte Straßen und befand sich bald am hinteren Zaun seiner Tante. Er kletterte hinüber, näherte sich behutsam dem Haus und spähte durch das Wohnzimmerfenster, da er dort Licht sah.

Da saßen Tante Polly, Sid, Mary und Joe Harpers Mutter, dicht zusammengedrängt, eifrig schwatzend. Sie saßen am Bett, und dieses stand zwischen ihnen und der Tür. Tom schlich vorsichtig zur Tür und begann vorsichtig den Drücker zu drücken. Dann drückte er kräftiger, und die Tür knarrte. Er setzte seine Tätigkeit fort und hielt jedesmal inne, sobald es knarrte, bis er glaubte, auf den Knien durchkriechen zu können. Und so steckte er den Kopf hinein, und versuchte es vorsichtig.

„Warum flackert das Licht so?“ sagte Tante Polly. Tom beeilte sich.

„Ich glaub gar, die Tür ist offen! Wahrhaftig, sie ist offen! Hören denn die Gespenstergeschichten heut gar nicht auf! Geh‘ hin und mach sie zu, Sid!“

Im selben Moment verschwand Tom unterm Bett. Er lag und verschnaufte ‘ne Zeitlang, und dann kroch er so weit vor, daß er Tante Pollys Füße fast berühren konnte.

„Aber, wie ich sagte,“ fing Tante Polly wieder an, „er war nicht *schlecht*, nur — wie soll ich sagen — gerissen! Nur ein bißchen unbesonnen, wissen Sie, und gedankenlos-flüchtig. Er dachte nie mehr nach als ein Füllen. Bös meint‘ er‘s *nie*, er war der gutherzigste Junge, der jemals dagewesen ist,“ und sie begann zu weinen.

„Grad‘ so war‘s mit meinem Joe — immer voll von Dummheiten und zu jedem Unfug aufgelegt; und so selbstlos und gutmütig, wie nur einer sein kann — und es schmerzt mich schrecklich, zu denken, daß ich hingehen konnte und ihm eine runterhauen, weil er die Milch genommen haben sollte, und nicht daran dachte, daß ich sie als sauer selbst fortgegossen hatte — und ich soll ihn nie wiedersehen in dieser Welt, nie, nie, nie — armer verlassener Junge!“ Mrs. Harper schluchzte, als solle ihr das Herz brechen.

„Ich hoffe, Tom ist besser dran, *wo* er ist,“ sagte Sid, „aber wenn er in manchen Dingen *hier* besser gewesen wäre —“

„Sid!“ Tom fühlte ordentlich den strengen Blick aus den Augen der alten Dame, obwohl er sie nicht sehen konnte. „Nicht ein Wort gegen meinen Tom, nun er fort ist! Gott wird sich *seiner* annehmen, sorg *du* nur für dich selbst, mein Lieber. O, Mrs. Harper, ich weiß nicht, wie ich‘s ohne ihn aushalten soll — ich weiß nicht, wie ich‘s ohne ihn aushalten soll! Er war so anhänglich an mich — obwohl er mein altes Herz zuweilen fast gebrochen hätte!“

„Der Herr hat‘s gegeben, der Herr hat‘s genommen, der Name des Herrn sei gelobt! Aber ‘s ist so hart — o, ‘s ist *so* hart! Noch letzten Samstag ließ Joe einen Schwärmer mir unter der Nase platzen, und ich schlug ihn nieder. Damals wußt‘ ich freilich nicht, wie bald — o, wenn ich‘s noch mal erleben könnte, ich würd‘ ihn dafür umarmen und segnen.“

„Ja, ja, ich kann‘s mir denken, was Sie fühlen, Mrs. Harper, ganz genau weiß ich, was Sie fühlen! ‘s ist noch nicht länger als gestern abend, da nahm Tom die Katze und füllte sie voll ‚Schmerzenstöter‘, und ich dachte, das Tier würd‘ das Haus einreißen! Und — Gott verzeih‘ mir — ich gab ihm eins mit dem Fingerhut auf den Kopf — armer Junge, armer toter Junge! Aber er ist jetzt raus aus allen Schmerzen. Und die letzten Worte, die ich von ihm gehört habe, waren —“

Aber diese Erinnerung war zu viel für die alte Dame, und sie brach völlig zusammen. Tom schluchzte jetzt selbst — mehr aus Mitleid mit sich selbst als mit sonst jemand. Er konnte auch Mary weinen und von Zeit zu Zeit ein freundliches Wort über sich sprechen hören. Er fing an, eine bessere Meinung als bisher von sich selbst zu haben. Schließlich war er durch seiner Tante Kummer so tief ergriffen, daß er drauf und dran war, unter dem Bett hervorzukommen und sie mit seiner Wiederkunft freudig zu überraschen, und der Theatereffekt war ganz nach seinem Geschmack, aber er widerstand doch und verhielt sich still.

Er fuhr fort zu lauschen und setzte sich aus allerhand Andeutungen zusammen, daß man erst angenommen habe, die Burschen seien beim Schwimmen umgekommen; dann wurde das kleine Floß vermißt; dann verkündeten ein paar Jungen, die Ausreißer hätten versprochen, das Dorf solle bald „von ihnen hören“. Die weisen Häupter hatten dies und das zusammengereimt und erklärt, die Strolche seien auf diesem Floß davongefahren und würden bald in der nächsten Stadt unterwärts anlangen. Aber gegen Mittag war das Floß gefunden worden, ungefähr fünf oder sechs Meilen unterhalb des Dorfes an der Missouriküste, und da hatte man die Hoffnung aufgegeben; sie mußten ertrunken sein, denn sonst hätte der Hunger sie bei Einbruch der Nacht nach Haus getrieben — wenn nicht schon früher. Man glaubte, die Suche nach den Leichen sei darum erfolglos geblieben, weil sich das Unglück in der Mitte des Stromes zugetragen habe, denn die Jungen als gute Schwimmer würden sich sonst ans Ufer gerettet haben. Das war Mittwoch abend. Wenn sie bis Samstag noch nicht gefunden sein würden, müßte man alle Hoffnung aufgeben, und der Trauergottesdienst sollte dann am Sonntag morgen stattfinden. Tom schauderte.

Mrs. Harper wünschte mit weinerlicher Stimme „Gute Nacht" und rüstete sich zum Abmarsch. Dann, mit plötzlichem Impuls, umarmten sich die beiden verwaisten Frauen, weinten sich nach Herzenslust aus und trennten sich. Tante Polly war doppelt zärtlich, indem sie Sid und Mary „Gute Nacht" sagte. Sid schluchzte ein bißchen, Mary aber weinte aus Herzensgrund.

Tante Polly kniete nieder und betete für Tom so eindringlich, so leidenschaftlich und mit so grenzenloser Liebe in ihren Worten und ihrer alten, zitternden Stimme, daß er wieder, lange bevor sie zu Ende war, in Tränen zerfloß.

Er mußte noch lange, nachdem sie zu Bett gegangen war, warten, denn von Zeit zu Zeit stieß sie immer noch mal einen herzbrechenden Seufzer aus, warf sich unruhig hin und her und konnte nicht zur Ruhe gelangen. Aber schließlich war sie doch still und seufzte nur noch bisweilen im Schlaf.

Nun kroch der Junge hervor, richtete sich am Bett in die Höhe, beschattete das Licht mit der Hand und stand lange, sie betrachtend. Sein Herz war voll Mitleid mit ihr. Er zog seine Sykomorenrinde hervor und legte sie neben den Leuchter. Aber es fiel ihm etwas ein, und er überlegte. Auf seinem Gesicht lag der glückliche Widerschein seiner Gedanken. Schnell steckte er die Rinde wieder in die Tasche, dann beugte er sich herunter, küßte die welken Lippen und machte sich verstohlen davon, die Tür hinter sich schließend.

Er nahm seinen Weg wieder zum Dampfboot, fand niemand dort vor und begab sich kühn an Bord des Schiffes, welches, wie er wußte, verlassen war — bis auf einen Wächter, der sich darin einzuschließen und zu schlafen pflegte wie ein steinernes Bild. Er zog das kleine Boot heran, sprang hinein und schwamm bald wieder draußen auf dem Strom. Als er eine Meile vom Dorfe entfernt war, steuerte er querüber und legte sich tüchtig ins Zeug. Er erreichte genau die Landungsstelle an der anderen Seite — eine Kleinigkeit für ihn. Große Lust hatte er, das Boot zu kapern, denn er meinte, man müsse es doch als „Schiff" betrachten und es sei somit legitime Beute für einen Seeräuber. Aber dann sagte er sich, daß genaue Nachforschungen danach angestellt werden würden, und das hätte mit einer Entdeckung enden können. So sprang er ans Ufer und drang in den Wald ein. Er setzte sich nieder und hielt lange Rast, sich quälend mit Anstrengungen, wach zu bleiben, und dann strebte er wieder seiner „Heimat" zu. Die Nacht war fast zu Ende. Es war heller Morgen, bis er sich der Insel gegenüber befand. Er ruhte wieder, bis die Sonne ganz herauf war und den Fluß mit ihrem Glanz übergoß, und dann sprang er ins Wasser. Kurz darauf stand er triefend am Eingang des Lagers und hörte Joe sagen: „Nein, Tom ist treu, Huck, und er wird wiederkommen. Er wird *nicht* durchbrennen. Er weiß, daß es 'ne Schande für 'nen Seeräuber wär, und Tom ist zu stolz für so was. Er ist auf irgend was aus. Möcht' aber wohl wissen, was?"

„Na — die Sachen da gehören doch jetzt uns, nicht?"

„Beinahe, aber nicht ganz, Huck. Das Geschreibsel sagt, sie sind unser Eigentum, wenn er nicht bis zum Frühstück wieder da ist."

„Was er *ist*," rief Tom in theatralischer Pose, großartig ins Lager tretend.

Ein prächtiges Frühstück, aus Schinken und Fisch bestehend, war bald zur Stelle, und während sich die Jungen darüber hermachten, berichtete Tom (mit vielen Ausschmückungen) seine Abenteuer. Sie waren eine edle, prahlerische Gesellschaft von Helden, als seine Erzählung beendet war. Dann machte Tom sich davon an einen schattigen Ort, um bis Mittag zu schlafen, die anderen Piraten brachen auf zu Fischzug und Entdeckungsreisen.

Sechzehntes Kapitel

Nach dem Mittagessen machte sich die ganze Bande auf nach der Sandbank, um dort Schildkröteneier zu suchen. Sie stießen Löcher in den Sand, und wenn sie eine hohle Stelle fanden, warfen sie sich auf die Knie und gruben mit den Händen. Manchmal erwischten sie fünfzig bis sechzig Eier auf einem Haufen. Es waren vollkommen runde, weiche Dinger, ein bißchen kleiner wie 'ne englische Walnuß. So hatten sie ein köstliches Eigericht für den Abend, und ebenso am Freitag morgen. Nach dem Frühstück liefen sie mit Hurra und Purzelbäumen zum Strand, jagten sich einander herum, warfen die Kleider ab und waren ganz nackt; und dann setzten sie ihr lustiges Treiben im seichten Wasser fort, gegen die Strömung anlaufend, welche ihnen um die Beine spülte und den Spaß noch mehr erhöhte. Zuweilen standen sie zusammen und spritzten sich mit der flachen Hand gegenseitig Wasser ins Gesicht, indem sie sich, einander den Rücken zukehrend, heranschlichen, um den Spritzern zu entgehen, und sich dann plötzlich packten und so lange kämpften, bis der Stärkste seinen Gegner geduckt hatte — und dann verwandelten sie sich alle drei in ein Gewirr von weißen Armen und Beinen, und tauchten zugleich wieder auf, schnaufend, lachend, spuckend und atemlos.

Nachdem sie sich so ordentlich ausgetobt hatten, stiegen sie heraus, warfen sich in den trockenen, heißen Sand, lagen da und bedeckten sich ordentlich damit, und dann liefen sie wieder zum Wasser, und das Spiel begann von neuem. Schließlich fiel ihnen ein, daß ihr nackter Zustand mit fleischfarbigen Trikots große Ähnlichkeit habe. So zogen sie einen Kreis in den Sand und hatten einen Zirkus — mit drei Clowns darin, denn niemand wollte diesen stolzesten Posten einem anderen überlassen. Darauf suchten sie ihre Murmeln hervor und spielten, bis auch dies Vergnügen langweilig wurde.

Huck und Joe schwammen hierauf abermals; Tom wollte nicht mitmachen, denn er fand, daß er beim Anziehen seine

Klapperschlangenschnur von den Knöcheln verloren hatte, und er wunderte sich, wie er ohne den Schutz dieses geheimnisvollen Schutzmittels so lange vor einem Krampf bewahrt worden sei. Er wagte sich nicht wieder ins Wasser, bis er sie wiedergefunden hatte, und inzwischen waren die anderen müde und im Begriff, sich auszuruhen. Herumschlendernd, trennten sie sich allmählich, verfielen in Trübsinn und fingen an, über die breite Wasserfläche hinüberzuschauen, wo das Dorf schläfrig in der Sonne lag. Tom ertappte sich dabei, wie er mit der Zehe „Becky" in den Sand schrieb; er wischte es aus, ärgerlich über seine Schwäche. Aber er schrieb es nochmals — trotzdem; er konnte nichts dafür. Er wischte es nochmals aus und zog sich aus aller Versuchung, indem er die anderen Jungen zusammentrieb und sie gegeneinander schubste.

Aber Joes Geist war allmählich gänzlich niedergedrückt. Er hatte solches Heimweh, daß er sein Elend kaum noch tragen konnte. Die Tränen waren bei ihm dem Überlaufen nahe. Sogar Huck war melancholisch. Toms Herz war schwer, doch er gab sich Mühe, es nicht zu zeigen. Er hatte ein Geheimnis, das er noch nicht preisgeben wollte, wenn aber diese Depression nicht bald gehoben werden konnte, mußte er es verraten. Er sagte mit möglichst sichtbarer Heiterkeit: „Ich glaube, ‘s sind schon vor uns Piraten auf der Insel gewesen. Wollen wir doch mal nachsehen! Vielleicht haben sie hier Schätze vergraben. Würd‘s euch nicht gefallen, irgendwo auf ‘ne alte verrostete Kiste voll Gold oder Silber zu stoßen, he?"

Es erhob sich aber nur ein schwacher Begeisterungssturm, der bald verflogen war. Tom versuchte noch eine oder zwei Kriegslisten; aber auch diese schlugen fehl. Es war recht entmutigend. Joe saß da, mit einem Stock im Sande stochernd und schaute sehr trübselig drein.

Schließlich sagte er: „Ach, Jungens, laßt‘s uns aufgeben. Ich möcht‘ heim. ‘s ist so einsam hier."

„Ach was, Joe, das wird schon nach und nach besser werden," entgegnete Tom. „Allein schon die famose Gelegenheit zum Fischen."

„Mag nichts wissen vom Fischen. Ich will heim!"

„Aber, Joe, nirgends kann man so gut schwimmen wie hier."

„Schwimmen ist nichts. Ich hab‘ gar keine Lust zum Schwimmen, wenn nicht wer da ist, der mir sagt, ich soll‘s *nicht* tun. Ich *will* nach Haus!“

„Ach, Feigling! Wickelkind! Du möchtst bloß zu deiner Alten — schätz‘ ich.“

„Ja — ich *will* zu meiner Mutter! Und du wolltst auch, wenn du eine hättst. Ich bin nicht mehr Wickelkind als du!“ Und Joe schluchzte ein wenig.

„Na, ‘s ist gut, wollen wir das heulende Muttersöhnchen nach Haus lassen, nicht, Huck? Armes Ding — wenn‘s halt Sehnsucht hat, seine Mutter wiederzusehen? Soll‘s halt. Du bleibst hier, nicht, Huck? Wir wollen bleiben?“

„J — a,“ sagte Huck, ohne viel Überzeugung.

„So lang‘ ich lebe, sprech ich nicht mehr mit dir,“ sagte Joe aufsehend. „Das hast du davon.“ Trübselig stand er auf und begann sich anzukleiden.

„Mach mir auch was draus,“ warf Tom hin. „‘s braucht dich niemand. Mach, dass du heimkommst und laß dich auslachen. Bist ‘n schöner Pirat! Huck und ich, wir sind keine Schreibabies. Wir wollen bleiben, nicht, Huck? Laß ihn gehen, wenn er durchaus will. Denke doch, zur Not werden wir fertig ohne ihn.“

Aber trotzdem war Tom nicht recht wohl zumute, es beunruhigte ihn doch, zu sehen, wie Joe trotzig fortfuhr, sich anzuziehen. Und dann war‘s unangenehm, wie Huck mit den Augen den Vorbereitungen Joes folgte, so aufmerksam und mit so unheimlichem Schweigen. Plötzlich begann Joe, ohne ein Wort des Abschieds, auf das Illinoisufer zu waten. Tom begann das Herz zu sinken. Er schielte nach Huck. Huck konnte den Blick nicht ertragen und senkte die Augen. Dann sagte er: „Du — Tom — ich will auch gehen. ‘s war schon bis jetzt so einsam, jetzt wird‘s noch schlimmer werden. Gehen wir auch, Tom?“

„Ich geh‘ nicht! Du kannst ja gehen, wenn du willst. Ich bleib‘!“

„Tom — ich will lieber gehen.“

„Na, ‘s ist gut, so geh‘ doch! Wer hindert dich denn?“

Huck fing an, seine zerstreuten Kleider aufzusammeln.

„Tom,“ sagte er, „wollt‘, du gingst mit. Denk mal drüber nach. Wir wollen drüben am Ufer auf dich warten.“

„Da, da könnt ihr ‘ne hübsch‘ lange Zeit warten, sag‘ ich dir.“

Huck schlich kummervoll davon, und Tom schaute ihm nach, während ein heftiges Verlangen, seinem Stolz zum Trotz hinterher zu laufen, an seinem Herzen riß. Er hoffte, sie würden stehen bleiben, aber sie wateten langsam weiter.

Plötzlich überkam Tom das Bewußtsein, wie einsam und still es dann sein würde. Er kämpfte einen letzten Kampf mit seinem Stolz und dann rannte er seinen Kameraden nach, brüllend: „Wartet, wartet doch! Will euch was sagen!“

Sie blieben sofort stehen und drehten sich um. Als er bei ihnen angelangt war, begann er, sein Geheimnis auszukramen, und sie hörten mürrisch zu, bis sie zuletzt begriffen, was die Pointe bei der Sache sei, und in ein wahres Kriegsgeheul von Beifall ausbrachen und sagten, ‘s wäre großartig, und wenn er ihnen das früher gesagt hätte, würden sie nicht fortgegangen sein. Tom brachte eine plausible Entschuldigung vor; in Wahrheit aber hatte er gefürchtet, daß nicht einmal sein Geheimnis sie veranlassen würde, noch länger bei ihm zu bleiben, und darum hatte er es als letztes Auskunftsmittel zurückgehalten.

Die Ausreißer kehrten vergnügt zurück und nahmen mit Feuereifer ihre Spiele wieder auf, fortwährend mit staunender Bewunderung über Toms fabelhaften Plan und seine Genialität sich unterhaltend.

Nach einem opulenten Eier- und Fischschmaus erklärte Tom, er wolle rauchen lernen. Joe gefiel die Idee, und er sagte, er wolle es auch lernen. So machte Huck Pfeifen und füllte sie. Die beiden Neulinge hatten bisher noch nie etwas anderes geraucht als Schokoladezigarren, und die haben niemals als männlich gegolten.

Nun streckten sie sich aus, stützten sich auf die Ellbogen und begannen zögernd zu paffen und mit wenig Vertrauen. Der Rauch hatte einen unangenehmen Geschmack, und sie räusperten sich ein wenig, aber Tom sagte:

„Pah! ‘s ist ja so leicht! Hätt‘ ich gewußt, daß das alles sei, hätt ich‘s schon längst gelernt!“

„Ich auch,“ meinte Joe. „‘s ist ja gar nichts.“

„Gott, wie oft hab‘ ich ‘nen Mann rauchen gesehen, und gedacht: wollt‘, ich könnt‘s auch. Aber ich hab‘ nie gedacht, ich *könnt‘s*. So geht‘s mir immer, nicht, Huck? Du hast‘s mich oft sagen hören, nicht, Huck? Huck weiß, daß ich‘s gesagt hab‘.“

„Ja, oft genug,“ sagte Huck.

„Na, ich *hab‘s* auch,“ fing Tom nochmals an. „Hundertmal. Mal da unten beim Schlachthaus. Erinnerst du dich nicht, Huck? Bob Tanner war da und Johnny Miller und Jeff Thatcher, damals, als ich‘s sagte. Erinnerst du dich nicht, Huck, daß ich‘s gesagt hab‘?“

„Ja, ‘s ist an dem,“ entgegnete Huck. „‘s war den Tag, als ich ‘ne weiße Murmel verloren hatte — nee, ‘s war den Tag vorher.“

„Da sagt‘ ich‘s dir,“ bestätigte Tom. „Huck erinnert‘s.“

„Glaub‘, ich könnt‘ die Pfeife rauchen — alle Tage,“ sagte Joe. „Fühl‘ mich gar nicht schlecht.“

„Na, ich auch nicht. Ich könnt‘ alle Tage rauchen, aber ich wette, Jeff Thatcher könnt‘s nicht.“

„Jeff Thatcher! Lieber Gott — keine zwei Züge könnt‘ *der* vertragen! Laß ‘s ihn nur einmal versuchen — er soll schon sehen.“

„Ich wollt‘, er tät‘s, und Johnny Miller — wollt‘, ich könnt‘ Johnny Miller ‘s versuchen sehen.“

„Meinst du, ich nicht? Na, der Johnny Miller würd‘s grad so wenig können wie sonst was! Bloß ‘n bissel Rauch würd‘ *den* schon umschmeißen!“

„Natürlich würd‘s das, Joe! Du, ich wollt‘, die Jungens könnten uns jetzt mal sehen.“

„Na, das mein‘ ich auch!“

„Wißt ihr was! Sagt nichts davon, und wenn sie dann mal dabei sind, geh‘ ich auf dich zu und sag‘: ‚Joe, hast du ‘ne Pfeife? Möcht‘ mal rauchen!‘ Und du sagst, so ganz beiläufig, als wenn‘s nichts wär‘, du sagst: ‚Ja, ich hab‘ meine alte Pfeife, und dann noch eine, aber mein Tabak ist nicht *sehr* gut.‘ Und ich sag‘: ‚O, ‘s ist schon recht, wenn er uns stark genug ist.‘ Und dann du raus mit den Pfeifen und wir ordentlich drauf los, und dann *die* Augen, die die machen werden!“

„Verdammt, das ist famos, Tom! Wollt, ‘s wär‘ *jetzt*!“

So plauderten sie noch ‘ne Weile; aber plötzlich begann das Gespräch zu stocken, und dann hörte es ganz auf. Das Stillschweigen wurde drückend; das Ausspucken nahm wunderbar zu. Jede Pore im Innern des Mundes schien bei den beiden sich in einen spuckenden Springbrunnen zu verwandeln. Kaum konnten sie die Behälter unter der Zunge oft genug entleeren, um eine Überschwemmung zu vermeiden; trotz aller Anstrengungen aber gelangten kleine Ergüsse den Hals hinunter — und jedesmal folgte plötzliches Aufschlucken darauf. Beide sahen blaß und elend aus. Joes Pfeife fiel aus seinen kraftlosen Händen. Toms folgte. Beider Springbrunnen waren in voller Tätigkeit, und beider Pumpen arbeiteten fieberhaft.

Joe sagte mit schwacher Stimme: „Hab‘ mein Messer verloren. Denke, ‘s wird gut sein, hinzugehen und zu suchen.“

Tom, mit zitternden Lippen und ebenso schwacher Stimme sagte: „Ich helf dir. Du gehst nach der Seite, und ich will nach der andern gehen — zur Quelle. — Nein — du brauchst — nicht zu — kommen — — Huck, — wir — wir finden‘s — schon —“

So setzte sich Huck nieder und wartete ‘ne Stunde. Dann fand er, es sei sehr einsam und ging, seine Kameraden zu suchen. Sie waren weit weg im Walde, beide sehr blaß, beide schliefen fest. Aber etwas belehrte ihn, daß, hatten sie irgend welche Beschwerden gehabt, sie sich davon befreit hatten.

Beim Nachtessen waren sie eben nicht redselig; sie hatten einen hohlen Blick. Und als Huck nach der Mahlzeit seine Pfeife wieder stopfte und ihnen die ihrigen geben wollte, sagten sie: nein, sie fühlten sich nicht recht wohl — irgend etwas beim Mittagessen sei ihnen nicht gut bekommen.

Siebzehntes Kapitel

Ungefähr um Mitternacht erwachte Joe und rief die Jungen an. Drückende Schwüle lag in der Luft, das hatte etwas zu bedeuten. Die Jungen drückten sich aneinander und suchten die freundliche Gesellschaft des Feuers, obwohl die matte, tote Hitze der reglosen Atmosphäre erstickend war. Sie saßen still, horchend und wartend. Jenseits des Lichtschimmers ging alles in der Schwärze der Finsternis auf. Plötzlich fuhr ein zitternder Blitzstrahl herunter, der auf einen Augenblick die Umgebung erleuchtete und dann wieder schwand. Nach kurzer Zeit kam wieder einer, etwas schwächer. Dann noch einer. Darauf ging ein leises Zittern durch die Bäume des Waldes, und die Knaben empfanden eine kurze Kühlung im Gesicht und zitterten bei dem Gedanken, daß der Geist der Nacht an ihnen vorübergegangen sei. Dann eine Pause. Und dann verwandelte ein zauberhafter Blitzstrahl die Nacht in den Tag und zeigte jeden einzelnen Grashalm, der um ihre Füße herum wuchs. Und außerdem zeigte er drei weiße entsetzte Gesichter. Ein schwerer Donnerschlag kam rollend und polternd vom Himmel herunter und verlor sich in der Ferne in dumpfem Grollen. Ein kühler Lufthauch machte sich fühlbar, in den Blättern raschelnd und die aufgehäufte Asche über den Feuerherd wirbelnd. Ein neuer blendender Schein erhellte den Wald, und ein Krach folgte, der die Baumwipfel über den Häuptern der Kinder zu zerreißen schien. Sie fuhren erschreckt zusammen bei der vollkommenen Finsternis, die darauf folgte. Ein paar schwere Regentropfen fielen klatschend auf die Blätter.

„Schnell, Jungens, zum Zelt,“ schrie Tom.

Sie rannten davon, über Wurzeln stolpernd und sich in Schlinggewächse verwickelnd — nicht zwei von ihnen in gleicher Richtung. Ein furchtbarer Windstoß fuhr durch die Wipfel, jeden Laut verschlingend. Ein blendender Blitz folgte dem anderen, ein krachender Donnerschlag dem anderen. Und jetzt prasselte durchnässender Regen nieder, und der tobende Orkan fegte ihn in Bündeln über die Erde hin.

Die Jungen schrien einander zu, aber der heulende Wind und die dröhnenden Donnerschläge verschlangen ihre Stimmen völlig. Indessen drangen sie doch nacheinander durch und suchten Schutz unter dem Zelt, kalt, zitternd und triefend von Wasser. Gesellschaft im Unglück zu haben, schien ihnen alles erträglicher zu machen.

Sie konnten nicht sprechen, das alte Segel schlug zu wahnsinnig, selbst wenn die anderen Stimmen es ihnen erlaubt hätten. Der Sturm stieg höher und höher, und plötzlich flog das Segel, aus seinen Klammern losgerissen, auf den Flügeln des Windes davon. Die Knaben faßten sich an den Händen und flohen, stolpernd und sich wund stoßend, in den Schutz einer großen Eiche, die am Flußufer stand. Jetzt war der Kampf auf seinem Höhepunkt angelangt. Bei dem unaufhörlichen Leuchten, das den Himmel in Flammen setzte, trat alles rund umher in grelles, schattenloses Licht; die sich beugenden Bäume, der wogende, von Schaum weißgefärbte Strom, das treibende Flußwasser. Die steilen Felsenufer auf der anderen Seite schauten zuweilen durch die Regenwolken. Alle Augenblicke erlag ein Baumriese der Gewalt und brach krachend durch das Unterholz. Und die furchtbaren Donnerschläge folgten sich in ohrenzerreißendem, explosionsähnlichem Schmettern, scharf und krachend und unbeschreiblich ängstigend. Der Sturm erhöhte sich zu beispielloser Wut, die die ganze Insel in Stücke reißen, sie zu verbrennen, bis zu den Baumwipfeln versenken und jedes Lebewesen auf ihr vernichten zu wollen schien, alles gleichzeitig und in *einem* Augenblick. Es war eine schreckliche Nacht für heimatlose junge Herzen.

Aber endlich hatte der Kampf ausgetobt, die Naturkräfte ruhten, schwächer und schwächer tönend und brummend — Friede herrschte. Die Jungen schlichen zum Lager zurück — nicht wenig eingeschüchtert. Und doch fanden sie dort, daß sie alle Ursache hatten, dankbar zu sein, denn die große Sykomore, die Beschützerin ihres Lagers, war jetzt eine Ruine, vom Blitz zerschmettert — und sie waren während der Katastrophe nicht darunter gewesen.

Alles im Lager war durchnäßt, das Feuer erloschen; denn sie waren leichtsinnige Herumtreiber, wie alle ihresgleichen, und hatten keine Vorsichtsmaßregeln gegen den Regen getroffen. Das war sehr ärgerlich, denn sie waren durchweicht und verfroren. Sie fingen an, über ihr Mißgeschick zu jammern; aber plötzlich entdeckten sie, daß das Feuer sich an dem Baum, unter dem es gebrannt hatte, so weit hinauf fortgepflanzt hatte, daß eine Handbreit oder so erhalten geblieben war und noch schwach glimmte. Sie belebten es geduldig mit Zweigen und Rinde des umgestürzten Baumes, bis sie es wieder ordentlich entfacht hatten. Sie trockneten ihren gekochten Schinken und hielten eine Mahlzeit ab, und dann saßen sie am Feuer und verbreiteten sich über ihre nächtlichen Abenteuer und schmückten sie aus bis zum Morgen, denn es gab kein trockenes Plätzchen in der ganzen Umgebung, wo sie hätten ruhen können.

Als die Sonne auf die Knaben zu scheinen begann, überwältigte sie die Müdigkeit, und sie gingen zur Sandbank und legten sich zum Schlaf nieder. Allmählich wurden sie von der Sonne geröstet und machten sich daher in trüber Stimmung ans Frühstück. Sie fühlten sich übellaunig und steif in allen Gliedern und hatten Heimweh, mehr als je. Tom erkannte die Anzeichen davon und versuchte, die Piraten, so gut er es vermochte, aufzuheitern. Aber sie kümmerten sich den Teufel um Murmeln, Zirkus, Schwimmen oder sonst was. Er erinnerte sie an das großartige Geheimnis und erzielte einen Schimmer von Frohsinn. So lange der anhielt, suchte er sie für ein neues Spiel zu interessieren. Es war, für eine Weile das Piratenspielen aufzugeben und zur Abwechselung mal Indianer zu sein. Sie waren von der Idee begeistert; und so dauerte es nicht lange, da waren sie tätowiert, tätowiert von Kopf bis zu Fuß mit schwarzem Schmutz, gleich den Zebras, alle natürlich Häuptlinge, und dann rannten sie heulend durch die Wälder, um englische Niederlassungen anzugreifen.

Dann trennten sie sich in drei feindliche Stämme und stürzten aus Hinterhalten mit schrecklichem Kriegsgeschrei aufeinander los und töteten einander tausendweise. Es war ein blutiger Tag. Darum war es ein befriedigender.

Zur Mittagszeit versammelten sie sich wieder im Lager, hungrig und glücklich. Aber jetzt zeigte sich ein Hindernis — feindliche Indianer konnten das Friedensbrot nicht miteinander brechen, ohne erst Frieden zu machen, und *das* war einfach unmöglich, ohne eine Friedenspfeife zu rauchen. Es gab keinen anderen Weg, von dem sie je gehört hätten. Zwei von den Wilden wünschten jetzt, immer Piraten geblieben zu sein. Indessen — es war nichts zu machen, so forderten sie denn mit so viel Unbefangenheit, als sie auftreiben konnten, die Pfeifen, und taten, wie es sich gehört, einen Zug daraus.

Und *wie* glücklich waren sie dann, daß sie Wilde geworden waren; denn sie hatten dadurch etwas gewonnen. Sie merkten, daß sie jetzt ein bißchen rauchen konnten, ohne fortgehen und ein verlorenes Messer suchen zu müssen. Es wurde ihnen nicht mehr so schlecht, daß es ihnen Unannehmlichkeiten bereitet hätte. Sie hatten aber keine Lust, diese stolze Errungenschaft aus Mangel an Übung wieder zu verlieren: o nein, sie übten sie nach dem Essen mit recht schönem Erfolg, und so verbrachten sie einen herrlichen Abend.

Sie waren mit ihrer neuen Kunst stolzer und glücklicher, als wenn sie sechs Indianerstämme skalpiert und hingeschlachtet hätten. Lassen wir sie schmauchen, plaudern und prahlen — denn wir haben im Augenblick nichts mehr mit ihnen zu schaffen.

Achtzehntes Kapitel

Im Dorfe herrschte indessen an jenem friedlichen Samstag nachmittag durchaus nicht besondere Heiterkeit. Harpers und Tante Pollys Familie waren in Trauer und Kummer und vielen Tränen.

Ungewöhnliche Ruhe lag über dem Ort, obwohl es auch sonst still genug herzugehen pflegte. Mit zerstreuter Miene gingen die Einwohner ihren Geschäften nach und sprachen wenig; aber sie seufzten oft. Der freie Samstag erschien eine Last für die Kinder. Sie hatten kein Herz für ihre Spiele und gaben sie schließlich ganz auf.

Nachmittags begab sich Becky Thatcher in trüber Stimmung auf den verlassenen Schulhof und fühlte sich sehr einsam. Aber sie fand dort nichts, was sie hätte aufheitern können.

„O, wenn ich doch seinen alten Messingknopf wiederfinden könnte," seufzte sie halblaut. „Jetzt hab' ich gar nichts zur Erinnerung an ihn!" Und sie schluckte ein paar Tränen hinunter.

Plötzlich blieb sie stehen und flüsterte: „Grad' *hier* war's. Ach Gott, wenn ich's nochmal tun sollte, ich würd's nicht sagen — ich würd's nicht sagen für die ganze Welt! Aber er ist jetzt fortgegangen — und ich werd' ihn nie — nie wiedersehen —"

Dieser Gedanke ließ sie zusammenbrechen, sie schlich fort, während die Tränen ihr über die Backen niederflossen.

Dann kam ein Haufe Buben und Mädel — Spielkameraden von Tom und Joe, — schauten über den Zaun und besprachen in halbem Ton, wie Tom dies und das tat in der letzten Zeit, wo sie ihn gesehen hatten, und wie Joe diesen und jenen nebensächlichen Ausspruch getan hatte (mit unheimlichem Voraussehen der Ereignisse, wie sie jetzt wußten!) — und jeder Sprecher bezeichnete ganz genau die Stelle, wo die vermißten Flüchtlinge damals gestanden hatten, und dann fügten sie hinzu: „und ich stand gerad so, gerad wie ich jetzt steh', und als wenn *du er* wärest, und ich hab' genau auf alles geachtet, und er lächelte — genau *so* — und dann überlief es mich ordentlich, ganz — schreck — lich, ihr wißt ja auch, und ich konnt' mir gar nicht denken, *was* es sein könne, aber *jetzt* weiß ich's."

Darauf erhob sich ein Streit, wer die toten Jungen zuletzt gesehen habe, viele erhoben diesen traurigen Anspruch und boten Beweise, mehr oder weniger durch Zeugen erhärtet, an; und als endgültig festgestellt war, wer sie in der Tat zuletzt gesehen und die letzten Worte mit ihnen gewechselt hatte, bekamen die Betreffenden dadurch eine Art geheiligter Bedeutung und wurden von allen angestaunt und beneidet. Ein armer, kleiner Bursche, der niemals besonders beachtet worden war, sagte, mit ordentlich stolzem Ausdruck: „Na, *mich* hat Tom Sawyer mal geprügelt!"

Aber dieser Ruhm war sehr vergänglich. Die meisten der Jungen konnten das sagen, und das verringerte die Auszeichnung doch sehr. Die Gesellschaft trollte sich, mit halber Stimme noch weiter Erinnerungen an die verlorenen Helden austauschend.

Als am nächsten Tage die Sonntagsschule zu Ende war, begann die Glocke zu läuten, statt, wie sonst, zu klingeln. Es war ein sehr stiller Sonntag, und der traurige Ton schien sich mit der sinnenden Ruhe, die auf der Natur lag, zu vermischen. Die Dorfbewohner trafen nach und nach ein, in der Vorhalle einen Augenblick stehen bleibend und wispernd sich über das traurige Ereignis unterhaltend.

Aber im Gotteshause wurde nicht geflüstert. Nur das feierliche Rascheln der Kleider, indem sie sich auf ihre Plätze begaben, störte hier die Stille. Niemand wußte sich zu erinnern, daß die Kirche je so voll gewesen wäre.

Es war eine erwartungsvolle, dumpfe Stille, und dann trat Tante Polly, gefolgt von Sid und Mary und durch die Harpersche Familie, alle in tiefer Trauer, und die ganze Gemeinde sowie der Geistliche erhoben sich ehrfurchtsvoll und blieben stehen, bis die Leidtragenden auf der ersten Bank sich niedergelassen hatten.

Wieder trat allgemeines Schweigen ein, nur zuweilen durch unterdrücktes Schluchzen unterbrochen, und dann erhob der Geistliche die Hände und betete. Ein ergreifendes Lied wurde gesungen, worauf der Text folgte: Ich bin der Trost und das Leben.

Im Verlauf seiner Predigt gab der Geistliche solche Bilder von der Sanftmut, dem ehrenhaften Lebenswandel und den vielversprechenden Talenten der verlorenen Durchgänger, daß jedermann, sich einbildend, diese Porträts zu erkennen, Schmerz empfand bei dem Gedanken, daß er gegen all das bisher blind gewesen sei und an den armen Jungen beständig nichts als Fehler und Flecken gesehen hatte. Der Geistliche erzählte manch rührendes Ereignis aus dem Leben der Verschwundenen, das ihre sanften, edelmütigen Naturen zeigte, und das Volk konnte jetzt leicht sehen, *wie* edel und schön diese Vorkommnisse waren und sich mit Kummer daran erinnern, daß sie ihnen damals, als sie sich zutrugen, als arge Spitzbubenstreiche erschienen waren, die den Ochsenziemer verdienten. Die Gemeinde wurde mehr und mehr gerührt, je weiter die ergreifende Predigt fortschritt, bis schließlich alles geknickt war und seine tränenreichen Klagen zu einem Chorus selbstanklagenden Schluchzens vereinigte; sogar der Geistliche überließ sich seinen Gefühlen und weinte auf offener Kanzel.

Auf dem Chor entstand ein Rascheln, auf das aber niemand achtete; einen Augenblick später knarrte die Tür der Kirche. Der Geistliche hob die strömenden Augen vom Taschentuch und stand wie angedonnert. Eins um das andere Augenpaar folgte dem seinigen, und dann, wie von *einem* Impuls getrieben, erhob sich die Gemeinde und sah, wie die drei toten Jungen ganz gemütlich den Gang heraufgeschlendert kamen, Tom voran, dann Joe, zuletzt Huck, eine Ruine wandelnder Lumpen, mit schafsmäßig-verdutztem Gesicht. Sie waren in dem unbenutzten Chor versteckt gewesen und hatten ihrer eigenen Leichenrede zugehört.

Tante Polly, Mary und die Harpers warfen sich auf die Wiederauferstandenen, sie mit Küssen überschüttend und Danksagungen ausstoßend, während der arme Huck verwirrt und unbehaglich dabei stand, ohne im geringsten zu wissen, was er mit sich anfangen und wohin er sich vor all den Augen, von denen ihn keines bewillkommnete, wenden sollte.

Er stand einen Augenblick zögernd und machte einen schüchternen Versuch, sich wegzustehlen, aber Tom ergriff ihn und sagte:

„Tante Polly, ‘s ist nicht recht. ‘s muß sich jemand freuen, Huck wiederzusehen!“

„Und ‘s soll auch! Ich *freue* mich, ihn zu sehen, armes, verlassenes Kind!“

Und Tante Polly wandte ihre liebenswürdige Aufmerksamkeit jetzt ihm zu — was ihn nur noch unbehaglicher machte als vorher.

Plötzlich schrie der Geistliche aus vollem Halse: „Lobet den Herren, den mächtigen König der Ehren! — Singt — und legt euer Herz rein!“

Und sie taten‘s. Daß alte Lob- und Danklied drang mit triumphierender Inbrunst empor, und während es alles erzittern machte, schaute Tom Sawyer, der Seeräuber, um sich auf die neidische Jugend ringsum und bekannte in seinem Herzen, daß dies der stolzeste Moment in seinem Leben sei!

Als die Gemeinde hinausströmte, meinten alle, sie möchten sich wohl nochmal lächerlich machen um dies Danklied nochmal so singen zu hören.

Tom erhielt an diesem Tage mehr Püffe und Küsse — je nach Tante Pollys Stimmung, als vorher in einem Jahre; und er wußte jetzt ganz genau, was am meisten Dank gegen Gott und Liebe zu ihm ausdrückte.

Neunzehntes Kapitel

Das war Toms großes Geheimnis — der Gedanke, nach Hause zurückzukehren und mit seinen Piratenbrüdern ihre eigene Grabrede anzuhören. Sie waren in der Nacht auf den Sonntag auf einem Baumstamm ans Missouriufer hinübergeschwommen, wo sie fünf oder sechs Meilen unterhalb des Dorfes landeten; hatten darauf dicht beim Orte im Walde geschlafen bis beinahe zum hellen Tage, waren durch mehrere abgelegene Gäßchen zur Kirche geschlichen und hatten ihren Schlaf auf dem Chor zwischen einem Chaos von zerbrochenen Bänken beendet.

Beim Frühstück am Montag morgen waren Tante Polly und Mary sehr zärtlich mit Tom und sehr aufmerksam auf seine Wünsche.

Die Unterhaltung war ungewöhnlich lebhaft. Im Verlaufe derselben sagte Tante Polly: „Na, Tom, ich will nicht grad‘ sagen, daß es ‘ne besonders *nette* Sache war, alle Leute in Trübsal zu halten, fast ‘ne Woche lang, während ihr Jungen euch ‘ne gute Zeit machtet; aber traurig ist‘s, Tom, daß du so verstockt sein konntest, *mich* leiden zu lassen! Wenn du auf ‘nem Baumstamme zu deiner Leichenrede rüberkommen konntest, hättst du wohl auch kommen können, um mir ‘n Zeichen zu geben, daß du *nicht* tot seiest, sondern einfach davongelaufen.“

„Ja, Tom,“ sagte Mary, „das hättst du tun können. Und ich glaube, du *hätt‘st* es getan, wenn du dran gedacht hättest.“

„Hättst du, Tom?“ fragte Tante Polly, während ihr Gesicht sich erwartungsvoll aufhellte. „Na — sag‘, hättst du‘s getan, wenn du dran gedacht hättest?“

„Ich — na — ich weiß doch nicht! ‘s hätt‘ ja alles verraten!“

„Tom, ich hätt‘ doch gedacht, du hättst mich zu lieb für so was,“ seufzte Tante Polly traurig, in einem Ton, bei dem Tom sehr ungemütlich wurde. „‘s wär‘ doch *etwas* gewesen, wenn du dir die Mühe genommen hättst, dran zu denken — wenn du‘s schon nicht *tatst*.“

„Na, Tantchen, gräm, dich nur nicht darüber,“ beruhigte Mary. „‘s ist mal so Toms flüchtige Art — er ist ja immer so zerstreut, daß er nie an was denkt.“

„Um so schlimmer. Sid hätt‘ dran gedacht. Und Sid würd‘ auch gekommen und ‘s *getan* haben. Tom, du wirst eines Tages noch mal zurückdenken, wenn‘s zu spät ist, und wünschen, daß du dich ‘n bißchen mehr um mich gekümmert hättst, wo‘s dir doch so leicht gewesen wär‘.“

„Na, Tantchen, du weißt doch, ich hab‘ dich lieb,“ schmeichelte Tom.

„Ich würd‘s besser wissen, wenn du‘s mehr zeigtest.“

„Wollt‘, ich hätt‘ dran gedacht,“ sagte Tom in reuevollem Ton. „aber — ich hab‘ wenigstens *geträumt* von dir. ‘s ist doch *was*, nicht?“

„‘s ist nicht viel — ‘s ist für ‘ne Katze viel — aber ‘s ist mehr als nichts. Was hast du denn geträumt?“

„Na, in der Mittwochnacht träumte mir, ihr säßet zusammen, dicht beim Bett, Sid saß auf der Holzkiste und Mary dicht bei ihm.“

„So war‘s — so war‘s ganz genau! Bin doch froh, daß du wenigstens von uns zu träumen dich bequemt hast.“

„Und ich träumte, Joe Harpers Mutter wär‘ hier.“

„Na — sie *war* hier! Träumtest du noch mehr?“

„O — ‘nen Haufen! Aber ‘s ist jetzt alles verschwommen.“

„Na, versuch‘s nur — besinn‘ dich — geht‘s nicht?“

„‘s scheint mir so was, als wenn der Wind — der Wind ausgeblasen hätt‘ — —“

„Denk‘ besser nach, Tom! Der Wind hat nichts ausgeblasen — na!“

Tom preßte während eines Augenblicks gespannten Nachdenkens die Finger gegen die Stirn und sagte dann: „Na — jetzt weiß ich‘s! Jetzt hab‘ ich‘s wieder! Er ließ das Licht flackern —“

„Gott erbarm‘ dich! Weiter. Tom, weiter!“

„Und mir kam‘s vor, als hättst du gesagt: ‚Na — ich glaub‘ gar, die Tür —‘“

„Weiter, Tom!“

„Laß mich ‘nen Augenblick nachdenken! Nur ‘nen Augenblick. — Richtig, ja, — du sagtest, du meintest, die Tür wär‘ offen.“

„So wahr ich hier sitz‘ — ich sagte so! Sagt‘ ich‘s nicht, Mary? Weiter!“

„Und dann — und dann — — ja, ich weiß nicht *ganz* gewiß, aber ‘s ist mir doch, als hättst du Sid hingehen lassen und — und — —“

„Na, na? *Wohin* ließ ich ihn gehen? Was ließ ich ihn tun, Tom?“

„Du ließest ihn — du, — ach, du ließest, ihn die Tür zumachen!“

„Beim Himmel, ‘s ist so! So was hab‘ ich doch mein‘ Tag‘ noch nicht gehört! Sag‘ mir keiner mehr, Träume bedeuten nichts! Die überkluge Harper soll davon zu wissen bekommen, eh ich ‘ne Stunde älter bin. Möcht‘ doch sehen, wie sie mit ihrem Geschwätz von Aberglauben um das ‘rum kommt! Weiter, Tom!“

„O, jetzt ist mir alles so klar wie der Tag! Dann sagtest du, ich wär‘ nicht schlecht, nur leichtsinnig und gedankenlos, und dächte nie an irgend was — wie — wie — glaub‘, ‘s war ‘n Füllen — oder so.“

„Na, so *war‘s*, ja! Na — Gottes Wunder! Weiter, Tom!“

„Und dann fingst du an zu weinen.“

„Ja, ich tat‘s ich tat‘s! Und wahrhaftig nicht zum erstenmal. — Und dann —“

„Dann begann Mrs. Harper zu weinen und sagte, Joe wär‘ grad‘ so einer, und sie wollte, sie hätt‘ ihn nicht gehaun deswegen, daß er den Rahm genommen haben sollte, den sie doch selbst weggeschüttet gehabt hätt‘ —“

„Tom! Der Geist war über dir! Du hattst Sehergabe — ja, gewiß, das hattst du! Herrgott! Weiter, Tom!“

„Dann sagte Sid — — er sagte —“

„Glaub‘, ich sagte gar nichts,“ warf Sid schnell ein.

„Doch, du tatst es Sid,“ entgegnete Mary.

„Laßt das Zanken und laßt Tom sprechen. *Was* sagte er, Tom?“

„Er sagte — ich denk‘, er sagte, er hoffe, ich wär besser dran, wo ich setzt sei, aber wenn ich manchmal besser gewesen wär‘ —“

„Da — hört ihr‘s? ‘s waren seine eigenen Worte!“

„Und du leuchtetest ihm ordentlich heim.“

„Ich denke wohl, *daß* ich‘s tat! ‘s muß ein Engel hier gewesen sein! Ein Engel war hier, ‘s ist zweifellos!“

„Und Mrs. Harper erzählte von Joe, wie er ihr durch ‘nen Schwärmer ‘nen Schrecken eingejagt hätte, und *du* erzähltest von Peter und dem ‚Schmerzenstöter‘ —“

„So wahr ich leb‘!“

„Und dann schwatztet ihr alle durcheinander, daß der Fluß nach uns durchsucht worden sei und daß am Sonntag unsere Leichenfeier sein sollt‘, und dann fielst du und die alte Mrs. Harper euch in die Arme und weintet, und dann ging sie fort.“

„‘s war ganz genau so! ‘s war genau so, so gewiß, wie ich hier aus dem Stuhl sitz‘. Tom, hättst es nicht besser erzählen können, wenn du hier gewesen wärst! Und was dann? Weiter, Tom!“

„Dann träumte ich, daß du für mich betetest — und ich konnt dich sehen und jedes Wort hören, das du sagtest. Und dann gingst du zu Bett, und ich war so traurig, daß ich auf ‘n Stück Sykomorenrinde schrieb: ‚Wir sind nicht tot — wir sind nur fort, um Piraten zu werden,‘ und legte das auf den Tisch neben den Leuchter. Und dann sahst du so lieb aus, wie du dalagst und schliefst, daß ich träumte, ich beugte mich über dich und küßte dich.“

„Tatst du‘s, Tom? Tatst du‘s? *Dafür* vergeb‘ ich dir wahrhaftig alles!“

Und sie schloß den Jungen mit solcher Inbrunst in ihre Arme, daß er sich wie der schwärzeste der Verräter erschien.

„‘s war sehr nett — ‘s war aber doch nur ein — Traum,“ brummte Sid für sich halblaut, aber hörbar.

„Halt den Mund, Sid! Jedermann tut im Traum ganz genau dasselbe, was er tun würde, wenn er wach wär'! Hier, Tom, ist ein schöner Apfel, den ich für dich aufgehoben hab', wenn du mal wiedergefunden würdst — nun fort zur Schule! Ich dank dem lieben Gott und Vater für uns alle, daß ich dich wiederbekommen hab', er ist langmütig und barmherzig gegen die, so an ihn glauben und sein Wort halten; obwohl ich weiß, daß ich seine Güte nicht verdiene; aber wenn nur die Guten seinen Segen hätten und seine Hand, ihnen auf den rauhen Pfaden des Lebens beizustehen, würd' hier wenig Fröhlichkeit sein, und wenige würden, wenn die lange Nacht kommt, zu seiner Herrlichkeit eingehen dürfen. — Na, macht fort, Sid, Mary, Tom — macht fort, packt euch, habt mich lange genug aufgehalten."

Die Kinder gingen zur Schule und die alte Dame zu Mrs. Harper, um ihren Unglauben durch Toms wundervollen Traum zu vernichten. Sid hütete sich wohl, den Gedanken auszusprechen, der ihn beherrschte, als er das Haus verließ: „Ein bißchen durchsichtig — 's ist doch zu lang für 'nen Traum, — und nicht *ein* Irrtum."

Welch ein Held war Tom geworden! Er sprang und tollte nicht mehr herum, sondern bewegte sich mit würdevollem Ernst, wie es sich für einen Piraten geziemt, der fühlt, daß er der Mittelpunkt der öffentlichen Aufmerksamkeit ist. Und er war es in der Tat; er suchte sich so zu stellen, als sehe er die Blicke nicht und höre nicht die Bemerkungen, wie er so dahinschlenderte, aber sie waren wahrer Balsam für ihn. Kleinere Jungen als er hefteten sich an seine Fersen, stolz, mit ihm gesehen zu werden und von ihm geduldet, als wäre er der Trommler an der Spitze einer Prozession gewesen oder der Elefant, der eine Menagerie in die Stadt führt. Gleichalterige Jungen wollten gar nicht wissen, daß er überhaupt fortgewesen sei, aber sie verzehrten sich nichtsdestoweniger vor Neid. Sie hätten alles dafür gegeben, seine dunkle, sonnenverbrannte Haut zu besitzen und seinen glänzenden Ruf; und Tom hätte beides nicht einmal für einen Zirkus fortgegeben.

In der Schule machten die Kinder so viel aus ihm und Joe, und zeigten ihnen so wortreiche Bewunderung, daß es gar nicht lange dauerte, bis die beiden Helden ganz unleidlich aufgeblasen wurden. Sie fingen an, ihre Abenteuer ihren hungrigen Zuhörern zu erzählen — aber sie fingen immer nur an; die Geschichten konnten auch kein Ende haben bei einer an ausschmückenden Abschweifungen so fruchtbaren Phantasie als die ihrige war. Und schließlich, als sie ihre Pfeifen herauszogen und nachlässig anfingen, zu rauchen, war der höchste Gipfel des Ruhmes erreicht.

Tom nahm sich vor, in Zukunft sich nicht mehr um Becky Thatcher zu kümmern. Ruhm war ihm genug. Er wollte nur für den Ruhm leben. Nun er eine hervorragende Persönlichkeit war, würde sie wohl versuchen, wieder „anzubinden“. Na, mochte sie — sie sollte sehen, daß er ebenso unempfänglich sein konnte wie andere Leute. Grade kam sie daher. Tom stellte sich, als sehe er sie nicht. Er ging fort und gesellte sich zu einer anderen Gruppe Buben und Mädchen und begann zu erzählen. Bald merkte er, daß sie aufgeregt, mit glühenden Backen und glänzenden Augen, umhertrippelte und sich stellte, als denke sie an gar nicht anderes, als sich mit anderen Schulmädchen herumzuschubsen und ein lautes Gelächter auszustoßen, wenn sie eine erwischt hatte; aber er merkte auch, daß sie ihre Gefangenen immer in seiner Nähe machte, und daß sie dann stets verstohlen zu ihm hinüberschielte. Das schmeichelte der lasterhaften Eitelkeit in ihm, und statt daß es ihn getrieben hätte, wieder einzulenken, machte es ihn nur noch arroganter und ließ ihn noch geflissentlicher eine Miene aufsetzen, als wisse er gar nichts von ihrer Anwesenheit. Plötzlich gab sie ihr Umhertollen auf, strich unentschlossen herum, seufzte ein paarmal und suchte Tom verstohlen und sehnsuchtsvoll mit den Augen. Dann entdeckte sie, wie angelegentlich Tom mit Amy Lawrence plauderte. Sie empfand einen stechenden Schmerz und wurde auf einmal zerstreut und unsicher. Sie nahm sich vor, davonzugehen, aber ihre Füße trugen sie, ihrem Vorsatz zum Trotz, wieder zu der Gruppe hin. Sie sagte zu einem Mädchen, unmittelbar neben Tom — mit erzwungener Ausgelassenheit: „Du, Mary Austin! Du böses Mädel, warum kamst du gestern nicht zur Sonntagsschule?“

„Ich war doch da — hast du mich denn nicht gesehen?“

„Aber, nein! Warst du da? Wo saßest du denn?“

„In Miß Peters ihrer Klasse, wo ich immer sitze. Ich hab‘ *dich* gesehen.“

„So, wirklich? Na, ‘s ist doch närrisch, daß *ich dich* nicht gesehen hab‘. Ich wollt‘ dir doch von dem Picknick sagen.“

„O, das ist famos! Wer will eins geben?“

„Meine Mama läßt *mich* eins geben.“

„Ach, wie reizend! Hoff doch, daß ich auch kommen darf?“

„Na, natürlich, ‘s ist doch *mein* Picknick. ‘s kann jeder kommen, den ich will — und *dich* will ich.“

„Das ist mal nett. Wann ist‘s denn?“

„Na — bald. So um die Ferien ‘rum.“

„Das wird mal ‘n Spaß! Hast du alle Knaben und Mädchen eingeladen?“

„Ja, alle, die meine Freunde sind — oder sein wollen,“ und sie schielte wieder so verstohlen nach Tom; aber er erzählte grade Amy Lawrence von dem schrecklichen Sturm auf der Insel und wie der Blitz die große Sykomore traf, „*ganz* dicht bei mir, keine drei Schritt davon.“

„Du, darf ich auch kommen?“ fragte Gracie Miller.

„Und ich?“ Sally Rogers.

„Und ich auch?“ Susy Harper. „Und Joe?“

„Ja.“

Und so immer weiter mit freudigem Händeklatschen, bis alle in der Gruppe sich ihre Einladung geholt hatten bis auf Tom und Amy. Dann wandte sich Tom kalt ab, immer noch erzählend, und zog Amy mit sich fort. Beckys Lippen zitterten, und die Tränen traten ihr in die Augen. Sie unterdrückte diese verräterischen Zeichen mit forzierter Heiterkeit und fing an zu plappern, aber das Vergnügen am Picknick war zu Ende, und auch aus allem anderen machte sie sich nun nichts mehr. Sobald es ging, lief sie davon, versteckte sich und befreite sich nach der Art ihres Geschlechts durch Tränen von ihrem Kummer. Dann saß sie verdrießlich, mit beleidigter Miene da, bis die Glocke erklang. Mit rachsüchtigem Ausdruck in den Augen sprang sie auf, gab ihren dicken Zöpfen einen tüchtigen Schubs und dachte, sie wisse jetzt schon, was sie zu tun habe.

In der Ecke setzte Tom seine Schäkerei mit Amy mit jubelnder Selbstzufriedenheit fort. Und er brannte darauf, Becky zu finden und sie mit seiner Überlegenheit zu foltern. Schließlich entdeckte er sie, aber das Herz fiel ihm plötzlich in die Hosen. Sie saß auf einem Bänkchen hinterm Schulhaus ganz gemütlich, mit Alfred Temple, in ein Bilderbuch schauend. Und so vertieft waren beide, und ihre Köpfe steckten über dem Buch so dicht zusammen, daß sie gar nichts um sich her wahrzunehmen schienen. Eifersucht rann glühend heiß durch Toms Adern. Er begann, sich selbst zu hassen, weil er die Gelegenheit zur Versöhnung, die ihm Becky geboten, nicht benützt hatte. Er nannte sich selbst einen Narren und gab sich alle Ehrentitel, die ihm gerade einfallen wollten. Er hätte schreien mögen vor Wut. Amy schwatzte ganz vergnügt weiter, indem sie auf und ab gingen, denn ihr Herz war voll Seligkeit, aber Toms Zunge schien gelähmt zu sein. Er hörte gar nicht, was Amy sagte, und so oft sie eine Pause machte, um seine Antwort abzuwarten, konnte er nur irgend eine tölpelhafte Bemerkung hervorstammeln, die möglichst oft ganz falsch angebracht war. Immer wieder suchte er nach der Hinterseite des Schulhauses zu gelangen, um sich an dem verhaßten Anblick zu weiden. Er konnte nicht anders. Und es folterte ihn, zu sehen, wie Becky Thatcher gar nicht zu wissen schien, daß er auch noch im Lande oder überhaupt unter den Lebenden weile. Indessen sah sie ihn sehr wohl; und sie war sich ihres Sieges sehr wohl bewußt und sah ihn mit Wollust ebenso leiden, wie sie vorher gelitten hatte.

Amys Glück fing an, unerträglich zu werden. Tom schützte allerlei Angelegenheiten, die er zu erledigen hatte, vor. Er *mußte* fort, und die Zeit verrann. Aber vergeblich — das Mädel ließ nicht locker. Tom dachte: O, hol sie der Teufel — soll ich sie nie los werden? Schließlich mußte er aber *wirklich* seine Angelegenheiten besorgen; sie gab ihm arglos das Versprechen, nach der Schule ihm „auflauern" zu wollen. Und er rannte davon, sie dafür verwünschend.

„Jeder andere Junge!" dachte Tom, mit den Zähnen knirschend, „jeder andere im ganzen Dorf, nur nicht dieser Heilige, der denkt, weil er sich fein anzieht, ist er ‘n Vornehmer. Na, wart‘ nur! Hab‘ ich dich am ersten Tag, wo du hier warst, geprügelt, mein Kerlchen, werd‘ ich‘s jetzt ja wohl auch noch können! Wart‘ nur, bis ich dich mal tüchtig beim Kragen nehm‘! Möcht‘s gleich tun am liebsten, und —"

Und mit wahrer Wonne prügelte er ‘nen imaginären Jungen durch — in der Luft herumfuchtelnd, stoßend und puffend.

„Na, wird‘s — wird‘s? Wirst du bald ‚genug‘ sagen? So, nu merk‘s dir für ‘n andermal!"

So war der Kampf bald zu seiner Zufriedenheit beendigt.

Tom rannte mittags heim. Sein Gewissen ertrug‘s nicht, nochmals Amys dankbare Glückseligkeit anzusehen, und seine Eifersucht erlaubte keine andere Zerstreuung. Becky setzte ihr Bilder-Besehen mit Alfred fort, aber als sich Minute an Minute reihte und kein Tom kam, um sich quälen zu lassen, begann ihr Triumphgefühl sich abzukühlen, und sie verlor das Interesse; Unaufmerksamkeit und Geistesabwesenheit folgten, und dann Melancholie. Ein paarmal fing sie mit dem Gehör Fußtritte auf, aber es war jedesmal vergebliches Hoffen; kein Tom kam. Schließlich wurde ihr ganz elend zumute, und sie wünschte, sie hätte die Sache nicht so weit getrieben. Als der arme Alfred bemerkte, daß sie ihm entschlüpfte, nicht wußte, wie, und fortwährend krampfhaft schrie: „O, hier ist ‘n famoses! Schau dies mal an!“ verlor sie schließlich die Geduld und sagte: „Ach was, quäl‘ mich nicht! Hab‘ keine Lust mehr dazu!“ brach in Tränen aus, sprang auf und rannte davon.

Alfred trottete nebenher und wollte sie trösten und beruhigen, aber sie sagte:

„Mach, daß du dich fortscherst und laß mich allein, willst du? Ich mag dich gar nicht!“

So blieb der Junge denn zurück, sich wundernd, was er verbrochen haben könne — denn sie hatte ihm doch versprochen, den ganzen Nachmittag Bilder zu besehen — und sie rannte heulend davon. Dann kehrte Alfred betrübt ins Schulhaus zurück. Er fühlte sich gedemütigt und beleidigt. Er fand aber sehr leicht die Wahrheit heraus — das Mädel hatte ganz einfach ihr Spiel mit ihm getrieben, nur um ihren Zorn an Tom Sawyer auszulassen. Er haßte Tom durchaus nicht weniger, als dieser Gedanke in ihm aufstieg. Nichts wünschte er mehr, als auf irgend eine Weise diesem Jungen was einzubrocken, ohne selbst was zu riskieren. Toms Rechtschreibebuch fiel ihm in die Augen. Die Gelegenheit war günstig. Dankbar öffnete er es bei der Lektion für den Nachmittag und goß Tinte über die Seite. Becky, einen Augenblick hinter ihm durchs Fenster schauend, sah es und drückte sich davon, ohne sich zu verraten.

Sie lief nach Haus, in der Absicht, Tom zu suchen und ihm alles zu sagen. Tom würde ihr dankbar sein und aller Zank wäre damit zu Ende. Bevor sie aber den halben Weg zurückgelegt hatte, war sie anderen Sinnes geworden. Der Gedanke daran, wie sie Tom behandelt hatte, als sie von ihrem Picknick sprach, kam wieder brennend über sie und erfüllte sie mit Scham.

Sie beschloß, ihn in der Sache mit dem beschmutzten Buch ruhig in der Patsche stecken zu lassen und ihn obendrein für immer und ewig zu hassen.

Zwanzigstes Kapitel

Tom langte in verdrießlichster Laune zu Hause an, und das erste Wort, das Tante Polly an ihn richtete, zeigte ihm, daß er seinen Kummer an einen sehr wenig versprechenden Ort getragen habe.

„Tom, ich möchte dir doch gleich die Haut über die Ohren ziehn!"

„Tantchen, was hab' ich denn getan?"

„Na, du hast genug getan. Da geh' ich altes, einfältiges Weib zur Harper hinüber und denk', ich will sie an all den Unsinn vom Träumen glauben machen, und siehe da — sie hat von Joe herausbekommen, daß du 'rüber gekommen bist und hast alles gehört, was wir in der Nacht gesprochen haben. Tom, ich weiß nicht, was aus 'nem Jungen werden soll, der sich so benimmt. 's macht mich so traurig, zu denken, daß du mich ruhig zur Harper gehen ließt und so 'ne Närrin aus mir machen konntest — ohne 'n Wort zu sagen."

Das war nun 'ne neue Ansicht von der Sache. Seine Gerissenheit von heut morgen war Tom als famoser Witz und äußerst genial erschienen. Jetzt erschien sie ihm höchst mittelmäßig und schäbig. Er ließ den Kopf hängen und wußte in diesem Augenblick nicht, was sagen. Dann sagte er schüchtern:

„Tantchen, ich wollt', ich hätt's nicht getan — aber ich dachte nicht dran."

„Ach, Kind, du denkst eben nie. Du denkst an nichts als dein eigenes Pläsier. Daran hast du gedacht, den weiten Weg von Jacksons Insel herüber bei Nacht und Nebel zu machen, um über unsern Kummer zu lachen, und hast dran gedacht, mich mit 'ner Lüge von dem Traum zu betrügen, aber *daran* hast du nicht gedacht, Mitleid zu haben und uns vor Sorge zu bewahren."

„Tantchen, ich weiß jetzt, ‘s war gemein, aber ‘s war ja nicht meine Absicht, gemein zu sein; auf Ehre, das war‘s nicht! Und dann — ich bin *nicht* rüber gekommen, um über euch zu lachen!“

„Warum also bist du gekommen?“

„‘s war, um dir zu sagen, daß du dir keine Sorge zu machen brauchst, weil wir davongelaufen waren.“

„Tom, Tom, ich wäre die dankbarste alte Frau auf der Welt, wenn ich dran glauben könnte, daß du daran gedacht hast, aber du weißt, du tatst es *nicht*, und ich weiß es *auch*, Tom.“

„Aber, gewiß — ganz gewiß, ‘s war so, Tantchen — ich will mich nicht mehr rühren können, wenn‘s nicht so ist!“

„Ach, Tom, lüg‘ nicht — tu‘s nicht! Das macht die Sache nur hundertmal schlimmer.“

„Ich hab‘ aber nicht gelogen, Tante. ‘s ist die Wahrheit! Ich wollt‘ dir den Kummer ersparen — das allein war‘s, was mich nach Hause trieb.“

„Die ganze Welt würd‘ ich drum geben, könnt‘ ich‘s glauben! ‘nen ganzen Haufen Dummheiten würd‘ ich dir dafür vergessen, Tom. ‘s war schlimm genug, daß du fortliefst und so schlecht handeltest. Aber, ‘s ist begreiflich. Aber warum *sagtest* du mir‘s nicht, Tom?“

„Warum? Na — sieh, Tante, als ihr anfingt, vom Trauergottesdienst zu sprechen, kam mir auf einmal die Idee, ‘rüber zu kommen und mich in der Kirche zu verstecken und da bracht‘ ich‘s nicht fertig, mir das selbst zu verderben. So steckt‘ ich die Rinde wieder in die Tasche und hielt den Mund.“

„Was für ‘ne Rinde?“

„Die Rinde, worauf ich geschrieben hatte, daß wir Piraten geworden seien. Jetzt wollt‘ ich nur, du wärst aufgewacht, als ich dich küßte — auf Ehre, ich wollt‘s!“

Das strenge Gesicht Tante Pollys hellte sich auf und Zärtlichkeit zitterte in ihrer Stimme: „*Hast* du mich geküsst, Tom?“

„Freilich hab‘ ich‘s getan.“

„Weißt du‘s gewiß, daß du‘s tatst?“

„Aber ja, ich tat‘s, Tantchen — ganz gewiß!“

„Warum küßtest du mich, Tom?“

„Weil ich dich lieb hab‘, und du im Schlafen seufztest und ich so traurig war.“

Die Worte klangen wahr. Die alte Dame konnte das Zittern in ihrer Stimme nicht verbergen, als sie sagte: „Küß mich noch mal, Tom! — Und jetzt fort mit dir zur Schule, und ärgere mich nicht wieder.“

Sobald er fort war, rannte sie zum Wandschrank und riß die Ruine der Jacke heraus, in der Tom unter die Piraten gegangen war. Dann hielt sie wieder inne und sagte zu sich: „Nein, ich tu‘s nicht. Armer Junge — ich denke, du hast‘s gelogen — aber ‘s ist ‘ne gesegnete, gesegnete Lüge, ‘s ist was Treuherziges drin. Ich hoffe, der Herr — ich *weiß*, der Herr wird ihm vergeben, denn ‘s war doch gutherzig von ihm, das zu sagen. Aber, ich will gar nicht wissen, *daß* es ‘ne Lüge ist. Ich *will* nicht nachsehn.“

Sie tat die Jacke wieder fort und stand eine Minute unentschlossen. Zum zweitenmal streckte sie die Hand aus nach dem Kleidungsstück, und zum zweitenmal zog sie sie zurück. Und nochmals griff sie danach, und diesmal ermutigte sie sich selbst mit dem Gedanken: „‘s ist ‘ne gute Lüge — ‘s ist ‘ne gute Lüge — ich will mich nicht dadurch kränken lassen.“ So griff sie in die Tasche der Jacke. Einen Moment später las sie unter Tränen Toms Schriftstück und schluchzte: „Jetzt könnt‘ ich dem Jungen vergeben, und wenn er ‘ne Million dummer Streiche gemacht hätte.“

Einundzwanzigstes Kapitel

Es war etwas in Tante Pollys Art, als sie Tom küßte, das seinen betrübten Geist wieder aufrichtete und ihn wieder leichtherzig und glücklich machte. Er rannte zur Schule und hatte das Glück, auf Becky Thatcher zu stoßen. Seine Stimmung wechselte beständig. Ohne einen Augenblick der Überlegung rannte er auf sie zu und sagte: „Hab‘ mich heut morgen ganz gemein benommen, Becky, und jetzt bin ich so traurig drüber. Ich will nie, nie wieder so was tun, so lang‘ ich leb‘ — willst du jetzt wieder gut sein?“

Das Mädchen blieb stehen und schaute ihn verächtlich an: „Ich würd‘ dir dankbar sein, wenn du dich um dich selbst kümmern würdst, *Herr* Thomas Sawyer! Ich werd‘ *nie* wieder mit dir sprechen.“

Sie hob stolz den Kopf und spazierte davon. Tom war so verblüfft, daß er nicht mal Geistesgegenwart genug hatte, zu sagen: „Wie‘s beliebt, Jungfer Naseweis,“ bis der rechte Augenblick vorüber war. So sagte er gar nichts.

Aber er war nichtsdestoweniger in heller Wut. Er rannte auf den Schulhof, wünschend, sie wär ‘n Junge, und sich vorstellend, wie er sie durchprügeln wollte, *wenn* sie einer wär. Er suchte ihr zu begegnen, und als sie vorbeikam, schleuderte er ihr eine bissige Bemerkung zu. Sie gab sie ihm zurück, und der traurige Bruch war vollständig. Becky glaubte, in ihrem Haß kaum abwarten zu können, bis die Schule begönne, so ungeduldig war sie, Tom seine Prügel für das besudelte Buch bekommen zu sehen. Wenn sie noch ein bißchen gezweifelt hatte, ob sie Alfred Temple anzeigen solle, hatte Toms beleidigendes Benehmen diese Zweifel endgültig beseitigt.

Armes Mädchen, sie wußte nicht, wie nahe sie selbst solchem Unglück sei. Der Lehrer, Mr. Dobbins, hegte trotz seiner mittleren Jahre noch unbefriedigten Ehrgeiz. Sein Lieblingswunsch war gewesen, Doktor zu werden, aber Armut hatte entschieden, daß er nichts weiter werden solle als ein Dorfschulmeister. Täglich zog er ein geheimnisvolles Buch aus seinem Pult und vertiefte sich darin, wenn gerade keine der Klassen aufsagte. Er hielt das Buch unter sicherem Verschluß. Nicht ein Bengel war in der Schule, der nicht darauf gebrannt hätte, einen Blick hineinzuwerfen, aber es bot sich niemals eine Gelegenheit. Alle Buben und Mädel hatten ihre eigene Ansicht über den Inhalt des Buches; aber nicht zwei Ansichten stimmten überein, und es gab kein Mittel, diese Streitfrage zu entscheiden. Jetzt, als Becky am Pult vorbeikam, das nahe der Tür stand, sah sie, daß der Schlüssel steckte. ‘s war ein wundervoller Moment. Sie schaute um sich, sah sich allein und im nächsten Augenblick hielt sie das Buch in der Hand. Das Titelblatt — „Anatomie von Professor Irgendwer“ — brachte ihr keine Aufklärung. So begann sie die Blätter umzuwenden. Plötzlich stieß sie auf eine hübsche gestochene und übermalte Abbildung — eine menschliche Figur. In dem Augenblick fiel ein Schatten aufs Papier, und Tom kam ins Zimmer gerannt und gewahrte ein Eckchen der Abbildung. Becky hielt das Buch rasch beiseite, wollte es zumachen und hatte das Unglück, das Bild bis fast zur Mitte durchzureißen. Sie warf das Buch ins Pult, drehte den Schlüssel um und rannte davon, vor Wut und Schrecken schreiend: „Tom Sawyer, du bist doch so gemein wie nur möglich, jemand so zu erschrecken und zu sehen, was man da grad hat!“

„Aber, wie konnt‘ ich denn wissen, *daß* du da was besehen hast?“

„Du solltest dich vor dir selbst schämen, Tom Sawyer! Du weißt wohl, daß du mir aufgepaßt hast! Ach Gott, was soll ich tun, was soll ich tun! Ich werd‘ geprügelt, und ich bin noch *nie — mals* geprügelt worden in der Schule —“ Dann stampfte sie mit ihrem kleinen Fuß und heulte: „Sei so gemein, wenn du willst! Ich weiß auch was, was *du* kriegst! Wart nur, wirst‘s schon sehn! Scheußlich!“ Und sie rannte aus der Tür, unter einer neuen Flut von Tränen.

Tom stand still, ganz erstaunt über diesen Ausbruch. Dann sagte er zu sich: „Was für ‘n sonderbares Stück von ‘ner Närrin so ‘n Mädel ist. Niemals geprügelt in der Schule! Gott, was sind Prügel! Das ist recht so ‘n Mädel — alle sind sie dünnhäutig und schwachherzig. Na, ich werd‘ nicht hingehn und diese Närrin beim alten Dobbins verklatschen, aber ‘s kommt auf irgend ‘ne andere Art ja doch raus; na, was geht's mich an? Der alte Dobbins wird fragen, wer das Buch zerrissen hat. 's wird's niemand sagen. Dann fragt er der Reihe nach, wie er's immer tut — fragt die erste und dann so weiter, und dann, wenn er ans rechte Mädel kommt, weiß er's, ohne daß sie's sagt. Die Mädel verraten sich ja immer! Sie haben auch gar keinen Schneid. Sie verrät sich gleich. Na, 's ist 'ne nette Patsche für Becky Thatcher, 's gibt kein Mittel, da raus zu kommen." Tom dachte noch einen Augenblick darüber nach und fügte dann hinzu: „Na, meinetwegen; 's wird ihr Spaß machen, mich in so 'ner Patsche stecken zu sehn — mag sie's auch mal ausbaden!"

Tom begab sich wieder zu der Gesellschaft spektakelnder Jungen draußen. Bald kam der Lehrer und die Schule begann. Tom fühlte kein besonderes Interesse fürs Studium. Fortwährend schielte er auf die Mädchenseite, Beckys Gesicht störte ihn. Alles in allem, fühlte er kein Mitleid mit ihr und dann konnte er ihr ja auch nicht helfen. Aber er konnte auch keine rechte Schadenfreude, die diesen Namen wirklich verdient hätte, auftreiben.

Plötzlich wurden die Tintenkleckse in seinem Buche entdeckt, und jetzt war sein Geist mit seinen eigenen Angelegenheiten beschäftigt. Becky fuhr aus ihrer Zerstreutheit auf und verfolgte mit großem Interesse die weitere Entwickelung. Sie glaubte nicht, daß sich Tom herausreden könne, und sie hatte recht. Das Leugnen schien die Sache für Tom nur schlimmer zu machen. Becky bemühte sich nach Kräften, sich drüber zu freuen, und versuchte auch, zu glauben, *daß* sie sich drüber freue, aber sie fand, daß es doch nicht so ganz gewiß sei. Als die Situation ganz kritisch wurde, fühlte sie die Versuchung, aufzuspringen und Alfred Temple anzuzeigen, aber sie machte eine Anstrengung und bezwang sich, zu schweigen, denn, sagte sie zu sich: „Er wird mich mit dem Bild anzeigen, ganz gewiß. Ich würd' kein Wort sagen, und könnt' ich sein Leben retten."

Tom nahm seine Prügel in Empfang und ging auf seinen Platz zurück, nicht so ganz mit gebrochenem Herzen, denn er sagte sich, es wäre möglich, daß er selbst die Tinte über das Buch gegossen habe, ohne es zu wissen — in Gedanken; geleugnet hatte er nur der Form wegen und weil's mal so Sitte war, und beim Leugnen geblieben war er aus Prinzip.

Eine ganze Stunde schlich herum; der Lehrer saß nickend auf seinem Thron, die Luft wurde nur von dem Gemurmel der Lernenden bewegt. Allmählich richtete sich Mr. Dobbins auf, gähnte, schaute in seinem Reiche umher und griff nach seinem Buch, schien aber unentschlossen, ob er es herausnehmen oder liegen lassen solle. Die meisten Augen leuchteten schwach auf, aber zwei waren unter den Kindern, welche alle seine Bewegungen mit Interesse verfolgten. Mr. Dobbins fingerte ein paar Augenblicke in Gedanken am Buche herum, dann nahm er's heraus und setzte sich im Stuhl zurecht, um zu lesen.

Tom schielte auf Becky. Er fing einen suchenden, hilflosen, furchtsamen Blick auf, der wie eine Kugel sein Herz durchbohrte. Sofort vergaß er seinen Streit mit ihr. Ruhig — etwas mußte geschehen! und zwar sofort geschehen! Aber seine Tatkraft wurde durch die Unmittelbarkeit der Gefahr gelähmt. Gott — er hatte eine Idee! Er wollte hinstürzen, das Buch ergreifen, aus der Tür rennen und fort! Aber er zauderte einen einzigen Moment, und die Gelegenheit war vorbei — der Lehrer öffnete das Buch. Hätte Tom doch die Gelegenheit nochmals zurückrufen können! Zu spät — er wußte, für Becky gab's keine Rettung mehr! Im nächsten Augenblick hatte der Lehrer das Verbrechen entdeckt. Jedes Auge senkte sich unter seinem starren Blick. Es lag etwas darin, was auch den Unschuldigsten mit Furcht erfüllte. Stillschweigen herrschte, daß man hätte bis wenigstens zehn zählen können. Der Lehrer wurde beständig zorniger. Nun fragte er: „Wer zerriß dieses Buch?"

Kein Ton. Man hätte eine Stecknadel fallen hören. Das Stillschweigen dauerte fort. Der Lehrer prüfte ein Gesicht nach dem anderen auf etwaiges Schuldbewußtsein hin.

„Benjamin Rogers, zerrissest du dieses Buch?"

Kopfschütteln. Neue Pause.

„Josef Harper, tatest du es?"

Wiederum Kopfschütteln. Toms Unruhe wurde größer und größer unter der langsamen Tortur dieses Vorgehens. Der Lehrer betrachtete prüfend die Bänke der Knaben eine Weile, dann wandte er sich zu den Mädchen:

„Amy Lawrence?"

Kopfschütteln.

„Gracie Miller?“

Dasselbe Zeichen.

„Susan Harper, tatest du dies?“

Wiederum Verneinung. Das nächste Mädchen war Becky Thatcher. Tom zitterte von Kopf bis zu Fuß vor Aufregung und dem Gefühl der Machtlosigkeit.

„Rebekka Thatcher“ — (Tom schielte auf ihr Gesicht, es war weiß vor Schreck) — „zerrissest du — nein, sieh mir ins Gesicht“ — (ihre Hände erhoben sich bittend) „zerrissest du dieses Buch?“

Ein Gedanke schoß gleich einer Erleuchtung durch Toms Hirn. Er sprang auf die Füße und rief: „*Ich* tat‘s! —“

Die ganze Schule war starr vor Staunen über solche Kühnheit. Tom stand einen Moment unbeweglich, um seine Lebensgeister zu sammeln; und als er vorschritt, seine Prügel in Empfang zu nehmen, schienen ihm Überraschung, Dankbarkeit, Anbetung, die aus den Augen der armen Becky zu ihm sprachen, Lohn genug für hundert Trachten Prügel. Begeistert durch den Glanz seiner eigenen Tat, nahm er ohne einen einzigen Schrei die saftigsten Prügel entgegen, die Mr. Dobbins jemals ausgeteilt hatte; ebenso gleichgültig empfing er die grausame Verschärfung der Strafe durch Zuerteilung von zwei Stunden Arrest — denn er wußte, wer draußen auf ihn warten würde, bis seine Gefangenschaft vorüber sei.

Tom ging an diesem Abend zu Bett voll Rachegedanken gegen Alfred Temple; denn voll Scham und Reue hatte Becky ihm alles gesagt, ihre eigene Verräterei nicht vergessend. Aber selbst das Verlangen nach Rache mußte bald weicheren Gefühlen weichen, und er schlief ein, Beckys letzte Worte als süße Musik in seinen Ohren:

„Tom, wie *konntest* du so edel sein!“

Zweiundzwanzigstes Kapitel

Die Ferien nahten heran. Der Lehrer, immer streng, wurde jetzt noch strenger und genauer, denn er wollte sich am Examenstage mit seiner Schule von der besten Seite zeigen. Rute und Lineal kamen jetzt selten zur Ruhe — besonders bei den kleinen Burschen. Nur die größten Jungen und die jungen Damen von achtzehn bis zwanzig kamen ohne Prügel davon.

Und Mr. Dobbins‘ Prügel waren noch dazu ganz ausgesucht. Denn obwohl er unter seiner Perücke einen vollkommen kahlen und glänzenden Schädel barg, stand er doch erst in mittleren Jahren und fühlte durchaus noch keine Schwäche in seinen Muskeln. Als der große Tag herannahte, trat alle Tyrannei, die in ihm war, zutage; er schien ein grausames Vergnügen daran zu finden, das kleinste Verbrechen zu bestrafen. Die Folge davon war, daß auch die kleinsten Burschen ihre Tage in Schrecken und Angst verbrachten, ihre Nächte in finsterem Rachebrüten. Sie ließen sich keine Gelegenheit entgehen, dem Lehrer einen Streich zu spielen. Aber er blieb stets Sieger. Die Vergeltung, welche jeder Rachetat folgte, war so ausgiebig und großartig, daß die Jungen stets schmählich geschlagen den Kampfplatz verließen. Schließlich zettelten sie eine gemeinsame Verschwörung an und heckten einen Plan aus, der einen blendenden Erfolg versprach. Sie entdeckten sich dem Anstreicherlehrling, setzten ihm ihre Idee auseinander und forderten seine Beihilfe. Der hatte seine eigenen Gründe, davon entzückt zu sein, denn der Lehrer wohnte in seines Vaters Familie und hatte ihm hinreichend Anlaß gegeben, ihn zu hassen. Des Lehrers Frau wollte in wenigen Tagen zu einem Besuch aufs Land gehen, und so stand der Ausführung des Planes nichts entgegen. Der Lehrer pflegte sich für große Gelegenheiten dadurch vorzubereiten, daß er sich einen hübschen kleinen Rausch zulegte, und der Anstreicherlehrling sagte, daß, wenn am Examenstage des Lehrers Zustand die rechte Höhe erreicht haben würde, er die Sache schon machen wolle, während jener seinen Nicker mache; er wolle ihn dann noch eben zur rechten Zeit wecken und zur Schule expedieren.

Als die Zeit erfüllet war, trat dann das interessante Ereignis ein. Um acht Uhr des Abends war das Schulhaus festlich erleuchtet und mit Girlanden und Festons von Papier und Blumen geschmückt. Der Lehrer thronte in seinem großen Sessel auf einem erhöhten Podium, die schwarze Tafel hinter sich. Er sah leidlich angeheitert aus. Zwei Reihen Bänke auf jeder Seite und sechs ihm gegenüber wurden durch die Würdenträger des Ortes und die Eltern der kleinen Gesellschaft eingenommen. Zu seiner Linken, hinter den Reihen der Erwachsenen, war für diese Gelegenheit eine geräumige Plattform aufgestellt, auf der die Schüler saßen, die an den Übungen des Abends teilnehmen sollten. Reihen von kleinen Stöpseln zu einem höchst unleidlichen Zustand des Mißbehagens zurecht gewaschen und angezogen; Reihen von tölpelhaften größeren Jungen; weiß-strahlende Bänke von Mädchen und jungen Damen, in Leinen und Musselin gekleidet und augenscheinlich stolz auf ihre nackten Arme, ihren von der Großmama geerbten Schmuck, ihr Spitzwerk von rotem und blauem Band, und die Blumen in ihrem Haar. Der Rest des Saales war von unbeteiligten Schülern und Schülerinnen angefüllt.

Die Prüfung begann. Ein sehr kleiner Bengel stand auf und deklamierte mit schafsmäßigem Gesicht:

Kaum glaubt ihr, daß so'n kleiner Mann
Hier vor euch stehn und sprechen kann — usw.

sich selbst mit den peinlich abgemessenen, krampfhaften Bewegungen begleitend, wie sie eine Maschine gemacht haben würde — noch dazu eine etwas aus der Ordnung geratene Maschine. Aber er schlüpfte leidlich, wenn auch zu Tode geängstigt, durch und erhielt 'ne hübsche Menge Applaus, als er seine gezwungene Verbeugung produzierte und sich zurückzog.

Ein kleines, verschämtes Mädchen lispelte darauf: „Mary hat ein kleines Lamm“ usw., machte einen mitleiderregenden Knicks, erhielt ebenfalls ihren Anteil am Beifall und setzte sich, hochrot und glücklich.

Jetzt trat Tom mit gemachter Zuversicht vor und begann mit donnerndem Pathos das unverwüstliche „Gib mir Freiheit oder Tod — " unter wilden, wahnwitzigen Gebärden zu deklamieren — und blieb in der Mitte stecken. Lähmende Angst packte ihn, die Knie zitterten unter ihm, er war nahe daran, zu ersticken. Es ist wahr, er hatte des Hauses Sympathie für sich, aber auch des Hauses Schweigen, was ebenso schwer wog wie jene. Der Lehrer runzelte die Stirn, und das vervollständigte seine Verwirrung.

Tom kämpfte noch 'ne Weile und dann marschierte er ab, völlig geschlagen. Ein schwacher Versuch des Beifalls erstarb bald wieder.

Es folgte: „Der Knabe stand auf brennendem Deck", „Hernieder kam einst Assurs Macht" und andere deklamatorische Perlen. Dann wurden Leseübungen sowie ein Buchstabier-Gefecht vorgeführt. Die kleine Lateinklasse bestand mit Ehren. Der Hauptschlager des Abends kam jedoch jetzt erst, die „Originalaufsätze" der jungen Damen. Der Reihe nach trippelten sie vor bis zum Rand der Plattform, räusperten sich, hoben ihr Manuskript (von einem zierlichen Band zusammengehalten) und begannen mit lobenswerter Beachtung des Ausdrucks und der Satzzeichen zu lesen. Die Themata waren dieselben, die bei ähnlichen Gelegenheiten vor ihnen von ihren Mamas, Großmamas und zweifellos all ihren weiblichen Vorfahren bis zurück zu den Kreuzzügen, gewählt worden waren. „Freundschaft" hieß eins, „Erinnerungen früher Tage" ein anderes; dann „Die Religion in der Geschichte", „Das Land der Träume", „Die Vorteile der Kultur", „Vergleiche der politischen Staatsformen", „Melancholie", „Letzte Liebe", „Wünsche des Herzens" usw.

Ein vorwiegender Zug in all diesen Aufsätzen war eine erzwungene, aufdringliche Schwermut; ein anderer verschwenderischer Gebrauch hochtrabender, geschwollener Redensarten; ferner die Manier, Worte und Bilder zu Tode zu hetzen; was sie aber ganz besonders unerträglich machte, waren die unleidlichen, salbungsvollen Moralpauken, womit jeder, aber auch jeder abschloß.

Was auch der Gegenstand sein mochte, jedesmal gab's schließlich die krampfhaftesten Anstrengungen, ihn in solche Betrachtungen auslaufen zu lassen, damit Tugend und Frömmigkeit der Verfasserin nur ja gehörig ins rechte Licht gerückt würden. Die offenbare Verlogenheit dieser Machwerke war aber doch nicht imstande, Widerwillen gegen derartige Verwirrungen des Schulunterrichts zu erzeugen, und ist es überhaupt heutzutage nicht; wahrscheinlich war es überhaupt immer so, solange die Welt steht. Es gibt einfach keine Schule unseres Landes, wo sich die jungen Mädchen nicht verpflichtet fühlen, ihre Aufsätze mit solch einem Sermon zu schließen. Und man wird finden, daß die Sermone der verlogensten und am wenigsten wirklich religiösen Mädchen immer und ausnahmslos die längsten und frömmsten sind. Aber genug davon. Ein Prophet gilt ja nichts in seinem Vaterlande. Kehren wir zum Examen zurück. Der erste der vorgelesenen Aufsätze betitelte sich: „Ist dies das Leben?“ Vielleicht kann der Leser einen Auszug daraus vertragen.

„Mit welch überschwenglichen Gefühlen pflegt der jugendliche Geist vorwärts auf all die zu erwartenden Freudenfeste des Lebens zu schauen! Die Einbildungskraft ist geschäftig, rosig gefärbte Bilder der Freude zu malen. Im Geiste sieht sie sich als Günstling des Glückes, sieht sie sich inmitten strahlender Festlichkeiten, „die Siegerin aller Siegerinnen“. Ihre reizende Figur, in entzückende Kleider gehüllt, wirbelt durch alle Irrwege berauschender Tänze. Ihr Auge ist das glänzendste, ihr Fuß der leichteste in der ganzen jugendschönen Gesellschaft. In solch entzückenden Träumen rinnt die Zeit rasch und angenehm dahin, und die ersehnte Stunde ihres Eintrittes in die ersehnte Welt, von der sie so vielversprechend geschwärmt hat, schlägt. Wie märchenhaft erscheint alles ihren entzückten Blicken! Jedes neue Erlebnis scheint ihr schöner als das letzte. Aber bald findet sie, daß unter dieser verlockenden Hülle alles leer und schal ist. Schmeichelei, die einst ihren Stolz kitzelte, wirkt jetzt verletzend auf ihr Ohr. Der Ballsaal hat seinen Reiz eingebüßt; und mit verwüsteter Gesundheit und gebrochenem Herzen wendet sie sich ab, in dem Bewußtsein, daß irdische Freuden die Bedürfnisse der Seele nicht befriedigen können!“

Und so weiter, und so weiter. Von Zeit zu Zeit, während der Vorlesung, gab es kurzes Beifallsklatschen, von leise geflüsterten Ausrufen, wie: „Wie süß!“ „Äußerst gewandt!“ „So wahr!“ usw. begleitet, und nachdem die Sache mit einer besonders niederschmetternden moralischen Nutzanwendung beendet war, war der Applaus geradezu enthusiastisch.

Worauf ein schmächtiges, melancholisches Mädchen, dessen Gesicht die interessante Blässe besaß, die von Pillen und schlechter Verdauung herrührt, vortrat und ein sogenanntes Gedicht vorlas. Zwei Verse davon werden genügen.

Abschied eines Missouri-Mädchens von Alabama

„Leb wohl, Alabama! Wie liebe ich dich!
Doch jetzt für 'ne Weile muß meiden ich dich!
Die Trauer um dich erfaßt mich mit Macht,
Sie hat mich um alle Freude gebracht!
Deine blühenden Wälder, wie oft sah ich sie,
Die Ströme und Seen — ich vergesse sie nie!
Ich lauschte so gerne dem Rauschen der Flut
Und frischte mich auf in Auroras Glut.
Warum verbergen mein übervoll Herz?
Warum nicht zeigen den brennenden Schmerz!
Ich scheide ja nicht aus fremdem Land,
Ich reich' ja nur Freunden die scheidende Hand!
hier war ich zu Hause, hier liebte man mich,
Du Tal meiner Heimat, nun meide ich dich!
Und wenn sie dich schmähen, die nie dich gekannt,
So muß ich verstummen — mein teures Land!!"

Eine dunkelhäutige, schwarzäugige und schwarzhaarige junge Dame war die nächste, machte eine ausdrucksvolle Pause, nahm eine tragische Pose ein und begann in gehaltenem Ton zu lesen.

Eine Vision

„Dunkel und stürmisch war die Nacht. Am ganzen Himmelszelt glänzte nicht ein einziger Stern, aber der dumpfe, tiefe Ton des rollenden Donners zitterte beständig im Ohr, während schreckliche Blitze in unheimlichen Windungen durch die dunklen Himmelsräume fuhren; und sie schienen die Gewalt zu verspotten, die sich der berühmte Franklin über sie angemaßt hat! Auch die ungestümen Winde fuhren unaufhörlich aus ihrer geheimnisvollen Heimat daher und fuhren herum, als wären sie gerufen worden, um die schreckliche Szene noch schrecklicher zu machen. In solchem Augenblick, so dunkel, so traurig, sehnte sich mein Geist, ach, so sehr nach menschlicher Sympathie; und

„Da plötzlich, ein Wunder, sie neben mir stand,
Die Freundin im Kummer, mit tröstender Hand!"

Sie schwebte gleich einer jener Lichtgestalten, die in ihrem Sonnenflug die romantische Phantasie der Jugend malt, daher, eine Königin der Schönheit, nur mit ihrer eigenen überirdischen Lieblichkeit bekleidet. So leicht war ihr Tritt, er schien kein Geräusch hervorzubringen, und ich empfand ihre Gegenwart nur durch den magischen Schauer, der mich bei ihrer Berührung durchrieselte — sonst wäre sie gleich anderen körperlichen Schönheiten unbemerkt, ungesehen entschwebt. Strenge Trauer lag auf ihren Zügen, gleich eisigen Tränen auf dem Gewande des Dezember, als sie auf die kämpfenden Elemente draußen wies und mich aufforderte, die zwei Wesen zu betrachten."

Zehn Seiten Manuskript waren mit diesem nächtlichen Geisterspuk bedeckt, und sie schlossen mit einem so sehr alle Hoffnungen für jeden Nichtkirchlichgesinnten vernichtenden Sermon, daß die Arbeit den ersten Preis erhielt.

Der Aufsatz wurde für die ausgezeichnetste Arbeit des Abends erklärt. Der Bürgermeister hielt, indem er der Siegerin den Preis überreichte, eine warme Ansprache, worin er sagte, es wäre weitaus „das beredsamste Ding, das er je gehört habe, und Daniel Webster selbst könnte sehr wohl darauf stolz sein."

Beiläufig möge bemerkt werden, daß die Zahl der Arbeiten, in denen das Wort „wundervoll" überwog, und menschliche Erfahrung „eine Seite des Lebens" genannt wurde, die übliche Höhe erreichte.

Nunmehr schob der Lehrer, allmählich bis an die Grenze der Möglichkeit angeheitert, seinen Stuhl beiseite, zeigte dem Publikum seinen Rücken und machte sich dran, eine Karte von Amerika an die Wandtafel zu malen, um die Geographieklasse vorzunehmen. Es wollte ihm aber bei seiner unsicheren Hand nicht gelingen, und ein unterdrücktes Kichern lief durch den Saal. Er wußte, was die Uhr geschlagen hatte, und nahm sich tüchtig zusammen. Er wischte die Linien aus und zog sie nochmals. Aber er machte es diesmal noch schlechter als vorher, und das Kichern wurde lauter. Er nahm sich jetzt innerlich an den Ohren, wandte seine ganze Aufmerksamkeit auf die Arbeit, als gelte es, sich nicht von der allgemeinen Heiterkeit unterkriegen zu lassen. Er fühlte, daß aller Augen an ihm hingen. Er bildete sich ein, daß es ihm diesmal gelänge, und jetzt nahm das Kichern noch mehr, es nahm ganz zweifellos zu. Und es war kein Wunder.

Es gab da eine Dachstube, die gerade über seinem Kopf durch eine Falltür verschlossen war. Durch diese Falltür erschien eine Katze, an einem um ihren Leib gelegten Strick gehalten. Ein Tuch war ihr über den Kopf gebunden, damit sie nicht schreien sollte. Indem sie langsam heruntergelassen wurde, wand sie sich aufwärts und griff nach dem Seil, wand sie sich nach unten und griff in die leere Luft. Das Kichern wurde stärker und stärker, die Katze war keine sechs Zoll mehr vom Kopf des geistesabwesenden Lehrers entfernt; tiefer, tiefer, noch ein bißchen, und sie schlug ihre Krallen in verzweifelter Wut in die Perücke, und wurde im nächsten Moment mit ihrer Trophäe in die Dachstube zurückgezogen. Und welcher Glanz von des Lehrers kahlem Schädel ausging, den der Anstreicherlehrling goldig gefärbt hatte!

Das hob die Versammlung auf. Die Jungen waren gerächt — die Ferien da!

(*Anmerkung*. Die oben angeführten anspruchsvollen „Aufsätze“ sind ohne jede Änderung einem Buche entnommen, betitelt „Prosa und Poesie, von einer Dame des Westens“, sind aber genau nach der Schulmädelmanier gemacht und daher viel glücklichere Beispiele, als irgendwelche Nachbildungen hätten sein können.)

Dreiundzwanzigstes Kapitel

Tom schloß sich dem neuen Orden der „Kadetten der Enthaltsamkeit“ an, angezogen durch die glänzende Pracht ihrer „Uniform“. Er versprach, sich des Rauchens, Tabakkauens und Fluchens, so lange er Mitglied des Vereins sein würde, zu enthalten. Dabei machte er eine Entdeckung, nämlich, daß das Versprechen, etwas nicht zu tun, das sicherste Mittel von der Welt sei, einen in Versuchung zu bringen, hinzugehen und es gerade zu tun. Tom empfand sehr bald das glühende Verlangen, zu trinken und zu fluchen; der Wunsch wurde bald so stark, daß nichts als die Aussicht, mit seiner roten Schärpe prunken zu können, imstande gewesen wäre, ihn von dem Wiederaustritt aus dem Orden abzuhalten. Der vierte Juli [Anmerkung: Der 4. Juli 1776 ist der Tag der Unabhängigkeitserklärung der Vereinigten Staaten.] stand nahe bevor. Bald aber gab er es auf — gab es auf, ehe er seine Fesseln volle 48 Stunden getragen hatte, um seine Aufmerksamkeit dem alten Richter Frazer, dem Friedensrichter, zuzuwenden, der augenscheinlich auf dem Totenbett lag und gewiß ein großartiges öffentliches Begräbnis bekommen würde, da er doch ein so hoher Beamter war. Während dreier Tage war Tom ganz von des Richters Befinden eingenommen und hungrig nach Neuigkeiten darüber. Manchmal stieg seine Hoffnung so hoch, daß er drauf und dran war, seine Uniform hervorzuholen und vor dem Spiegel darin Probe zu halten. Aber der Richter hatte eine abscheuliche Art, sich zu besinnen. Schließlich wurde er besser und schließlich Rekonvaleszent. Tom war sehr verstimmt und fühlte sich obendrein beleidigt. Schließlich „resignierte“ er und in der nächsten Nacht bekam der Richter einen Rückfall und starb. Tom nahm sich vor, in solchen Dingen keinem Menschen mehr zu trauen. Das Begräbnis war großartig. Die Kadetten paradierten auf eine Art, die geeignet war, das bisherige Mitglied vor Neid umkommen zu lassen.

Indessen war Tom wieder ein freier Bursch. Das war das Gute dran. Er konnte trinken und fluchen, fand aber zu seiner Überraschung, daß er gar keine Lust dazu hatte. Die bloße Tatsache, daß er's *durfte*, nahm ihm den Wunsch dazu und machte die Sache reizlos.

Tom machte plötzlich die überraschende Bemerkung, daß die ersehnten Ferien anfingen, ihn zu langweilen. Er begann ein Tagebuch, aber da sich innerhalb dreier Tage nichts ereignete, so gab er's wieder auf.

Dann kam die erste schwarze Sängergesellschaft ins Dorf und erregte Aufsehen. Tom und Joe Harper traten in Verbindung mit der Bande und waren für zwei Tage glücklich.

Selbst der berühmte Vierte war in gewissem Sinne eine Enttäuschung, denn es regnete stark; infolgedessen fand kein Umzug statt, und der größte Mann der Welt (wie Tom glaubte), Mr. Benton, ein Senator der Vereinigten Staaten, bereitete ihm eine niederschmetternde Enttäuschung, denn er war nicht 25 Fuß hoch, auch nicht einmal annähernd.

Ein Zirkus kam. Die Jungen spielten drei Tage Zirkus in Zelten, die aus zerlumpten Teppichen bestanden, — Entree: drei Penny für Jungen, zwei für Mädchen — und dann wurde das Zirkusspielen langweilig.

Ein Phrenologe und ein Taschenspieler kamen — und gingen wieder und ließen das Dorf langweiliger und öder zurück, als es vorher gewesen war.

Becky Thatcher war nach ihrem Konstantinopeler Hause gereist, um während der Ferien bei ihren Eltern dort zu bleiben — so hatte denn das Leben keine einzige Lichtseite mehr.

Das schreckliche Geheimnis des Mordes genoß immer noch trauriges Interesse. Es war ein Gegenstand beständiger Aufregung.

Dann kamen die Masern.

Während zweier langen Wochen lag Tom als Gefangener, tot für die Welt und ihr Treiben. Er war sehr krank, gleichgültig gegen alles. Als er wieder auf den Füßen war und noch ganz schwach durch das Dorf wankte, war eine traurige Veränderung mit allen Dingen und Lebewesen vorgegangen. Es hatte eine „Wiedergeburt" stattgefunden, und alles war „fromm geworden", nicht nur die Erwachsenen, sondern auch die Buben und Mädel. Tom strich herum, in der Hoffnung, auf ein Gesicht, das in seiner Sündhaftigkeit sich wohl fühle, zu stoßen. Er fand Joe Harper in der Bibel lesend und floh traurig vor solchem niederdrückenden Schauspiel. Er suchte Ben Rogers und traf ihn, wie er die Armen mit einem Korb voll Traktätchen heimsuchte. Darauf fahndete er auf Jim Hollis, der ihm zeigte, wie seine wunderbare Errettung von den Masern eine Warnung sei. Jeder einzelne Junge, mit dem er zusammenkam, trug das Seinige dazu bei, ihn vollends niedergeschlagen zu machen; und als er in voller Verzweiflung davonrannte, um am Busen Huck Finns Zuflucht zu suchen — und mit einem Bibelspruch empfangen wurde, brach sein Herz, er kroch nach Hause und zu Bett, in der Überzeugung, daß er allein von dem ganzen Dorfe verloren, für immer und ewig verloren sei.

Und in der Nacht setzte es einen schrecklichen Sturm, der den Regen vor sich hertrieb, mit furchtbaren Donnerschlägen und blendenden Blitzen. Er steckte den Kopf unter die Bettdecke und erwartete in ängstlicher Ungewißheit sein Schicksal; denn ihm kam nicht ein Schatten von Zweifel, daß dieses ganze Donnerwetter ihm gelte. Er glaubte, die Geduld der himmlischen Mächte allzuhoch taxiert zu haben — und dies war die Folge davon. Es würde ihm als lächerliche Kraftverschwendung erschienen sein, eine Wanze mit Kanonen töten zu wollen, aber das schien ihm doch noch nichts, wenn er bedachte, daß ein so schreckliches Gewitter nötig sein sollte, um ein Insekt gleich ihm zu vernichten.

Allmählich tobte sich der Sturm aus und legte sich ganz, ohne seinen Zweck erfüllt zu haben. Der erste Antrieb Toms war, dankbar zu sein und sich zu bessern. Sein zweiter war, zu warten — denn vielleicht würde sobald kein Unwetter wieder losbrechen.

Am anderen Tage war der Doktor wieder da. Tom hatte einen Rückfall. Die drei Wochen, die er so still liegen mußte, schienen ihm ein ganzes Menschenalter. Als er schließlich doch wieder aufstand, war er kaum dankbar, daß er geschont worden war, da er sich sagen mußte, wie einsam er sei, wie freundlos und verlassen. Zwecklos strich er durch die Gassen und fand Jim Hollis in einem jugendlichen Gerichtshof, der eine Katze als Mörderin verurteilen sollte, den Richter machend. Das Opfer, ein Vogel, lag dabei. Joe Harper und Huck Finn traf er spazieren gehend und eine gestohlene Melone verzehrend. Arme Jungen — sie hatten, wie Tom, einen Rückfall zu erdulden.

Vierundzwanzigstes Kapitel

Schließlich wurde die brütende Langeweile ein bißchen aufgestört und erfrischt. Der Mordprozeß kam vor Gericht. Er wurde sofort der alleinige Gegenstand des Gesprächs. Tom konnte es kaum aushalten. Jede Erwähnung des Mörders jagte ihm einen Schauer durch die Glieder, denn sein bedrücktes Gewissen und seine Furcht machten ihm weis, daß alle diese Bemerkungen „Fühler“ sein sollten und auf ihn berechnet. Zwar wußte er durchaus nicht, wie ein Verdacht, etwas über den Mord zu wissen, sollte auf ihn fallen können, trotzdem aber konnte er sich inmitten all des Geklatsches nicht behaglich fühlen. Kalte Schauer schüttelten ihn beständig.

Er schleppte Huck an ein einsames Plätzchen, um sich mit ihm mal darüber auszusprechen. Es würde für ‘ne Weile doch eine Erleichterung sein, seiner Zunge mal freien Lauf gelassen zu haben, die Last seines Kummers mit einem Leidensgefährten zu teilen. Vor allem aber wollte er sich versichern, daß Huck reinen Mund gehalten habe.

„Huck, hast du jemals darüber gesprochen?“

„Worüber?“

„Na — du weißt schon!“

„Ach so — na, gewiß nicht!“

„Kein Wort?“

„Zum Teufel, auch nicht ‘s kleinste Wort! Warum fragst du?“

„Na, ich hatt‘ halt Angst!“

„Weißt du, Tom Sawyer, wir würden keine zwei Tage mehr haben, wenn das raus käm‘! Du weißt doch?“

Tom wurde behaglicher zumute. Nach einer Pause sagte er: „Du, Huck, ‘s wird dich niemand zwingen können, was zu verraten, he?“

„Mich zwingen? Na, wenn ich wollt‘, daß der Halbindianer-Teufel mir den Hals umdrehte, *dann* könnten sie mich zwingen, zu schwatzen.“

„Na, ‘s ist schon gut. Denk auch, daß wir sicher sind, so lang‘ wir reinen Mund halten. Aber laß uns nochmal schwören. ‘s ist sicherer!“

„Meinetwegen.“

So schwuren sie nochmals die schrecklichsten Eide.

„Was wird denn eigentlich geschwatzt, Huck? *Ich* hab‘ so viel durch‘nander gehört!“

„Schwatzen? Na, ‘s ist immer Muff Potter, Muff Potter, Muff Potter. Jedesmal gerat‘ ich ordentlich in Schweiß, daß ich gleich davonlaufen möcht‘!“

„‘s ist grad so wie bei mir. Ich denk‘ wohl, daß er ‘n Gauner ist. Hast du zuweilen Mitleid mit ihm?“

„Fast immer — fast immer. Er taugt ja nicht viel; aber er hat doch nie was getan, um jemand zu verletzen. Er stiehlt wohl zuweilen Fische, um Geld für Branntwein zu kriegen — und treibt sich beständig herum; aber, Herr Gott, das tun wir doch alle — oder wenigstens die meisten — auch die Prediger und solche Leute. Aber er ist doch ‘n guter Kerl — er gab mir mal ‘n halben Fisch, wo‘s doch nicht genug war für zwei, und oft genug war er freundlich gegen mich und half mir, wenn ich in ‘ner Patsche saß.“

„Ja, und mir hat er Drachen gemacht, Huck, und Angelhaken. — Wollt, wir könnten ihm raushelfen —“

„Lieber Gott, Tom, wir können ihm nicht ‘raushelfen. Und dann — ‘s wär‘ auch gar nicht gut; sie kriegten ihn doch wieder.“

„Ja — das täten sie. Aber ich kann‘s nicht hören, daß sie auf ihn schimpfen wie auf ‘nen Teufel, wo er‘s doch gar nicht getan hat.“

„Ich auch, Tom! Gott, ich hört‘, wie einer sagte, er ist der blutgierigste Lump im ganzen Land, und sie wunderten sich nur, daß er noch nicht aufgeknüpft ist.“

„Ja, das sagen sie immer. Ich hab‘ gehört, sie wollten ihn lynchen, wenn er freikäm‘.“

„Und das täten sie auch.“

Die Jungen schwatzten noch lange, aber es brachte ihnen wenig Befreiung. Als das Zwielicht anbrach, fanden sie sich auf einmal in der Nachbarschaft des kleinen, einsamen Gebäudes, vielleicht in der unbestimmten Hoffnung, es könne irgend was geschehen, wodurch ihre Kümmernisse gehoben würden. Aber nichts geschah, weder Engel noch gute Geister schienen sich mit diesem unglücklichen Gefangenen beschäftigen zu wollen.

Die Jungens taten, was sie schon oft vorher getan hatten — gingen zu dem Gitterfenster und steckten Potter ein bißchen Tabak und Zündhölzer zu. Er lag auf dem Fußboden — Wächter waren nicht da.

Seine Dankbarkeit für ihre kleinen Gaben hatte bisher immer ihr Gewissen entlastet — jetzt wurde es nur noch schwerer. Sie fühlten sich im höchsten Grade gemein und treulos, als Potter sagte: „Ihr seid doch immer gut gegen mich gewesen, Jungs, besser als sonst jemand im Dorf. Und ich werd‘s nicht vergessen, werd‘s nicht! Oft denk‘ ich, hab‘ allen Jungen Drachen gemacht und alles, und ihnen gute Fischplätze gezeigt, und ihnen geholfen, wo ich konnt‘, und nu‘ vergessen sie alle den alten Muff, wo er so in der Patsche sitzt, nur der Tom tut‘s nicht, und der Huck tut‘s nicht, *die* vergessen ihn nicht, sagt‘ ich, und ich werd‘ *sie* nicht vergessen! Na, Jungs, ich hab‘ was Schreckliches getan — betrunken und verrückt muß ich gewesen sein; ‘s ist die einzige Art, wie ich‘s mir denken kann, und jetzt soll ich dafür baumeln, und ‘s ist recht so. Recht und ‘s *beste* auch, glaub‘ ich, hoff‘ wenigstens. Na, wollen nicht davon sprechen. Möcht‘ euch ‘s Herz nicht schwer machen. Aber wollt euch doch sagen: Trinkt nicht, wenn ihr groß seid, dann kommt ihr nie hierher. Kommt mal näher ran — so, ‘s ist doch schon was, so ‘n paar gute Gesichter zu sehen — gute, freundliche Gesichter. Steigt mal einer auf den anderen und gebt mal eure Patschen her. Kommt leichter durch die Stangen, *meine* Faust ist zu groß. Kleine Hände — und zart — aber haben Muff Potter ‘ne Menge geholfen und würden noch mehr tun, wenn sie könnten.“

Tom schlich niedergeschlagen nach Hause, und seine Träume waren schrecklich. Am nächsten und übernächsten Tage lungerte er um das Gerichtsgebäude herum, von unwiderstehlichem Verlangen angetrieben, hineinzugehen, und doch sich selbst zwingend, es nicht zu tun. Huck hatte dieselben Versuchungen. Sie gingen sich geflissentlich aus dem Wege. Jeder ging von Zeit zu Zeit mal fort, aber derselbe verzweifelte Zauber trieb ihn immer sehr bald wieder hin. Tom hielt die Ohren offen, wenn irgend ein Müßiggänger herauskam, hörte aber immer nur betrübende Neuigkeiten. Die Schlinge zog sich immer und immer fester zusammen um den armen Potter. Am Abend des zweiten Tages war das Dorfgespräch, daß des Indianer-Joe Erscheinen feststehe, und daß über den zu erwartenden Spruch der Geschworenen nicht der geringste Zweifel entstehe.

Tom war diesen Abend lange aus und gelangte durchs Fenster ins Bett. Er befand sich in schrecklich aufgeregtem Zustande. Es dauerte Stunden, bis er einschlafen konnte.

Am nächsten Morgen strömte das ganze Dorf zum Gerichtsgebäude, denn es würde ein großer Tag sein. Beide Geschlechter waren zu dem aufregenden Verhör erschienen. Nach langer Zeit traten die Geschworenen ein und begaben sich auf ihre Plätze. Kurz danach wurde Muff Potter, blaß und hohläugig, verschüchtert und hoffnungslos, mit Ketten beladen, hereingebracht und setzte sich so, daß all die neugierigen Augen ihn treffen mußten; nicht weniger wurde der Indianer-Joe beobachtet, der gleichgültig, wie immer, dasaß. Noch eine Pause, und dann kam der Richter, und der Sheriff verkündete den Beginn der Sitzung. Es folgte das gewöhnliche Geflüster zwischen den Gerichtspersonen und Papierknistern. Diese Einzelheiten und Umständlichkeiten bewirkten eine erwartungsvolle Stimmung, die ebenso aufregend wie lähmend war.

Jetzt wurde jener Bürger aufgerufen, welcher beschwor, daß er Muff Potter in sehr früher Stunde am Morgen des Mordes getroffen hatte, wie er sich in einem Graben wusch, und daß er sofort davongelaufen sei. Nach einigen weiteren Fragen sagte der Staatsanwalt: „Der Herr Verteidiger hat das Wort.“ Der Gefangene erhob für einen Augenblick die Augen, schlug sie aber sofort nieder, als sein Verteidiger sagte: „Ich verzichte.“

Der nächste Zeuge erzählte die Auffindung des Messers am Tatorte. Der Staatsanwalt sagte abermals: „Der Herr Verteidiger hat das Wort.“

„Ich verzichte,“ entgegnete auch diesmal der Verteidiger.

Ein dritter Zeuge beschwor, daß er das Messer oftmals in Muff Potters Besitz gesehen habe.

„Der Herr Verteidiger hat das Wort."

Potters Verteidiger dankte wiederum.

Die Gesichter der Zuhörer begannen Unwillen zu zeigen. Wollte dieser Verteidiger das Leben seines Klienten ohne jeden Versuch zu seiner Rettung preisgeben?

Mehrere Zeugen berichteten über Potters verdächtiges Benehmen, als er an den Mordplatz geführt wurde. Sie konnten ebenfalls ohne Gegenverhör den Platz verlassen.

Alle Einzelheiten der gravierenden Vorkommnisse an jenem Morgen, dessen sich alle Anwesenden so gut erinnerten, waren von glaubwürdigen Zeugen bestätigt, und nicht einer war durch Potters Verteidiger einem Gegenverhör unterworfen worden. Die Verblüffung und Unzufriedenheit des Hauses machte sich in Murren bemerklich, was eine Zurechtweisung seitens des Vorsitzenden zur Folge hatte.

Jetzt begann der Staatsanwalt: „Durch den Eid von Bürgern, deren einfaches Wort schon über jeden Zweifel erhaben ist, sehen wir das schreckliche Verbrechen dem unglücklichen Gefangenen dort zur Last gelegt. Die Sachlage ist über jeden Zwcifel erhaben."

Ein Stöhnen entrang sich dem armen Potter, er bedeckte das Gesicht mit den Händen, während sein Körper gleichsam zusammenschrumpfte. Ein peinliches Stillschweigen hatte sich über den Saal gelegt. Alle waren bewegt, und manche Frau verriet ihre Bewegung durch Tränen.

Der Verteidiger erhob sich und sagte: „Euer Ehren! Zu Beginn der gegenwärtigen Verhandlung gaben wir unsere Absicht kund, zu zeigen, daß unser Klient diese schreckliche Tat beging, während er unter dem Einflusse eines blinden, geistesverwirrenden Rausches infolge übermäßigen Trunkes stand. Wir haben unsere Ansicht geändert. Wir können auf diesen Einwand verzichten!" (Dann zum Gerichtsdiener): „Tom Sawyer!"

In allen Gesichtern malte sich unverhohlenes Erstaunen, Potter nicht ausgenommen. Jedes Auge heftete sich mit verwundertem Interesse auf Tom, als er aufstand und sich auf seinen Platz in der Zeugenloge setzte. Der Junge sah verstört genug aus, er war auch mächtig verschüchtert. Die Eidesformel war gesprochen.

„Thomas Sawyer, wo wart Ihr am 7. Juni um Mitternacht?"

Tom schielte auf des Indianer-Joe eisernes Gesicht, und die Zunge versagte ihm den Dienst. Alle Zuhörer warteten atemlos, aber die Worte kamen nicht heraus. Nach ein paar Augenblicken indessen sammelte der Junge ein bißchen Mut und versuchte genug davon in seine Stimmung zu legen, um sich einem Teil des Saales hörbar zu machen.

„Auf dem Kirchhof."

„Bitte, etwas lauter. Fürchtet Euch nicht. Ihr wart —"

„Auf dem Kirchhof."

Ein verächtliches Lächeln flog über des Indianer-Joe Gesicht.

„Wart Ihr vielleicht in der Nähe von William Horses Grab?"

„Ja, Herr!"

„Noch ein bißchen lauter. Wie nahe wart Ihr?"

„So nahe, wie jetzt zu Ihnen."

„Wart Ihr versteckt oder nicht?"

„Ich war versteckt."

„Wo?"

„Unter den Ulmen, die am Kopfende des Grabes stehen."

Der Indianer-Joe fuhr unmerklich zusammen.

„Wart Ihr in Begleitung?"

„Ja, Herr. Ich war da mit —"

„Halt — einen Augenblick. Nennt den Namen Eures Gefährten noch nicht. Wir wollen ihn zur rechten Zeit aufrufen. Hattet Ihr irgend etwas mit?"

Tom zögerte und schaute verwirrt um sich.

„Na, sprich — mein Junge! Nicht zaghaft! Die Wahrheit ist immer achtungswert. *Was* hattest du mit?"

„Nur — nur — 'ne tote Katze!“

Ein schwaches Kichern entstand, wurde aber sofort vom Gerichtshof unterdrückt.

„Wir werden das Skelett der Katze vorlegen. Jetzt, mein Junge, sag' uns, was sich zutrug — sag's ganz auf deine Weise — vergiß nichts und fürchte dich nicht.“

Tom begann — zuerst stammelnd, aber als er warm wurde, flossen seine Worte leichter und immer leichter; in kurzem verstummte jeder Laut außer seiner Stimme; jedes Auge heftete sich auf ihn; mit geöffneten Lippen und angehaltenem Atem hingen die Zuhörer an seinen Worten, vollkommen von der Spannung der Erzählung beherrscht. Die Erregung erreichte den höchsten Grad, als er sagte: „Und wie der Doktor mit dem Brett haute und Potter fiel, da sprang der Indianer-Joe mit dem Messer —“

Krach! — Schnell wie der Blitz sprang der Indianer-Joe zum Fenster durch alle Zuschauer hindurch und war im Nu verschwunden!

Fünfundzwanzigstes Kapitel

Tom war schon wieder ein strahlender Held — der Liebling der Alten, der Neid der Jugend. Sein Name gelangte sogar zu den Ehren der Druckerschwärze, denn das Blättchen des Dorfes verherrlichte ihn. Es gab sogar Leute, die in ihm den zukünftigen Präsidenten sahen, ausgenommen, wenn er vorher gehenkt werde.

Wie gewöhnlich, drückte die gedankenlose Welt jetzt Muff Potter an ihre Brust und überschüttete ihn mit Zärtlichkeiten, wie sie ihn bisher verlästert hatte. Aber diese Sinnesänderung spricht für die Welt; deswegen ist's besser, keine Glossen drüber zu machen.

Toms Tage waren Tage des Glanzes und des Frohlockens, aber seine Nächte waren Zeiten des Schreckens. Der Indianer-Joe spukte in all seinen Träumen und immer mit haßerfüllten Augen. Schwerlich hätte irgend etwas den Jungen veranlassen können, nach Anbruch der Nacht noch hinauszugehen. Der arme Huck befand sich gleichfalls im Zustand der Verzweiflung und Angst, denn Tom hatte in der Nacht vor der Gerichtsverhandlung dem Verteidiger alles gesagt, und Huck hatte gräßliche Angst, daß seine Beteiligung bei der Sache bekannt werden möchte, obwohl ihn des Indianers Flucht von der Qual befreit hatte, vor Gericht Zeugnis ablegen zu müssen. Der arme Bursche hatte vom Verteidiger das Versprechen des Schweigens erhalten, aber was war das? Seit Tom, durch sein beladenes Gewissen getrieben, in jener Nacht ins Haus des Verteidigers gegangen war und die schreckliche Geschichte, die doch mit den bindendsten, furchtbarsten Eiden in ihm verschlossen sein sollte, gebeichtet hatte, war Hucks Glauben an die menschliche Rasse nahezu vernichtet. Jeden Tag ließen Muff Potters Dankesbezeugungen Tom sich freuen, daß er gesprochen hatte, aber nachts wünschte er, das Geheimnis bewahrt zu haben. Manchmal fürchtete er, der Indianer-Joe möchte niemals gefunden werden, dann wieder zitterte er, *daß* er gefunden werden könnte. Er fühlte nur zu sicher, daß er nicht mehr ruhig atmen könne, bis dieser Mensch tot sei und er seine Leiche gesehen habe.

Belohnungen waren ausgesetzt, das Land durchsucht, aber kein Joe gefunden. Eins jener geheimnisvollen, ehrfurchtgebietenden Wunder, ein Detektiv, kam von St. Louis herauf, schnüffelte herum, schüttelte den Kopf, tat sehr weise und hatte den überraschenden Erfolg, den Angehörige dieser Berufsklasse stets haben, das heißt, „er fand den Schlüssel". Aber man kann einen Schlüssel nicht als Mörder hängen und so, nachdem der Detektiv heimwärts gegangen war, fühlte sich Tom genau so unsicher wie vorher. Trübselig schlichen die Tage, aber jeder nahm ein klein wenig von seiner Besorgnis mit sich.

Sechsundzwanzigstes Kapitel

In jedes normal veranlagten Jungen Leben kommt eine Zeit, wo er den rasenden Wunsch empfindet, irgendwo nach vergrabenen Schätzen zu suchen.

Dieser Wunsch überfiel Tom eines Tages ganz plötzlich. Er machte sich auf den Weg, um Joe Harper zu suchen, hatte aber keinen Erfolg. Dann suchte er Ben Rogers; der war zum Fischen gegangen. Plötzlich stieß er auf Huck Finn, den ‚Bluthändigen'. Tom schleppte ihn an einen versteckten Ort und vertraute sich ihm an. Huck war sofort bereit. Huck war immer bereit, sich an einem Unternehmen zu beteiligen, das Zerstreuung versprach und kein Kapital verlangte, denn er hatte schrecklichen Überfluß von der Art Zeit, die *nicht* Geld ist.

„Wo wollen wir graben?" fragte Huck.

„O — halt überall."

„Was, ist überall welches vergraben?"

„Ach was, das nicht! 's ist an ganz besonderen Plätzen vergraben, Huck — manchmal auf Inseln, manchmal in alten verfaulten Kisten, unter den Wurzeln eines abgestorbenen Baumes, grad' da, wohin der Schatten bei Mondschein fällt; besonders aber unter dem Fußboden in 'nem verfallenen Haus."

„*Wer* vergräbt's denn?"

„Na, Räuber selbstverständlich — was dachtst du denn? Sonntagsschul-Lehrer?"

„Weiß nicht. Wenn's mir gehörte, ich würd's nicht vergraben. Ich würd's ausgeben und mir 'ne lustige Zeit machen."

„Tät‘ ich auch. Aber Räuber tun‘s nicht, die vergraben‘s immer und lassen‘s liegen.“

„Kommen sie gar nicht mehr hin?“

„Nein, — sie denken wohl, sie *wollen* wieder hinkommen, aber dann haben sie die Zeichen vergessen oder sind auch inzwischen gestorben. Manchmal liegt‘s ‘ne lange, lange Zeit da und wird rostig. Und schließlich find‘ dann mal jemand so ‘n altes vergilbtes Papier, da muß er über ‘ne Woche drüber brüten, denn ‘s sind schwere Zeichen und Hieroglyphen drauf geschrieben.“

„Hiero — was?“

„Hieroglyphen — Bilder und Zeug, weißt du, das gar nichts vorzustellen scheint.“

„Hast du schon mal so ‘n Papier gehabt, Tom?“

„Nee.“

„Na, wie willst du denn die Zeichen rauskriegen?“

„Ach was, brauch‘ keine Zeichen. Sie vergraben‘s ja immer unter ‘nem verfallnen Haus oder auf ‘ner Insel oder unter ‘nem abgestorbenen Baum, der ‘ne Wurzel von sich streckt. Na, wir haben‘s ja schon mal mit der Jackson-Insel versucht und können ja leicht noch mal hingehn; und dann ist da das alte verfallne Haus auf dem Stillhaus-Hügel, und dann gibt‘s ‘ne Menge Wurzeln von toten Bäumen — massenhaft!“

„Ist unter allen was?“

„Was schwatzt du! Nee!“

„Woher kannst du denn wissen, wohin wir gehen müssen?“

„Na — zu allen!“

„Verflucht, Tom — ‘s wird den ganzen Sommer dauern.“

„Na, was schad‘s? Denk‘, du findst ‘nen Messingtopf, ganz rostig oder ‘ne verfaulte Kiste voll Diamanten — he?“

Hucks Augen glänzten.

„Wär‘ grad‘ was für mich, Tom, wär‘ ganz extra was für mich! Ader die Diamanten nehm‘ ich nicht für hundert Dollars!“

„Na, schon gut. Aber *ich* würd' die Diamanten nicht verschmähn! Einige von ihnen sind zwanzig Dollar wert. Alle nicht — aber auch die andern sind sechs Cent bis 'nen Dollar wert."

„Nee — ist das so?"

„Sicher — alle sagen's. Hast du nie einen gesehn, Huck?"

„Nicht, daß ich wüßte."

„O, Könige haben Haufen davon."

„Na, ich kenn' aber keinen König, Tom!"

„Denk' wohl, daß du keinen kennst. Aber, wenn du nach Europa gingst, würdst du 'ne Menge rumhüpfen sehn."

„Hüpfen die?"

„Hüpfen, du Schafskopf? Nee!"

„Na — warum *sagtest* du denn, daß sie's täten?"

„Nachtmütze! Meint' doch nur, du würdst sie *sehn*, — nicht hüpfend natürlich — warum sollten sie denn hüpfen? Meint' nur, du würdst sie sehn — überall, verstehst du — überall! Zum Beispiel beim alten buckligen Richard."

„Richard? Wie ist sein anderer Name?"

„Er *hat* keinen anderen Namen — Könige haben nur 'nen Vornamen."

„Nicht?"

„Aber nein — sag' ich dir!"

„Na, wenn's so ist, Tom, meinetwegen. Aber ich möcht' nicht König sein und nur 'nen Vornamen haben wie 'n Nigger. Aber, sag mal — wo willst du zuerst graben?"

„Weiß noch nicht. Denk' wir nehmen den abgestorbenen Baum auf dem Hügel hinter Stillhaus?"

„Mir recht."

So trieben sie denn eine ausrangierte Hacke und eine Schaufel auf und machten sich auf den Weg von drei Meilen. Sie kamen heiß und erschöpft an und warfen sich im Schatten einer benachbarten Ulme nieder, um auszuruhen und ein bißchen zu rauchen.

„So gefällts mir," meinte Tom.

„Mein' ich auch."

„Sag', Huck — wenn wir hier 'nen Schatz finden, was machst du mit deiner Hälfte?"

„Na, dann muß ich jeden Tag 'ne Pastete und 'n Glas Sodawasser haben, und dann geh' ich in jeden Zirkus, der herkommt. Soll 'ne famose Zeit werden!"

„Na, und du willst gar nichts sparen?"

„Sparen? Wozu?"

„Nu, damit du später mal was zu leben hast!"

„Ach, das ist ja Unsinn! Pap wird eines schönen Tags in dies liebliche Nest zurückkommen und seine Klauen drüber legen, wenn ich's noch nicht verbraucht hätt', und ich sag' dir, *er* hätt's bald genug durchgebracht. Was willst du tun, Tom?"

„Ich werd' mir 'ne neue Trommel kaufen und 'n richtiges Schwert und 'n rotes Halstuch, und 'ne junge Bulldogge — und dann würd' ich heiraten."

„Heiraten!!?"

„Na ja!"

„Tom, du — na, wenn du nicht recht bei Verstand bist!"

„Wart' nur — wirst's ja sehn."

„Na, das ist doch 's Dümmste, was du tun könntest. Sieh doch nur meinen Pap und seine Alte. Teufel — was die sich prügeln! Weiß noch ganz gut!"

„Das ist 'n anderes Ding. Das Mädchen, das ich heiraten will, prügelt sich nicht!"

„Tom — denk' doch, sie sind alle gleich! Wollen einen alle striegeln. Wirst nach 'ner Weile wohl vernünftiger drüber denken. Wie heißt denn 's Mädel?"

„'s ist überhaupt kein *Mädel* — 's ist 'n *Mädchen*!"

„Denk‘ doch, ‘s ist alles eins; die einen sagen Mädel, die anderen Mädchen — ‘s ist ganz gleich. Aber wie heißt sie denn, Tom?“

„‘n andermal, sag‘ ich‘s dir, Huck — jetzt nicht.“

„Na — ‘s auch recht. Aber wenn du heiratest, werd‘ ich noch einsamer sein.“

„Unsinn, Huck, du kommst zu mir und wohnst hier. — Na, genug davon, wollen wir anfangen, zu graben?“

Sie arbeiteten und schwitzten eine halbe Stunde hindurch. Kein Resultat. Sie mühten sich noch eine halbe Stunde. Noch kein Erfolg.

Huck meinte: „Graben sie immer so tief?“

„Manchmal — nicht immer. Denk, wir haben nicht die rechte Stelle erwischt.“ Sie wählten eine andere Stelle und begannen nochmals. Die Arbeit stockte diesmal ein bißchen, aber sie kamen doch vorwärts. Wieder gruben sie stillschweigend eine Zeitlang. Schließlich lehnte sich Huck auf seine Schaufel, wischte den Schweiß von seiner Stirn und sagte: „Wo woll‘n wir graben, wenn wir hier fertig sind?“

„Denk‘, wir woll‘n den alten Baum über Cardiff Hill — hinter dem Haus der Witwe nehmen.“

„Glaub‘s auch, daß dort was ist. Aber, wenn‘s die Witwe uns fortnimmt, Tom? ‘s ist *ihr* Land.“

„Sie wegnehmen! Soll sie‘s doch nur versuchen! Wenn einer so ‘nen vergrabenen Schatz findet, gehört er ihm. Ich mach‘ keinen Unterschied, wem das Land grad‘ gehört.“

Das war beruhigend. Die Arbeit wurde fortgesetzt. Dann sagte Huck wieder:

„Verdammt — wir müssen wieder an ‘nem falschen Platz sein. Was meinst du?“

„‘s ist wirklich sonderbar, Huck. Versteh‘s nicht. Manchmal stören‘s die Hexen. Denk‘ ‘s wird *das* sein, was uns hier stört.“

„Unsinn, Hexen haben tags keine Macht!“

„Na ja, ‘s ist wahr! Dachte nicht dran. Halt — jetzt weiß ich, wie‘s ist! Was für verdammt große Schafsköpfe wir sind! Man muß ja doch erst wissen, wohin der Schatten bei Mondschein fällt, und *da* muß man dann graben!“

„Na ja, dann glaub‘ ich‘s, daß wir all die Arbeit umsonst gemacht haben. Jetzt hol‘s der Teufel alles, müssen halt zur Nachtzeit wiederkommen. ‘s ist ‘n verteufelt weiter Weg. Kannst du fortkommen?“

„Werd‘s schon machen. Diese Nacht woll‘n wir‘s also machen, denn wenn jemand diese Gruben da sieht, weiß er doch gleich, was da los ist und gräbt‘s selbst aus.“

„‘s ist gut, ich werd‘ nachts kommen und miauen.“

„Recht — aber jetzt wollen wir noch das Werkzeug in den Büschen verstecken.“

Nachts, zur verabredeten Stunde waren die Jungen wieder da. Wartend saßen sie im Schatten. Es war ein einsamer Platz und eine durch lange Tradition unheimlich gewordene Stunde. Geister wisperten im raschelnden Laub. Geister spukten in allen Ecken, das klagende Heulen eines Hundes tönte aus einiger Entfernung herüber, eine Eule antwortete mit Grabesstimme. Die Jungen fühlten sich von ihrer unheimlichen Umgebung bedrückt und sprachen nur mit leiser Stimme. Schließlich nahmen sie an, es möchte zwölf Uhr sein; sie bezeichneten die Stelle, wohin der Schatten fiel und begannen zu graben. Ihre Hoffnung wuchs; das Interesse wurde lebhafter, und ihr Fleiß hielt gleichen Schritt. Das Loch wurde tiefer und tiefer, aber so oft ihre Herzen zu klopfen begannen, wenn ein scharfer Ton von unten hervordrang, erfuhren sie eine neue Enttäuschung. Jedesmal war‘s nur ein Stein oder Holzstrunk. Schließlich sagte Tom: „‘s ist nicht richtig. Huck, wir haben‘s wieder verfehlt!“

„Unsinn, wir *können* ‘s nicht verfehlt haben. Wir haben doch den Schatten zu genau getroffen.“

„Ja, ich weiß, aber vielleicht ist sonst was schuld.“

„Was denn?“

„Wir haben die Zeit bloß abgeschätzt. Leicht genug war‘s später oder früher.“

Huck ließ die Schaufel sinken. „Das ist‘s.“ sagte er. „Das ist‘s, was uns gestört hat. Wir müssen‘s aufgeben. Wir können doch nicht immer die rechte Zeit abpassen, und dann, das Ding hier ist zu unheimlich, hier diese Nachtzeit mit Geistern und Gespenstern, die um einen rumfliegen. Ich bild‘ mir immer ein, ‘s ist wer hinter mir, und hab‘ doch Angst, mich umzusehn, denn ‘s könnten auch welche vor mir sein und nur auf ‘ne Gelegenheit warten. So lang‘ ich hier bin, läuft‘s mir kalt über.“

„Na, mir ist‘s nicht viel besser gegangen, Huck. Meistens haben sie ‘nen toten Mann begraben, wo sie ihre Schätze hintun, der muß drauf achthaben.“

„Herr Gott!“

„Ja, ‘s ist so. Hab‘ immer so sagen gehört.“

„Tom, möcht mir doch nicht viel zu schaffen machen, wo ‘n Toter liegt. So ‘n toter Schädel könnt‘ einem doch höllisch Angst machen.“

„Möcht‘ keinen aufstöbern, Huck. Zu denken, daß hier plötzlich einer den Kopf rausstreckt und anfängt, zu sprechen.“

„Still, Tom — ‘s ist schrecklich!“

„Na, das ist‘s gewiß, Huck. Würd‘ mich auch nicht gemütlich dabei fühlen!“

„Du, Tom, komm, wollen‘s hier sein lassen, und ‘s wo anders versuchen.“

„Ja, ich denk‘ auch, ‘s wird besser sein.“

„Wo denn?“

Tom dachte eine Weile nach und sagte: „Das Beinhaus — das ist‘s.“

„Teufel! Beinhäuser lieb‘ ich gar nicht, Tom! Da sind Gespenster, und die sind noch schlimmer als Tote. Tote können vielleicht mal ‘n bißchen schwatzen, aber sie fahren nicht herum und kommen nicht ‘rangeschlichen, wenn man nicht dran denkt und gucken einem nicht plötzlich über die Schulter und knirschen nicht mit den Zähnen, wie Gespenster tun. Ich könnt‘s nicht ertragen, Tom — niemand könnt‘s.“

„Ja; aber, Huck, Geister dürfen nur nachts herumhuschen — bei Tage können sie uns nicht hindern, da zu graben.“

„Ja, das ist wohl so. — Aber du weißt wohl, daß überhaupt niemand gern in die Nähe vom Beinhaus geht — weder bei Tag noch bei Nacht."

„Na, 's ist aber doch nur, weil sie nicht hingehen mögen, wo mal einer gemordet worden ist. Aber 's hat doch nie jemand was Verdächtiges im Beinhaus gesehn — nur 'n bißchen blaues Licht im Fenster — keine Geister."

„Na, ich sag' dir, Tom, wo du so 'n blaues Licht siehst, kannst du sicher sein, daß da 'n Geist dahinter steckt. 's ist doch mal so bekannt. So 'n Licht, weißt du, braucht niemand als Gespenster."

„'s ist wahr, Huck. Aber bei Tag' kommen sie doch nicht 'raus; da brauchen wir uns doch nicht zu fürchten?"

„Na, meinetwegen, wenn du meinst, woll'n wir 's Beinhaus vornehmen — aber — aber ich denk doch, 's ist gewagt."

Inzwischen waren sie den Hügel hinuntergekommen. Dort, mitten im Mondlicht, im Tal stand das Beinhaus vor ihnen, gänzlich einsam, die Umzäunung längst zerbrochen, die Tür umgeben von allerhand Schlinggewächsen, das Dach halb zerfallen, leere Fensterhöhlen und der Schornstein eingesunken. Die Jungen standen eine Weile still, halb in der Erwartung, ein blaues Licht in den Fenstern zu sehen; sie sprachen, wie Zeit und Umstände es verlangten, mit halber Stimme. Dann machten sie, daß sie fortkamen, umkreisten das unheimliche Gebäude in weitem Bogen und schlichen durch den Wald von Cardiff Hill nach Hause.

Siebenundzwanzigstes Kapitel

Gegen Mittag des nächsten Tages kamen die Jungen bei dem abgestorbenen Baum an; sie wollten ihr Werkzeug holen. Tom hatte es sehr eilig, zum Beinhaus zu kommen. Huck, etwas weniger hitzig, sagte plötzlich:

„Wart mal, Tom, weißt du auch, was heut für 'n Tag ist?"

Tom ließ die Tage der Woche Revue passieren und machte erschreckte Augen:

„Donnerwetter, Huck, hab' noch gar nicht dran dacht!"

„Na, ich hab's bisher auch nicht getan, aber plötzlich fiel's mir eben ein, heut ist Freitag!"

„Verdammt! Man kann doch nicht vorsichtig *genug* sein, Huck. Hätten in 'ne schöne Patsche geraten können, wenn wir so was an 'nem Freitag begonnen hätten!"

„Will ich meinen! Sag' lieber: *wären* gekommen! 's gibt Glückstage, aber der Freitag ist gewiß keiner von ihnen!"

„Das weiß jeder Dummkopf. Denk doch, du bist nicht der erste, der das rauskriegt."

„Na, das hab' ich ja doch auch nicht gesagt, oder? Und der Freitag ist noch nicht alles. Hab' 'nen verflucht bösen Traum gehabt, letzte Nacht — hab' von Ratten geträumt."

„Na, ist 'n schönes Zeichen, daß was passiert! Kämpften sie?"

„Nee."

„Na, dann ist's gut, Huck. Wenn sie nicht kämpfen, ist's nur ein Zeichen, daß was in der Luft liegt, weißt du. Wir brauchen also bloß gut aufzupassen und uns in acht zu nehmen. Wollen wir also das für heute lassen und spielen. — Kennst du Robin Hood, Huck?“

„Nee, wer ist Robin Hood?“

„Na, das war einer von den größten Menschen, die je in England gelebt haben — und einer der besten. ‘s war ein Räuber.“

„Wetter, wünscht‘, ich wär‘ *auch* einer. *Wen* beraubte er denn?“

„Nur Sheriffs und Bischöfe und reiche Leute und Könige und solches Volk. Arme beraubte er nie. Er liebte sie. Er teilte alles mit ihnen bis auf den letzten Penny.“

„Muß ein verflucht guter Bursche gewesen sein.“

„Will ich meinen, Huck. O, er war der edelste Mensch, der je gelebt hat. Solche Leute gibt‘s jetzt gar nicht mehr, sag‘ ich dir. Er konnte alle Menschen in England besiegen, auch wenn seine eine Hand gebunden war. Und dann konnte er mit seinem Eibenbogen und seinem Pfeil ein Zehn-Centstück jederzeit treffen — anderthalb Meilen davon.“

„Was ist ‘n Eibenbogen?“

„Weiß nicht; ‘s ist halt irgend ein Bogen. Und wenn er das Stück nur am Rande traf, setzte er sich hin und weinte — wahrhaftig. Aber laß uns Robin Hood spielen — ‘s ist ‘n famoser Spaß. Werd‘s dir beibringen.“

„Mir recht.“

So spielten sie Robin Hood den ganzen Nachmittag, zuweilen sehnsüchtige Blicke auf das Beinhaus werfend und eine Bemerkung über die Aussichten und möglichen Ereignisse des nächsten Tages fallen lassend. Als die Sonne im Westen zu sinken begann, schlenderten sie heimwärts durch die langen Schatten der Bäume und waren bald im Walde von Cardiff Hill verschwunden.

Am Samstag, kurz nach Mittag, waren die Jungen abermals am Fuße des bewußten Baumes. Sie rauchten ein bißchen und hielten ein Schwätzchen im Schatten der Bäume, und stocherten dann ein wenig in ihrer Grube, nicht mit großen Hoffnungen, sondern mehr, weil Tom sagte, es wäre schon oft vorgekommen, daß Leute einen Schatz schon aufgegeben, nachdem sie ihm bis auf sechs Zoll nahe gekommen seien, und dann sei irgend ein anderer gekommen und habe ihn mit einem einzigen Spatenstich ausgehoben. Diesmal war's indessen nichts, so nahmen die Jungen ihr Werkzeug auf die Schultern und marschierten ab, im Gefühl, daß sie beim Graben zwar kein Glück gehabt, aber alles getan hätten, was beim Schatzsuchen vonnöten sei.

Als sie das Beinhaus erreichten, lag etwas so Geheimnisvolles, Unheimliches in dem toten Schweigen, das hier unter der brütenden Sonne herrschte, und etwas so Niederdrückendes in der Verlassenheit und Trostlosigkeit des Ortes, daß sie für einen Augenblick nicht den Mut hatten, einzutreten. Dann schlichen sie zur Tür und spähten vorsichtig hinein. Sie erblickten einen von Unkraut überwucherten, ungepflasterten Raum, einen alten Feuerherd, leere Fensterhöhlen, eine halb zerfallene Treppe, und hier und da und dort hingen zerrissene, verlassene Spinnengewebe. Sie traten sogleich vorsichtig ein, mit klopfenden Pulsen, sich im Flüsterton besprechend, die Ohren für das geringste Geräusch gespitzt, die Muskeln angespannt, um unverzüglich davonlaufen zu können.

Aber in kurzem wurden sie heimisch, verloren ihre Furcht und unterzogen die Szenerie einer kritischen, aufmerksamen Inspektion, dabei immer mehr ihre eigene Kühnheit bewundernd. Danach richteten sich ihre Blicke auf die Treppe. Es hieß, sich den Rückzug abschneiden, aber sie ermutigten sich gegenseitig, und so konnte es nicht fehlen — sie warfen ihre Geräte in eine Ecke und kletterten hinauf. Oben zeigten sich dieselben Spuren des Verfalls. In einem Winkel fanden sie einen vielversprechenden Wandschrank, aber die Hoffnung war trügerisch — es war nichts drin. Jetzt waren sie wieder ganz im Besitz ihres Mutes und ihrer Unternehmungslust. Gerade wollten sie wieder hinunter und ihr Werk beginnen, da —

„Pst," flüsterte Tom.

„Was gibt's?" Huck ebenso, schneeweiß vor Schreck.

„Pscht — du — hörst du nichts?"

„Ja — o Himmel — laß uns fortlaufen!"

„Halt's Maul! Rühr' dich nicht! Sie kommen richtig auf die Tür zu!"

Die Jungen kauerten sich auf den Fußboden nieder, spähten durch Ritzen auf dem Fußboden und warteten in Furcht und Elend.

„Sie halten — — nein — sie kommen — da sind sie! Kein Wort mehr, Huck! Mein Gott — ich wollt‘, ich wär‘ hier raus!“

Zwei Männer traten ein. Beide Jungen sagten zu sich selbst: „‘s ist der alte taubstumme Spanier, der ein paarmal letzthin im Dorfe war — den anderen hab‘ ich nie gesehn.“

Der „andere“ war ein zerlumpter, ungekämmter Strolch mit wenig einladenden Gesichtszügen. Der Spanier war in eine „Serape“ gehüllt, er hatte einen struppigen weißen Bart, langes, weißes Haar flatterte unter dem Räuberhut hervor, er trug grüne Augengläser. Indem sie hereinkamen, sprach der „andere“ mit leiser Stimme; sie setzten sich auf die Erde, das Gesicht zur Tür, den Rücken gegen die Wand, und der Sprecher fuhr fort. Sein Benehmen wurde ungenierter und seine Sprache entschiedener.

„Nein,“ sagte er, „hab‘ drüber nachgedacht — ‘s geht nicht; ‘s ist *zu* gefährlich.“

„Gefährlich,“ höhnte der taubstumme Spanier zur höchsten Überraschung der Jungen. „Waschlappen!“

Diese Stimme ließ die Jungen erzittern wie Espenlaub. Es war der Indianer-Joe! Einen Augenblick herrschte Schweigen. Dann fuhr Joe fort: „Was ist wohl gefährlicher als der letzte Streich — und doch ist nichts passiert.“

„Das ist ‘n Unterschied. Weit draußen am Fluß und *kein* Haus in der Nähe! Wer sollt‘ denn wissen, daß wir was versucht haben, wo wir doch nichts erreicht haben!“

„Na, wie kann was gefährlicher sein, als bei Tage hierher kommen? Wer uns säh‘, müßt‘ doch Verdacht haben.“

„Weiß wohl. ‘s gab aber keinen besseren Platz nach dem mißglückten Streich. Muß fort von hier. Wollt‘s auch gestern schon, ‘s war aber nicht möglich, von hier auszuziehen, solange diese Teufelsjungen da oben ganz in der Nähe spielten.“

„Diese Teufelsjungen“ zuckten unter dieser Bemerkung zusammen und dachten, wie gut es doch sei, daß sie sich noch zur rechten Zeit an den Freitag erinnert und beschlossen hatten, bis Samstag zu warten. Sie wünschten nur, ein Jahr gewartet zu haben.

Die beiden Männer holten ein paar Lebensmittel hervor und hielten eine Mahlzeit. Nach langem, gedankenvollen Schweigen sagte Joe: „Paß auf, Kerl, mache, daß du wieder stromaufwärts kommst, wo du hingehörst. Warte dort, bis du von mir hörst. Werd' mir mal die Gelegenheit ansehen im Dorf. Wenn ich 'n bißchen rumgeschnüffelt hab' und alles sich gut anläßt, wolln wir das ‚gefährliche Stückchen' ausführen. Dann nach Texas! Wollen's zusammen machen!"

Das war befriedigend. Beide fingen an zu gähnen, und Joe sagte:

„Bin todmüde! Die Reihe ist an dir, zu wachen."

Er warf sich nieder und begann bald zu schnarchen. Der andere stieß ihn ein paarmal an, und er wurde ruhig. Plötzlich begann der Wächter zu nicken; sein Kopf sank tiefer und tiefer; dann schliefen beide.

Die Jungen taten einen langen, erleichterten Atemzug. Tom flüsterte:

„Jetzt gilt's — komm!"

Huck aber meinte: „Kann nicht — wär' tot, wenn sie aufwachten!"

Tom drängte, Huck hielt zurück. Schließlich erhob sich Tom leise und furchtsam und schlich allein davon. Aber der erste Schritt, den er tat, erzeugte auf dem Holzboden ein solches Krachen, daß er halbtot vor Angst wieder niederkauerte. Er machte keinen zweiten Versuch. Die Jungen lagen da, die schrecklichen Augenblicke zählend, bis es ihnen schien, die Zeit habe aufgehört und die Ewigkeit beginne. Und dann erleichterte sie der Gedanke, daß schließlich die Sonne untergehen müsse. Jetzt rührte sich der eine Schläfer. Joe richtete sich auf, starrte um sich, lächelte verächtlich auf seinen Spießgesellen nieder, dessen Kopf auf seine Knie gesunken war, stieß ihn mit dem Fuße an und rief: „Auf! Bist mir 'n schöner Wächter, Kerl!"

„Na ja, was denn — 's ist ja nichts passiert."

„Na — hast du denn jetzt ausgeschlafen?"

„'s geht halb und halb."

„Jetzt heißt's aber aufbrechen. Was machen wir nur mit dem bißchen Geld, was wir noch haben?"

„Weiß nicht — lassen‘s hier, wie sonst, denk‘ ich. Wer sollt‘s fortnehmen, wenn wir weg sind? Sechshundertundfünfzig in Silber ist auch zu viel zum Mitschleppen.“

„Na ja — ist recht — wenn wir doch noch mal herkommen müssen.“

„Dann ist‘s aber doch besser, in der Nacht herzukommen, wie sonst.“

„Ja — aber denk‘ mal, ‘s könnt‘ doch ‘ne ziemliche Zeit dauern, bis ich zu dem Streich kommen kann, ‘s könnt sich was zutragen und ‘s liegt hier grad‘ an keinem guten Platz. Wollen‘s doch lieber richtig vergraben — und tief vergraben.“

„‘s ist ‘n guter Gedanke,“ sagte der andere, ging durch den Raum, kniete nieder, riß einen der Herdsteine auf und holte einen Sack heraus, der vielversprechend klang. Er nahm zwanzig bis dreißig Dollar für sich und ebensoviel für Joe heraus und gab den Sack letzterem, der in der Ecke kniete, mit seinem Messer die Erde aufwühlend.

Die Jungen vergaßen alle Angst, all ihre Verlegenheit bei diesem Anblick. Mit glänzenden Augen verfolgten sie jede Bewegung. Der Glanz da unten übertraf all ihre Vorstellungen! Sechshundert Dollar war Geld genug, ein halbes Dutzend kleiner Jungen reich zu machen! Hier ließ sich unter den glücklichsten Aussichten nach Gold graben, da gab‘s kein Kopfzerbrechen, wo man graben müsse. Jeden Augenblick stießen sie einander an — ein leichtes Verständigungsmittel, denn ihr einziger Gedanke war: Freust dich, daß wie hier sind.

Joes Messer stieß auf etwas.

„Holla,“ sagte er.

„Was gibt‘s?“ fragte der andere Strolch.

„‘n halb verfaulter Balken — nee, glaub‘, ‘s ist ‘n Kasten. Hier, hilf mal, wollen sehn, was es gibt. Ho, da hab‘ ich ‘n Loch hineingebrochen.“

Er griff mit der Hand hinunter und zog sie wieder heraus.

„Mensch — ‘s ist Geld!“

Die beiden untersuchten die Handvoll Münzen. Es war wirklich Gold. Die Jungen oben waren ebenso erregt und entzückt wie sie.

Joes Spießgeselle sagte: „Wollen gleich ganze Arbeit damit machen. Dort liegt ‘ne alte verrostete Hacke in der Ecke, dort auf der anderen Seite vom Herd — sah sie vorhin.“

Er lief hin und brachte Hacke und Schaufel der Jungen. Joe nahm die Hacke, betrachtete sie mit kritischer Miene, schüttelte den Kopf, murmelte etwas vor sich hin und begann damit zu hantieren.

Die Kiste war bald ausgegraben. Sie war nicht sehr groß; sie hatte Eisenbänder und war sehr stark gewesen, bevor der Zahn der Zeit sie angefressen hatte. Der Kerl betrachtete den Schatz eine Weile aufmerksam, schweigend, aber vergnügt.

„Kerl, ‘s sind gewiß tausend Dollar,“ sagte er.

„‘s hat ja immer schon geheißen, daß Murrels Bande vorigen Sommer hier gehaust hat,“ bemerkte der Fremde.

„Weiß wohl,“ entgegnete Joe, „und mir scheint, ‘s sieht ganz danach aus.“

„Jetzt brauchst du deinen Streich nicht mehr auszuführen, sollt‘ ich denken.“

Der Indianer runzelte die Stirn und sagte: „Du kennst mich nicht. Wenigstens weißt du nichts von dieser Sache. *Hier* will ich nicht rauben — ‘s ist Rache!“ Und mit flammenden Augen sprang er auf. „Brauch‘ deine Hilfe dazu nicht! Wenn‘s geschehen ist — nach Texas. Geh‘ du nur heim zu deiner Hure und der Brut — und sei bereit, wenn du von mir hörst!“

„‘s ist gut, wenn du‘s sagst. Was woll‘n wir hiermit machen — wieder vergraben?“

„Ja. (Freude und Entzücken oben.) Nein, beim großen Geist, nein! (Tiefe Niedergeschlagenheit.) ‘s könnt‘ leicht vergessen werden. — Die Hacke da hat frische Erdspuren! (Die Jungen wurden fast ohnmächtig vor plötzlichem Schreck.) Was haben ‘ne Hacke und ‘ne Schaufel *hier* zu tun? Wie kommt frische Erde dran? Wer hat sie hier gebraucht — und wo sind die Burschen hin? Hast du was gehört — was gesehn? Zum Teufel — wieder vergraben und sie kommen lassen und die Erde frisch aufgewühlt sehen? Wär‘ so was! Glaub‘s. Wir nehmen das mit.“

„Na, meinetwegen. Aber überleg‘ erst, wohin. Meinst du Nummer eins?“

„Nein — Nummer zwei — unter dem Kreuz. Der andere Platz ist schlecht — zu gewöhnlich.“

„Recht. ‘s ist bald dunkel genug, aufzubrechen.“

Joe richtete sich auf und ging von Fenster zu Fenster, vorsichtig hinausspähend. Plötzlich sagte er: „Wer könnt‘ doch nur das Handwerkszeug da hergebracht haben? Glaubst du, sie könnten oben sein?“

Den Jungen stand der Atem still. Joe legte die Hand ans Messer, zögerte einen Moment unentschlossen, dann begann er die Treppe zu ersteigen. Die Jungen dachten an den Schrank, aber die Kräfte versagten ihnen. Die Schritte näherten sich knarrend — die verzweifelte Lage stachelte die gesunkenen Lebensgeister wieder auf — sie waren im Begriff, zum Schrank zu laufen, als plötzlich das Krachen brechenden Holzes ertönte und Joe wieder unten ankam, mit den Trümmern der Treppe.

Fluchend rappelte er sich empor und der andere Strolch sagte: „Na, wozu das alles! Wenn jemand da ist und er steckt oben — laß ihn stecken — was kümmert‘s uns? Wenn einer runter kommen will und sich hier Ungelegenheiten zuzieht — meinetwegen! In fünfzehn Minuten wird‘s dunkel — dann soll uns folgen, wer will. Meine Meinung ist: die Kerls, die die Sachen hierher geschleppt haben, haben uns gesehen und uns für Gespenster und Geister gehalten. Will wetten, sie laufen noch!“

Joe brummte noch ‘ne Weile, dann stimmte er dem anderen bei, das letzte Tageslicht zur Ausführung der nötigen Vorbereitungen zu benützen. Kurz danach schlüpften sie aus dem Haus ins Zwielicht und wandten sich mit ihrer kostbaren Last dem Flusse zu.

Tom und Huck erhoben sich, warteten, bis alles still war und starrten dann durch Ritzen im Gebälk ihnen nach. Folgen! Kein Gedanke — sie waren zufrieden, den Boden zu erreichen, ohne sich den Hals gebrochen zu haben, und machten sich über den Hügel auf den Heimweg. Sie sprachen nicht viel, sie waren zu ärgerlich auf sich selbst — ärgerlich über die Dummheit, Hacke und Spaten mit hierher zu nehmen. Denn ohne das würde Joe niemals Verdacht geschöpft haben.

Er hätte Silber und Gold vergraben, um erst seine „Rache“ auszuführen — und dann würde er das Unglück gehabt haben, nichts mehr vorzufinden! Bitteres, bitteres Verhängnis, daß sie ihr Werkzeug mitschleppen mußten! Sie nahmen sich vor, auf den Spanier zu achten, wenn er ins Dorf kommen sollte, um das Terrain für seinen Racheplan zu sondieren, und ihm dann nach „Nummer zwei“ zu folgen, mochte es sein, wo es wollte. Da kam Tom ein schrecklicher Gedanke:

„Rache? Wenn er *uns* meinte. Huck?“

„Er wird doch nicht?“ stotterte Huck, fast umfallend.

Sie sprachen eifrig darüber und einigten sich in der Annahme, daß er jemand anders gemeint haben müsse — im schlimmsten Fall könne er nur Tom meinen, da nur dieser Zeugnis abgelegt habe.

Was ein sehr, sehr schwacher Trost für Tom war, allein in Gefahr zu sein! Ein Leidensgefährte würde hier ein besserer Trost sein — dachte er.

Achtundzwanzigstes Kapitel

Das Abenteuer des Tages quälte Tom nachts im Traum. Manchmal hielt er den Schatz in Händen, manchmal zerrann er ihm zwischen den Fingern in nichts, bis ihn der Schlaf verließ und das Erwachen ihn von der schrecklichen Wirklichkeit seiner Lage überzeugte. Als er am frühen Morgen, die Einzelheiten seines Abenteuers überdenkend, dalag, erschienen sie ihm immer undeutlicher und unklarer, als wenn sie sich in irgend einer anderen Welt ereignet hätten oder in längst vergangener Zeit. Dann schien ihm das große Ereignis wie ein Traum! Es sprach sehr viel dafür, namentlich, daß die Menge Geld, die er gesehen hatte, gar zu groß schien, um wirklich existieren zu können. Er hatte nie mehr als fünfzig Dollar in einem Haufen gesehen und wie alle Jungen seines Alters und seiner Lebenslage, glaubte er, daß alle „Hunderte" und „Tausende" nichts anderes seien als glänzende Redensarten, und daß eine solche Summe in Wirklichkeit gar nicht denkbar sei. Nicht einen Augenblick hatte er gedacht, daß sich in irgend jemandes Besitz eine solche Summe, wie hundert Dollar war, finden könne. Wenn er sich seine vergrabenen Schätze vorstellte, rechnete er höchstens mit 'ner Handvoll Schillinge.

Aber die Einzelheiten seines Abenteuers traten ihm, je mehr er daran dachte, um so schärfer und klarer vor die Seele und plötzlich ertappte er sich über dem Gedanken, daß möglicherweise doch nicht *alles* ein Traum gewesen sei. Diese Ungewißheit mußte abgeschüttelt werden. Schnell wollte er sein Frühstück hinunterschlingen und dann Huck aufsuchen.

Huck saß auf dem Rande eines Bootes, seine Füße ins Wasser baumeln lassend und mit sehr melancholischem Gesichtsausdruck. Tom beschloß, Huck selbst auf den Gegenstand kommen zu lassen. Tat er's nicht, dann war alles ein Traum gewesen.

„Holla, Huck!"

„Morgen, Tom!"

Minutenlanges Stillschweigen.

„Tom, hätten wir den verdammten Spaten oben beim Baum gelassen, hätten wir's Geld bekommen. Ach, 's ist zum Verrücktwerden!"

„'s war also kein Traum, 's war kein Traum! Möcht' fast, 's wär einer gewesen."

„Was ist kein Traum?"

„O, die Geschichte von gestern. Dachte halb, 's wär einer gewesen."

„Traum! Wär' die Treppe nicht gebrochen, hättest du was von 'nem Traum erleben können! Hab' die ganze Nacht von dem verdammten grünäugigen Spanier geträumt, wie er auf mich losging. Der Henker hol' ihn!"

„Nicht hol' ihn! Find ihn! Find's Geld!"

„Tom — wollen ihn lieber nicht wiederfinden! Mich würd's schütteln, wenn ich ihn bloß wieder zu sehen kriegte."

„Gut, so tu ich's. Möcht' ihn schon sehen und ihm nachschleichen — nach Nummer zwei."

„Nummer zwei; ja, das ist's. Denk' immerfort drüber nach. Aber ich kann's nicht rauskriegen. Was denkst du?"

„Weiß nicht. Ist zu tief. Sag', Huck — könnt's nicht die Nummer von 'nem Haus sein'?"

„Goddam! — Nein, Tom, das ist's nicht. Wenn's ist, ist's doch nicht hier im Dorf. Hier gibt's keine Nummern."

„Ja, das ist wohl so. Laß mich 'ne Minute denken. He — 's ist die Nummer von 'nem Zimmer — in 'nem Wirtshaus — weißt du!"

„Das ist's! Das ist 'n Kniff! 's gibt aber nur zwei Wirtshäuser. Wir können's leicht finden."

„Wart' hier, Huck, bis ich wiederkomm'."

Im Nu war Tom verschwunden. Er wollte sich auf offener Straße nicht mit Huck sehen lassen. Eine halbe Stunde war er fort. Er fand, daß im besseren Wirtshaus Nummer zwei seit langer Zeit von einem jungen Advokaten bewohnt war und noch wurde.

Im andern Wirtshaus war Nummer zwei in geheimnisvolles Dunkel gehüllt. Der Sohn des Wirtes sagte, daß sie stets geschlossen gehalten werde und daß er nie jemand habe hineingehen oder herauskommen sehen — ausgenommen zur Nachtzeit; Näheres wußte er nicht, er selbst schon habe den Gedanken gehabt, es spuke in dem Zimmer und schließlich wußte er nichts von einem Licht darin in der letzten Nacht.

„Das hab‘ ich alles rausgekriegt, Huck. Ich denke, ‘s ist die Nummer zwei, die wir brauchen.“

„Denk‘ auch, Tom. Und was willst du jetzt tun?“

„Laß mich nachdenken.“

Tom dachte lange nach, dann sagte er: „Will‘s dir sagen. Die Hintertür von Nummer zwei geht auf den Gang zwischen Wirtshaus und der alten Mauer. Nun sollst du alle Schlüssel, die du nur auftreiben kannst, zusammentragen und ich will alle von meiner Tante nehmen und in der ersten dunklen Nacht wollen wir hingehen und sie versuchen. Und dann sollst du auf Joe aufpassen, weil er doch gesagt hat, daß er hier ‘ne Gelegenheit für seine Rache aushorchen will. Wenn du ihn siehst, folgst du ihm; und wenn er dann nicht nach Nummer zwei geht, dann ist‘s nicht der rechte Ort.“

„Herr Gott, ich wag‘s nicht, ihm zu folgen!“

„Unsinn, bei Nacht ist‘s sicher. Er braucht dich ja nicht zu sehen — und wenn er‘s tut, denkt er sich nichts dabei.“

„Na, ‘s ist gut: wenn‘s dunkel ist, denk‘ ich, ich folg‘ ihm. Werd‘s versuchen.“

„Aber sicher, Huck — wenn du nicht gut aufpaßt, wird‘s nichts!“

Neunundzwanzigstes Kapitel

Nachts waren Tom und Huck bereit für ihr Abenteuer. Bis nach neun Uhr trieben sie sich in der Nachbarschaft des Gasthofes herum, einer stets den bewußten Gang aus einiger Entfernung bewachend, der andere die vordere Tür. Niemand passierte den Gang; niemand, der dem Spanier ähnlich gesehen hätte, passierte die Tür. Die Nacht versprach klar zu werden; so ging Tom nach Hause, mit der Verabredung, daß, sollte sich der Himmel noch bewölken, Huck kommen und miauen solle, worauf er wieder herauskommen und die Schlüssel probieren würde. Aber die Nacht blieb klar, Huck beschloß seine Wacht und zog sich gegen 12 Uhr zum Schlafen in eine leere Zuckertonne zurück.

Am Dienstag hatten die Jungen ebensowenig Erfolg; auch am Mittwoch. Aber die Donnerstagnacht ließ sich besser an. Tom schlüpfte zu guter Zeit mit der alten Blechlaterne seiner Tante und einem großen Tuch zum Zudecken aus dem Haus. Er versteckte die Laterne in Hucks Zuckertonne und die Wache begann. Eine Stunde vor Mitternacht wurde das Gasthaus geschlossen und seine Lichter (überhaupt die einzigen) erloschen.

Kein Spanier hatte sich gezeigt. Niemand war im Gange gesehen worden. Alles versprach günstigen Erfolg. Absolute Finsternis herrschte, und die tiefe Stille wurde nur zuweilen von fernem Donner unterbrochen.

Tom holte seine Laterne, hüllte sie fest in das Tuch, und die beiden Abenteurer tasteten sich in der Finsternis dem Wirtshaus zu, Huck blieb als Schildwache zurück, Tom begab sich weiter den Gang hinauf. Dann folgte eine Zeit ängstlicher Erwartung, die gleich einer schweren Last auf Hucks Geist lastete. Er begann zu hoffen, es möge sich wenigstens ein schwacher Schimmer von der Laterne zeigen — es hätte ihm Furcht eingejagt, aber wenigstens hätte es ihm gezeigt, daß Tom noch am Leben sei.

Stunden schienen vergangen, seit Tom verschwunden war. Sicher war er verunglückt. Vielleicht war er gar tot; vielleicht war sein Herz vor Schreck und Aufregung gebrochen. In seiner Unruhe ließ sich Huck immer mehr den Gang hinauflocken, alles mögliche Unheil witternd und jeden Augenblick in Erwartung eines schrecklichen Unglücks, das ihn das Leben kosten werde.

Es gehörte vielleicht nicht mehr viel dazu, denn er schien nur mehr fähig, Fingerhut-Portionen Luft einzuatmen und sein Herz mußte bald springen, so heftig schlug es. Plötzlich blitzte vor ihm Licht auf und Tom kam herangerast, ihm zurufend: „Fort — fort — wenn dir dein Leben lieb ist!“

Er brauchte nicht zu wiederholen; einmal war genug. Huck rannte mit dreißig bis vierzig Meilen Schnelligkeit, ehe Tom noch ausgesprochen hatte.

Die Jungen standen nicht eher, als bis sie den Schatten des Schlachthauses am entferntesten Ende des Dorfes erreicht hatten. Im Moment ihrer Ankunft an diesem geschützten Ort begann der Sturm einzusetzen und Regen stürzte nieder. Sobald Tom wieder atmen konnte, sagte er: „Huck, ‘s war schrecklich! Ich versuchte zwei Schlüssel, so leise ich konnte, aber die schienen solch ‘nen mächtigen Spektakel zu machen, daß ich ganz atemlos vor Schreck war. Na, ohne zu wissen, was ich tat, drückte ich auf den Griff und die Tür sprang auf! Sie war gar nicht zu! Ich trat ein und hob das Tuch auf, und beim Geist des großen Cäsar —“

„Was — was sahst du, Tom?“

„Huck — ich wär beinahe auf die Hand des Indianer-Joe getreten!“

„Nein!“

„Ja. Er lag da auf dem Boden fest schlafend, das alte Pflaster über dem Auge, die Arme weit ausgebreitet.“

„Herrgott, was tatst du? Wachte er auf?“

„Kein Gedanke. Denk‘, er war besoffen. Ich raffte schnell das Tuch auf und rannte davon!“

„Hätt‘ gewiß nicht an das Tuch gedacht, glaub‘ ich!“

„Na, ich sollt‘ wohl! Meine Tante hätt‘ mich schon drangekriegt, wenn ich‘s verloren hätt‘.“

„Sag‘, Tom, hast du die Kiste gesehen?“

„Huck — hab‘ mir keine Zeit genommen, mich lang‘ umzusehen. Weder die Kiste hab‘ ich gesehen noch ‘s Kreuz. Nur ‘ne Flasche und ‘n Zinnbecher auf der Erde beim Indianer-Joe hab‘ ich gesehen; und dann zwei Fässer und ‘ne Menge Flaschen. Weißt du jetzt, warum die Bude ‚verhext‘ ist?“

„Na?“

„Na — mit Schnaps ist sie verhext! Ob all die Temperenzler-Gasthäuser so ‘ne verhexte Bude haben, he, Huck?“

„Na — ich denk wohl! Wer hätt‘ aber so was gedacht! Aber sag‘, Tom, ist jetzt nicht ‘ne verwünscht gute Gelegenheit, die Kiste zu erwischen? Wenn Joe doch betrunken ist!“

„Teufel auch — versuch‘s!“

Huck schauderte.

„Na — ich denk‘ doch nicht.“

„Na — ich auch, Huck. Bloß *eine* leere Flasche bei Joe ist nicht genug. Wären‘s drei gewesen, wär‘ er wohl besoffen genug, und ich tät‘s.“

Langes, nachdenkliches Schweigen, dann sagte Tom:

„Will dir was sagen, Huck, wollen die Sache nicht wieder probieren, wenn wir nicht wissen, daß Joe nicht drin ist. ‘s ist zu gräßlich! Wenn wir jede Nacht Wache halten, ist‘s todsicher, daß wir ihn mal ‘rausgehen sehen, dann ist‘s ‘ne Kleinigkeit, die Kiste ‘rauszuholen!“

„Na, ist mir recht. Werd‘ die ganze Nacht warten und so *jede* Nacht, wenn du dann das andere machen willst.“

„Schon gut, werd‘s schon machen. Alles, was du tun sollst, ist, daß du kommst und wirfst ‘ne Handvoll Erde ans Fenster, dann werd‘ ich schon aufwachen. — Jetzt, Huck, scheint mir, ‘s Wetter ist vorüber, werd‘ nach Hause gehen. In ‘ner halben Stunde wird‘s Tag. Geh zurück und wach‘ noch so lange — willst du?“

„Sagte, ich würd‘s, und so werd‘ ich, Tom! ‘n ganzes Jahr werd‘ ich jede Nacht wachen! Ich schlaf den ganzen Tag, und nachts halt‘ ich Wache.“

„‘s ist gut. Aber wo willst du jetzt schlafen?“

„Auf Ben Rogers Heuboden. Er läßt mich, und auch seines Alten Nigger, Onkel Jack. Onkel Jack hab‘ ich Wasser geholt, wenn er‘s verlangt hat, und manchmal, wenn ich ihn bitte, gibt er mir zu essen — wenn er was über hat. ‘s ist ‘n verdammt feiner Nigger, Tom. Er liebt mich, weil ich nie tu‘, als ständ‘ ich über ihm. Manchmal hab‘ ich mich richtig hingesetzt und mit ihm gegessen. Aber sag‘s niemand! Wenn man schrecklich hungrig ist, tut man wohl was, kümmert man sich den Henker um was.“

„Na, Huck, werd‘ dich tags nicht stören, kannst ruhig schlafen. Und wenn du was siehst nachts, komm nur gleich und miaue!“

Dreissigstes Kapitel

Das erste, was Tom am Freitagmorgen vernahm, war eine freudige Nachricht — Familie Thatcher war in der Nacht vorher zurückgekommen! Beides, Joe und der Schatz, sanken für den Augenblick zu sekundärer Bedeutung herunter, und Becky nahm Toms ganzes Interesse in Anspruch. Er sah sie und sie verlebten wundervolle Stunden mit einigen Schulkameraden, „Blindekuh" und „Fangen" spielend. Der Tag war tadellos und wurde in ganz besonders befriedigender Weise beschlossen.

Becky erbettelte von ihrer Mutter die Erlaubnis, den nächsten Tag für das lang' versprochene und lang' ersehnte Picknick festzusetzen, und diese willigte ein. Das Entzücken der Kinder war grenzenlos, Toms nicht am wenigsten. Noch vor Sonnenuntergang wurden die Einladungen versandt und das gesamte junge Volk im Dorfe geriet in ein wahres Fieber von Vorfreude und angenehmer Erwartung.

Tom wurde durch seine Aufregung bis zu später Stunde wachgehalten und hoffte beständig Huck miauen zu hören und am nächsten Tage Becky und alle Teilnehmer am Picknick mit seinem Schatz in Erstaunen setzen zu können. Aber er wurde enttäuscht. Kein Zeichen ließ sich hören.

Endlich brach der Morgen an, und um zehn oder elf Uhr versammelte sich eine ausgelassene, freudestrahlende Gesellschaft bei Thatchers, alles war zum Aufbruch bereit.

Es war nicht die Gewohnheit der Erwachsenen, Picknicks mit ihrer Gegenwart zu stören. Man glaubte die Kinder unter den Fittichen von ein paar jungen Damen von achtzehn und ein paar jungen Herren von dreiundzwanzig oder so sicher genug. Das alte Dampfboot war für die Gelegenheit gemietet worden. Bald war der ganze Weg von der lustigen, mit Vorratsbeuteln bepackten Bande erfüllt. Sid war krank und hatte zu Hause bleiben müssen; Mary blieb gleichfalls, um ihm Gesellschaft zu leisten.

Das letzte, was Mrs. Thatcher zu Becky sagte, war: „Komm‘ nur nicht zu spät zurück. Vielleicht wird‘s besser sein, Kind, du bleibst zur Nacht bei einem von den Mädchen, das näher bei der Überfahrt wohnt.“

„Dann bleib‘ ich bei Susy Harper, Mama!“

„Schon gut. Und benimm dich ordentlich und treib‘ keinen Unsinn!“

Sobald sie fort waren, sagte Tom zu Becky: „Du — ich will dir sagen, was wir tun! Statt zu Joe Harper zu gehn, klettern wir auf den Hügel rauf und gehn zur Witwe Douglas. Die hat sicher Eiscreme! Sie hat fast immer was — ‘nen ganzen Haufen. Und sie wird sich schrecklich freuen, uns zu haben!“

„Ach, das wird schön werden!“ Dann dachte Becky einen Augenblick nach und sagte: „Aber was wird Mama sagen?“

„Woher soll sie‘s denn erfahren?“

Das Mädchen überlegte sich die Sache und sagte zögernd: „Ich denk‘ doch, ‘s ist unrecht — aber —“

„Aber — Unsinn! Deine Mama erfährt‘s nicht, was schad‘s also? Sie will doch nur, daß du irgendwo gut aufgehoben bist, und glaub‘ nur, sie würd‘ selbst gesagt haben, du solltst dahin gehen, wenn sie nur dran gedacht hätt‘. Ich weiß, sie hätt‘s!“

Die glänzende Gastfreundschaft der Witwe Douglas war ein verlockender Köder. Das und Toms Beredsamkeit behielten die Oberhand. So wurde beschlossen, niemand was von dem Programm für die Nacht zu sagen.

Plötzlich fiel Tom ein, Huck könne gerade in dieser Nacht kommen und das Zeichen geben. Der Gedanke machte ihn ein wenig nachdenklich. Schließlich konnte er‘s aber doch nicht übers Herz bringen, das Projekt mit der Witwe Douglas aufzugeben. Und warum sollte er es aufgeben — war das Zeichen in der letzten Nacht nicht gekommen, warum sollte es denn wohl gerade in dieser Nacht kommen? Die Aussicht auf das sichere Vergnügen des Abends schlug die unbestimmte auf den Schatz aus dem Felde. Und — wie Kinder sind — er beschloß ganz der stärkeren Anziehungskraft zu folgen und sich während des ganzen Tages keinen Gedanken an das Geld zu gestatten.

Drei Meilen unterhalb des Dorfes legte das Dampfboot an einem bewaldeten Hügel an. Die Gesellschaft schwärmte hinaus und bald hallten die entlegensten Teile des Waldes und die unzugänglichsten Höhen von Geschrei und Lachen wider. Alle Mittel, heiß und müde zu werden, wurden gewissenhaft angewandt, und allmählich strömten alle Ausflügler zurück zum Lager, mit tüchtigem Hunger ausgestattet und dann begann die Vernichtung der guten Sachen. Nach dem Frühstück wurde eine erfrischende Ruhepause im Schatten breitästiger Eichen gemacht. Dann rief auf einmal jemand: „Wer will mit zur Höhle?"

Alles wollte. Bündel von Kerzen wurden zusammengerafft und geradenwegs hinauf auf den Hügel. Die Mündung der Höhle war hoch oben, ein offenes Tor in der Form des Buchstabens A. Die massive eichene Tür stand offen. Dahinter tat sich ein kleiner Raum auf, kalt wie ein Eiskeller und von der Natur durch solide Kalkmauern eingefaßt, die von kalter Feuchtigkeit bedeckt waren.

Es war romantisch und geheimnisvoll, hier in tiefer Dunkelheit zu stehen und auf die grünen, in der Sonne glänzenden Laubmassen hinauszuschauen. Aber der überwältigende Eindruck nahm schließlich doch bedeutend ab und das Umhertollen begann wieder. Jeden Augenblick wurde eine Kerze angezündet, dann stürzte sich alles auf den, der sie trug, ein Kampf und mutige Verteidigung folgten, aber die Kerze war bald zu Boden geschlagen oder ausgeblasen, und dann gab's allgemeines Gelächter und eine neue Jagd. Aber alles hat ein Ende. Allmählich begab sich der Zug tiefer in die Höhle hinab, immer tiefer, wobei der flackernde Schein der Lichter die mächtigen Felswände fast bis zu ihrer vollen Höhe von sechzig Fuß ungewiß beleuchtete.

Der Weg war hier nicht mehr als acht oder zehn Fuß breit. Alle paar Schritt taten sich noch engere, hohe Gänge nach beiden Seiten auf, denn die Douglashöhle war nichts als ein wildes Labyrinth von verzweigten Gängen, die überall auseinander liefen, um sich doch immer wieder zu treffen. Man sagte, es könne jemand viele Tage und Nächte durch dies unglaubliche Gewirr von Gängen und Spalten irren, ohne jemals das Ende der Höhle zu finden; und daß er tiefer und immer tiefer, bis in den Mittelpunkt der Erde dringen könne, und es wäre doch immer dasselbe — Labyrinth unter Labyrinth, und nirgends ein Ende.

Niemand „kannte“ die Höhle; das war unmöglich. Die meisten der jungen Leute kannten einen Teil davon und so leicht wagte sich niemand über diesen bekannten Teil hinaus. Tom Sawyer kannte so viel von der Höhle wie alle anderen.

Ungefähr dreiviertel Meilen marschierte man in geschlossenem Zug durch den Hauptgang, dann begannen sich einzelne Haufen und Paare seitwärts in die Nebengänge zu zerstreuen, durch die unheimlichen Gänge laufend, um sich schließlich zu gegenseitiger Überraschung an irgend einem Punkt wieder zu treffen. Man konnte wohl eine halbe Stunde auch hier im bekannten Teil herumstreifen, ohne einander zu begegnen.

Schließlich kam Paar auf Paar zur Höhle zurückgeschlendert, mit Talg bespritzt, kalkbeschmiert und ganz berauscht von den Herrlichkeiten des Tages. Dann waren alle ganz überrascht, daß sie so wenig auf die Zeit geachtet hatten und es schon fast Nacht war. Schon seit einer halben Stunde hatte die Schiffsglocke zum Aufbruch gemahnt. Indessen, auch diese Art, die Abenteuer des Tages zu beschließen, war romantisch und deshalb befriedigend. Als das Dampfboot mit seiner ausgelassenen Fracht vom Ufer abstieß, kümmerte sich niemand ‘nen Deut um die versäumte Zeit — außer dem Kapitän.

Huck befand sich bereits auf seinem Wachposten, als die Lichter des Dampfbootes an der Landungsstelle vorbeiglitten. Er hörte keinen Ton an Bord, denn das Volk war so zahm geworden, wie man zu sein pflegt, wenn man sich halbtot gehetzt hat.

Er grübelte darüber, was für ein Boot das sein möge und warum es nicht am gewöhnlichen Ort anlege — und dann vergaß er es und richtete seine ganze Aufmerksamkeit auf seine eigene Angelegenheit. Die Nacht war bewölkt und dunkel. Zehn Uhr schlug‘s, das Wagengerassel schwieg, die Lichter begannen zu verlöschen, der Lärm der Fußgänger verstummte nach und nach — das Dorf ging zur Ruhe und überließ den kleinen Wächter dem Schweigen und den Gespenstern. Elf Uhr schlug‘s, und das Licht im Wirtshaus erlosch; jetzt herrschte überall Finsternis. Huck wartete, schien ihm, sehr lange Zeit, aber nichts geschah. Unruhe überkam ihn. Wenn alles umsonst war? Wenn er genarrt wurde? Warum nicht die Sache aufgeben und sich davon machen?

Da hörte er eine Stimme. Sofort war er ganz Aufmerksamkeit. Vorsichtig wurde die Gangtür geschlossen. Schnell drückte er sich in eine Ecke an der Mauer. Im nächsten Augenblick huschten zwei Männer vorbei, und einer schien etwas unter dem Arm zu haben. Das mußte die Kiste sein! So wollten sie also heute den Schatz vergraben. Ob er Tom weckte? Es wäre Wahnsinn gewesen — die Leute wären mit der Kiste entwischt und niemand hätte sie jemals gefunden. Nein, er wollte ihnen folgen; er wollte sich unter dem Schutze der Finsternis ihnen an die Fersen heften. So mit sich selbst sprechend, kam Huck hervor und glitt hinter den Männern her, leise wie eine Katze, barfuß, gerade so weit von ihnen entfernt, um nicht gesehen zu werden.

Eine Zeitlang gingen sie die Flußstraße aufwärts und wandten sich dann durch eine kleine Gasse seitwärts. Immer steil hinauf kamen sie schließlich an den Weg, der nach Cardiff Hill hinaufführte; diesen schlugen sie ein. Sie kamen am Haus des alten Wallisers vorbei, in halber Höhe des Hügels, und stiegen, ohne sich aufzuhalten, immer noch höher. Gut, dachte Huck, sie werden's im alten Steinbruch vergraben. Aber auch da hielten sie nicht an. Sie gingen vorbei, ganz auf den Hügel. Dann schwenkten sie in den Weg durch den großen Sumachwald ein und waren auf einmal in der Finsternis verschwunden. Huck beeilte sich die Entfernung zu verringern, denn er war sonst nicht mehr imstande, sie im Auge zu behalten. Eine Weile rannte er vorwärts; dann hielt er inne, aus Furcht, zu weit geraten zu sein; rannte wieder ein Stück vorwärts, und hielt wieder; horchte; nichts zu hören; nur, daß er das Klopfen des eigenen Herzens hörte. Der Schrei einer Eule ertönte — unheilverkündend; aber keine Fußtritte. Himmel, hatte er sie verloren? Er war im Begriff, Hals über Kopf vorwärts zu stürzen, als jemand nicht vier Fuß vor ihm sich räusperte. Das Herz fuhr Huck in die Kehle, aber er bezwang sich. Und dann stand er da, zitternd, als hätten ihn tausend Fieber auf einmal gepackt, und so schwach, daß er gleich umfallen zu müssen meinte. Er wußte, wo er war. Er wußte, er war nicht fünf Schritt von dem Zaun entfernt, der um den Grund und Boden der Witwe Douglas führte. „Famos," dachte er, „mögen sie's hier vergraben, 's wird nicht schwer sein, es hier wieder zu finden."

Jetzt hörte er eine leise Stimme — eine sehr leise Stimme — die des Indianer-Joe:

„Hol sie der Teufel — muß sie grad' heut Gesellschaft haben — 's ist Licht, so spät's auch ist!"

„Kann nicht sehn!"

Dies war des Fremden Stimme — des Fremden aus dem Beinhaus. Tödlicher Schreck durchfuhr Hucks Herz — dies also war die „Rache!" Sein erster Gedanke war auszureißen. Dann erinnerte er sich, wie die Witwe Douglas mehr als einmal freundlich gegen ihn gewesen sei — und wer weiß, ob diese da nicht die Absicht hatten, sie zu ermorden! Er sehnte sich nach einer Gelegenheit, sie zu warnen. Aber er wußte, er könnte 's nicht wagen; sie würden ihn kriegen und umbringen. All dies und noch anderes ging ihm in einem Augenblick durch den Kopf zwischen den Worten des Fremden und den nächsten Joes.

„Weil der Busch dir im Wege ist. So — hierher — kannst du *jetzt* sehn?"

„Ja. Denk auch, 's ist Gesellschaft da. Besser, wir geben's auf."

„Aufgeben, wo ich dies Land für immer verlassen soll! Aufgeben und *nie wieder* 'ne Gelegenheit haben! Sag' dir nochmal, was ich dir schon mal gesagt hab' — brauch' ihre Pfennige nicht — kannst du haben. Aber ihr Mann war gemein gegen mich — oft genug — und *er* war der Richter, der mich zu 'nem Landstreicher gemacht hat. Und 's ist nicht alles! 's ist noch nicht der millionste Teil davon! Gepeitscht hat er mich — gepeitscht vorm Gefängnis — wie 'nen Nigger! Das ganze Dorf konnt's sehen! Gepeitscht!! Verstehst du? *Er* ist mir zuvorgekommen — er ist tot. Aber *sie* soll dran!"

„Bitt' dich — töt' sie nicht! Tu's nicht!"

„Töten? Wer spricht von töten? Ihn würd' ich abschneiden, wenn er hier wär' — sie nicht. Wenn man sich an 'ner *Frau* rächen will — die muß man an der *Fratze* packen! Schneid't ihr die Nase auf und stutzt ihr die Ohren — wie 'nem Schwein!"

„Teufel —"

„Behalt deine verdammte Meinung für dich! Wird's beste für dich sein! Werd' sie ans Bett festbinden. Wenn sie sich zu Tode blutet — was kann ich dafür? Werd' nicht drum heulen, wenn sie's tut. Du, mein Freund — wirst mir dabei helfen — auf meine Rechnung — hab' dich nur dazu mitgenommen — möcht' für mich allein zu viel sein. Wenn du davonläufst, hau' ich dich zusammen — verstehst du? Und wenn ich *dich* töte, bring' ich *sie* auch um — und dann, denk' ich, kann keiner 'rauskriegen, wer das Geschäft besorgt hat."

„Na, wenn's geschehen muß, rasch dran! Je eher, desto besser — mir läufts ohnehin schon über."

„Jetzt tun? Wo Gesellschaft da ist? Sollt' dir wahrhaftig nicht trauen, scheint mir! — Nichts da — wollen warten, bis die Lichter aus sind — 's hat keine Eile."

Huck fühlte, daß jetzt Stillschweigen eintreten werde — schrecklicher als das mörderischste Geschrei; so hielt er den Atem an und zog sich vorsichtig zurück, wobei er die Füße vorsichtig und fest aussetzte, immer auf einem Bein balanzierend, tastend und sich auf eine Seite legend, bald auf diese; dann auf die andere; und dann knackte ein Zweig unter seinen Füßen! Er hielt den Atem an und horchte. Nichts zu hören — vollkommene Stille. Seine Dankbarkeit war grenzenlos. Nun wandte er sich um, so vorsichtig, als wäre er ein Schiff gewesen, und trabte dann rasch, aber vorsichtig davon. Beim Steinbruch angekommen, hielt er sich für sicher; so nahm er die Beine unter die Arme und rannte in gestrecktem Galopp davon. Hinunter, immer weiter hinunter, bis er das Haus des Wallisers erreicht hatte. Er klopfte an die Tür und sofort erschienen die Köpfe des alten Mannes und seiner zwei handfesten Söhne am Fenster.

„Wer spektakelt da? Was für'n Lärm draußen? Was gibt's?"

„Laßt mich ein — schnell! Werd' euch alles sagen!"

„So — wer ist's denn?"

„Huckleberry Finn — schnell, laß mich rein!"

„Huckleberry Finn — so! 's ist ein Name, denk ich, dem sich nicht viel Türen öffnen! Aber laßt ihn 'rein, Burschen, woll'n sehen, was er hat."

„In des Himmels Namen — sagt's niemand, daß ich euch was erzählt hab'," waren Hucks erste Worte, als er hineingelassen war. „Tut's nicht — würd' sicher getötet — aber die Witwe ist oft genug freundlich gegen mich gewesen und ich werd's sagen — werd's sagen, wenn ihr versprecht, nicht zu sagen, daß ich's gesagt hab'."

„Bei St. Georg — er hat was zu sagen — oder er tät‘ nicht so,“ rief der Alte. „Heraus damit, und daß ihr‘s niemand sagt, Burschen!“

Drei Minuten später waren der Alte und seine Söhne wohlbewaffnet oben auf dem Hügel und drangen auf den Zehen in den Sumachwald ein, die Büchse in der Hand.

Huck begleitete sie nicht weiter. Er verbarg sich hinter einem Felsblock und lauschte.

Langes, angstvolles Schweigen — und dann plötzlich ein Schuß und ein Schrei!

Huck wartete nichts weiter ab. Er sprang auf und rannte den Hügel hinunter, so schnell ihn seine Beine tragen wollten.

EINUNDDREISSIGSTES KAPITEL

Beim ersten Tagesgrauen am nächsten Tage, einem Sonntagsmorgen, kam Huck den Hügel hinaufgeschlichen und klopfte leise an des Wallisers Tür.

Die Inwohner schliefen, aber es war infolge der aufregenden Ereignisse der Nacht ein sehr leichter Schlaf. Eine Stimme fragte durchs Fenster: „Wer da?“

Hucks schüchterne Stimme antwortete in leisem Ton: „Bitte, laß mich ‘rein — ‘s ist nur Huck Finn.“

„‘s ist ein Name, dem sich die Tür bei Tag und Nacht öffnen kann, Bursche — und willkommen!“

Dies waren ungewohnte Worte für die Ohren des kleinen Herumstreichers und die angenehmsten, die er je gehört hatte. Er konnte sich nicht erinnern, die Schlußworte jemals vorher gehört zu haben.

Die Tür wurde sofort geöffnet und er schlüpfte hinein. Huck bekam einen Stuhl, und der Alte und seine Enakssöhne kleideten sich rasch an.

„Nun, mein Junge, hoff‘, ‘s geht dir gut und du hast Hunger, denn ‘s Frühstück wird mit der Sonne fertig sein und ‘s wird zudem tüchtig heiß sein — brauchst keine Sorgen zu haben. Ich und die Jungen hofften, würd‘st letzte Nacht nochmal wieder hierher kommen.“

„Hatt‘ zu große Angst,“ sagte Huck, „und machte, daß ich fortkam. Lief davon, als die Schüsse losgingen, und hielt erst nach drei Meilen an. Jetzt bin ich gekommen, weil ich wissen möchte von — Ihr wißt schon! und komm‘ vor Tageslicht, weil ich den Teufeln nicht begegnen möcht, selbst wenn sie tot wären.“

„Glaub's, armer Kerl, siehst aus, als hättst du 'ne böse Nacht hinter dir — na, hier ist 'n Bett für dich, wenn du gefrühstückt hast. Nun — tot sind sie nicht, leider — tut uns wahrhaftig leid genug. Du weißt, wir wußten nach deiner Beschreibung wohl, wo wir sie am Kragen kriegen würden, so schlichen wir auf den Zehen bis fünfzehn Schritt von ihnen entfernt — 's war dunkel wie in 'nem Loch — und gerade da fühlt' ich, daß ich niesen müsse. 's war wohl grad' der rechte Augenblick! Ich versucht', es zurückzuhalten, aber keine Möglichkeit, 's wollte kommen und 's kam! Ich war voran, die Pistole schußfertig, und wie nun mein Niesen die Schufte aufschreckte, hört ich 'n Rascheln vor mir, so rief ich: „Feuer, Jungens!" und gab 'nen Schuß, wo die Kerle waren. Ebenso meine Jungen. Aber wie 'n Wind waren sie fort, diese Halunken; wir hinterher, runter durch den Wald. Denk, wir haben sie nicht getroffen. Im Laufen gaben sie noch jeder 'nen Schuß ab, aber die Kugeln fuhren vorbei und taten uns nichts. Sobald wir sie nicht mehr hörten, gingen wir heim und weckten die Konstabler. Sie wollten 'ne Treibjagd machen und gingen runter, die Flußufer abzusuchen, und wenn's hell ist, woll'n sie und der Sheriff die Wälder vornehmen. Meine Jungen werden auch dabei sein. Wollt' nur, wir hätten so was wie 'ne Beschreibung von diesen Galgenvögeln — 's würd 'n gut Teil helfen. Du konntest wohl im Dunkeln nicht sehen, was es für Kerle waren, denk' ich?"

„Doch — sah sie schon im Dorf und folgte ihnen."

„Famos! — Beschreib' sie — beschreib' sie, mein Junge!"

„Der eine ist der taubstumme Spanier, der hier 'n paarmal 'rumgeschlichen ist, der andere ein verdächtig aussehender, zerlumpter —"

„'s ist genug, Junge, kenne die Kerle schon! Traf sie mal in den Wäldern hinter dem Garten der Witwe, und sie machten sich auch gleich davon. Fort mit euch, Burschen, sagt's dem Sheriff — könnt euer Frühstück morgen essen!"

Sofort verschwanden die Söhne des Alten. Als sie das Zimmer verlassen hatten, sprang Huck auf und rief: „O, bitte, sagt's niemand, daß ich's war, der sie aufgespürt hat — bitte!"

„Ist schon gut, Huck, wenn du's wünschst, aber du sollst doch den Lohn für das haben, was du da getan hast!"

„Ach, nein, nein! *Bitte*, sagt's nicht!"

„Sie werden's nicht sagen," beruhigte der Alte, „und *ich* auch nicht. Aber *warum* soll's keiner wissen?"

Huck wollte nichts weiter sagen, als daß er schon zu viel über einen der Strolche wisse und nicht wünschte, daß der von seiner Mitwisserschaft Wind bekomme, nicht um die Welt, denn 's wär sicher, daß er dafür getötet werden würde.

Der alte Mann versprach nochmals Schweigen und sagte: „Aber, Bursche, wie kamst du denn drauf, diesen Gaunern zu folgen? Kamen sie dir verdächtig vor?"

Huck schwieg einen Moment, während er über einer möglichst unverfänglichen Antwort brütete. Dann sagte er: „Na, seht Ihr, ich bin halt mal 'n ungehobelter Bursche — jeder sagt's, und ich weiß nicht, was dagegen einzuwenden wäre — und manchmal kann ich nicht schlafen vor dem Gedanken daran, und nehm' mir vor, zu versuchen, mich zu ändern. 's war wieder so letzte Nacht. Ich konnt' nicht schlafen und so kam ich um Mitternacht etwa, drüber nachdenkend, auf die Straße, und wie ich an die alte Mauer beim Temperenzler-Wirtshaus komme, lehn' ich mich so, ohne mir was zu denken, dran. Na, gerade in dem Augenblick kamen die beiden Strolche angeschlichen, dicht an mir vorbei, was unterm Arm tragend; es ist gewiß gestohlen, denk ich. Der eine rauchte, der andere wollt' auch Feuer haben; blieben also gerade vor mir stehn, und beim Anzünden der Zigarren wurden ihre Gesichter erleuchtet, und ich sah, daß der größere der taubstumme Spanier war — an den weißen Haaren und dem Pflaster aus dem Auge, — und der andere war ein roher, zerlumpter Teufel."

„Konntst auch die Lumpen beim Leuchten der Zigarren sehen?"

Dies verwirrte Huck für 'nen Augenblick. Dann sagte er: „Ja, ich weiß nicht — aber 's *schien* mir wenigsten so."

„Dann gingen sie weiter, und du —?"

„Folgte ihnen — ja, 's war so. Wollt' doch sehen, was sie vorhätten — sie schlichen so verdächtig davon. Ich folgte ihnen bis zum Garten der Witwe und stand dort im Dunkeln und hörte den Zerlumpten für die Witwe bitten, und der Spanier schwor, er wollt' der Witwe die

Nasenlöcher aufschneiden; gerade so wie ich's Euch sagte und Euren —"

„Was, all das sagte der taubstumme Mann!"

Huck hatte wieder einen schrecklichen Mißgriff begangen. Er hatte sich die größtmöglichste Mühe gegeben, den Alten nicht erraten zu lassen, wer der Spanier sei, und doch schien ihn seine Zunge trotz aller Vorsicht in Ungelegenheiten bringen zu wollen. Er machte krampfhafte Anstrengungen, aus seiner Verwirrung herauszukommen, aber das Auge des alten Mannes haftete auf ihm, schärfer und immer schärfer. Plötzlich sagte der Walliser: „Mein guter Junge, brauchst dich nicht vor mir zu fürchten, möcht' um alles in der Welt nicht ein Haar auf deinem Haupte krümmen. Nein — ich würd' dich beschützen — verlaß dich drauf. Dieser Spanier ist nicht taubstumm. Da hast du dir was entschlüpfen lassen. Du weißt was über diesen Kerl, das du nicht verraten möchtest. Na, vertrau' dich mir an — sag' mir, was es ist, vertrau' mir — werd' dich nicht verraten!"

Huck blickte in des alten Mannes ehrliche Augen, dann beugte er sich hinüber und flüsterte ihm ins Ohr: „'s ist kein Spanier — 's ist der Indianer-Joe!"

Der Walliser fuhr fast von seinem Stuhl auf. Nach kurzer Pause sagte er dann:

„'s ist jetzt klar genug. Als du von Nasenaufschlitzen und Ohrenstutzen sprachst, dacht' ich, 's wär deine eigene Erfindung, denn kein Weißer übt so 'ne Rache. Aber ein Indianer! Das ist freilich 'n großer Unterschied."

Während des Frühstücks ging die Unterhaltung weiter, in deren Verlauf der Alte erwähnte, das letzte, was sie getan hatten, bevor sie zu Bett gegangen seien, sei gewesen, mit einer Laterne die Kampfstelle nach Blutspuren zu untersuchen. Die hätten sie nicht gefunden, wohl aber ein dickes Bündel mit —

„Mit was?"

Wären die Worte Blitze gewesen, sie hätten nicht schneller aus Hucks bleichen Lippen kommen können. Seine Augen waren weit aufgerissen, sein Atem stockte — indem er auf Antwort wartete. Der Walliser stutzte — zögerte mit der Antwort — drei Sekunden — fünf

Sekunden — zehn — dann endlich entgegnete er: „Mit Einbrecherwerkzeug. — Nanu, was ist‘s mit dir?“

Huck sank nieder, sein Herz klopfte stürmisch, aber er war dankerfüllt, unsagbar dankerfüllt. Der Walliser sah ihn wieder scharf an, erstaunt, und sagte:

„Ja — Einbrecherwerkzeug. Schien dich mächtig zu freun. Aber was geht das *dich* an? Was dachtest du denn, was wir gefunden hätten?“

Huck saß schon wieder in der Klemme. Forschende Augen richteten sich wiederum auf ihn — alles hätte er für eine glaubliche Antwort gegeben. Nichts fiel ihm ein; die forschenden Augen drangen tiefer und tiefer — eine unsinnige Antwort drängte sich ihm auf — Zeit zur Überlegung gab‘s nicht, so stieß er auf gut Glück mit schwacher Stimme heraus:

„Sonntagsschulbücher, vielleicht —“

Der arme Huck war zu verwirrt, um lächeln zu können, aber der alte Mann lachte laut und vergnügt, wurde von Kopf bis zu Fuß vom Lachen geschüttelt und sagte schließlich, so ein Lachen wäre gerade so gut wie bar Geld in der Tasche, denn es mache jede Doktorrechnung überflüssig. Dann fügte er hinzu: „Kleiner Dummkopf, bist ja ganz blaß und zitterst; bist nicht wohl. ‘s ist kein Wunder, daß du ein wenig aus der Balanze bist. Aber sollst schon wieder ‘reinkommen. Ruhe und Schlaf wird dich wohl zurechtbringen — hoff‘ ich.“

Huck ärgerte sich, daß er ein solcher Esel gewesen und solche Aufregung gezeigt hatte, hatte er doch seit dem Gespräch am Gartenzaun der Witwe ohnehin schon den Verdacht gehabt, daß jenes Bündel, das er vom Wirtshaus hatte forttragen sehen, gar nicht sein Schatz gewesen sei. Indessen hatte er das doch nur *vermutet, gewußt* hatte er es nicht; und so war die Erwähnung von der Auffindung des Bündels zuviel gewesen für seine Selbstbeherrschung. Da er nun aber volle Gewißheit hatte, beruhigte er sich bald und wurde ganz vergnügt. Der Schatz mußte noch in Nummer zwei sein, die Kerle würden wohl noch am gleichen Tage erwischt werden, so konnten er und Tom ohne alle Angst oder Furcht vor Überraschung nachts das Geld abholen.

Gerade war das Frühstück beendet, da klopfte es an die Tür. Huck sprang schnell in ein Versteck, denn er hatte gar keine Lust, mit den letzten Ereignissen in Verbindung gebracht zu werden. Der Walliser ließ einige Damen und Herren ein, unter ihnen die Witwe Douglas, und sah dabei noch verschiedene Gruppen von Bürgern den Hügel heraufklettern, um sich den Schauplatz anzusehen. So war also die Sache schon allgemein bekannt. Er mußte den Besuchern die Geschichte der Nacht erzählen, worauf sich die Witwe Douglas bei ihm bedankte.

„Kein Wort davon, Madam. ‘s ist noch ‘n anderer da, dem Sie mehr zu danken haben als mir und meinen Jungen, denk‘ ich; aber er hat‘s mir nicht erlaubt, seinen Namen zu sagen. Ohne ihn wären wir überhaupt gar nicht dazu gekommen.“

Dies rief solche Neugier hervor, daß schließlich die Hauptsache darüber vergessen wurde; aber der Walliser ließ seine Besucher sich ruhig die Köpfe zerbrechen und behielt sein Geheimnis für sich, auch als das ganze Dorf von der Sache erfuhr. Nachdem alle Einzelheiten erörtert waren, sagte die Witwe: „Ich las noch vorm Einschlafen im Bett, dann schlief ich so fest, daß ich von all dem Lärm nichts hörte. Warum haben Sie mich nicht geweckt?“

„Hielten‘s nicht für nötig. Die Schufte würden doch nicht wiederkommen, würden sich wohl gehütet haben; wozu also Sie wecken und zu Tode erschrecken? Übrigens haben meine drei Nigger die ganze Nacht vor Ihrem Haus Wache gehalten. Da kommen sie gerade zurück.“

Noch mehr Besucher kamen, und die Geschichte mußte während mehrerer Stunden wieder und immer wieder erzählt werden.

Während der Schulferien fiel auch die Sonntagsschule aus, trotzdem war heut alles frühzeitig in der Kirche. Das aufregende Ereignis wurde lebhaft erörtert. Es wurde erzählt, daß noch keine Spur von den Landstreichern gefunden worden sei. Als die Predigt zu Ende war, ging die Frau des Richters Thatcher auf Frau Harper zu, die mit der großen Menge den Gang hinunterschritt, und sagte: „Will meine Becky denn den ganzen Tag schlafen? Habs mir aber wohl gedacht, daß sie todmüde sein würde.“

„Ihre Becky?“

„Freilich.“ (Mit erschrockenem Blick): „Blieb sie denn abends nicht bei Ihnen?“

„Bewahre.“

Mrs. Thatcher wurde leichenblaß und sank auf eine Bank in dem Augenblick, als Tante Polly, mit einer Bekannten sich unterhaltend, vorbeikam. „Guten Morgen, Mrs. Thatcher,“ sagte sie, „guten Morgen, Mrs. Harper. Hab‘ wieder mal ‘nen verlorenen Jungen. Denk‘ wohl, Tom ist die Nacht im Haus von einer von Ihnen geblieben. Nun hat er Angst, in die Kirche zu kommen. Werd‘ wieder mal Abrechnung halten müssen mit ihm.“

Frau Thatcher schüttelte schwach den Kopf und wurde noch blasser.

„Bei uns ist er nicht gewesen,“ sagte unsicher Frau Harper.

In Tante Pollys Gesicht zeigte sich merkliche Unruhe. „Joe Harper, hast du meinen Tom diesen Morgen schon gesehen?“

„Nein, Ma‘m.“

„*Wann* hast du ihn zuletzt gesehen?“

Joe versuchte sich zu erinnern, konnt‘s aber nicht bestimmt sagen. Die Leute blieben allmählich, neugierig geworden, stehen. Geflüster entstand, lebhafte Erregung verbreitete sich unter ihnen, Kinder wurden ängstlich ausgehorcht, auch die jungen Wächter. Alle sagten sie, sie hätten nicht acht gegeben, ob Tom und Becky bei der Heimfahrt an Bord gewesen seien; es war dunkel gewesen und niemand hatte daran gedacht, sich zu vergewissern, ob auch jemand fehle. Schließlich platzte ein junger Mann damit heraus, sie möchten noch in der Höhle stecken! Frau Thatcher fiel in Ohnmacht, Tante Polly begann zu weinen und die Hände zu ringen.

Die schrecklichen Worte gingen von Mund zu Mund, von Gruppe zu Gruppe, von Straße zu Straße, und in nicht ganz fünf Minuten hallten die Glocken wild, und die ganze Ortschaft war in Aufregung. Die Geschichte von Cardiff Hill wurde zur gleichgültigen Episode, die Einbrecher waren vergessen, Pferde wurden gesattelt, Boote bemannt, das Dampfboot instandgesetzt, und ehe der allgemeine Schreck eine halbe Stunde alt geworden, waren zweihundert Mann unterwegs, über den Fluß und auf dem Wege zur Höhle.

Den ganzen langen Nachmittag schien das Dorf tot und verlassen. Eine Menge Frauen besuchten Tante Polly und Frau Thatcher, und versuchten, sie zu trösten. Oder sie weinten mit ihnen — und das war noch besser als alle Worte.

Während der ganzen schrecklichen Nacht warteten die Frauen auf Nachricht; aber als schließlich der Morgen graute, bekam man nichts zu hören als: „Schickt mehr Kerzen und Lebensmittel" Frau Thatcher war völlig verzweifelt, Tante Polly nicht weniger. Richter Thatcher schickte hoffnungsvolle Botschaften aus der Höhle, aber sie brachten keine rechte Erleichterung.

Gegen Morgen kam der alte Walliser, mit Lehm und Wachs beschmiert, nach Hause, zu Tode erschöpft. Er fand Huck noch im Bett, das für ihn hergerichtet worden war, und im Fieber irreredend. Die Ärzte waren alle in der Höhle, so kam die Witwe Douglas, um sich nach dem Patienten umzusehen. Sie sagte, sie wolle ihr Bestes für ihn tun, denn, ob er nun gut, schlecht oder keins von beiden sei, er sei Gottes Geschöpf, und nichts, was von Gott sei, dürfe man mißachten. Der Walliser meinte, Huck habe wohl gute Seiten, worauf die Witwe entgegnete: „Sie können sich darauf verlassen. Er trägt des Herren Mal an sich. *Er* wird ihn nie verlassen. Er tut's nie. Er vergißt keine Kreatur, die von ihm stammt."

Früh am Vormittag kamen einzelne Trupps von Männern ins Dorf zurück, die meisten aber suchten noch immer weiter. Alles, was zu berichten war, war, daß man so weit wie noch nie jemand in die Höhle vorgedrungen sei; daß jeder Winkel, jede Spalte aufs sorgfältigste abgesucht worden sei. Wo man auch gehe in den Irrgängen, überall könne man Lichter nah und fern hin und her huschen sehen; Rufe und Pistolenschüsse hätten ihren Schall bis in die tiefsten Gänge hinuntergesandt. An einer Stelle, fern von dem gewöhnlich besuchten Teil, hatte man die Namen „Becky" und „Tom" mit Ruß an einem Felsen geschrieben gefunden, und nahe dabei ein beschmutztes Band. Frau Thatcher erkannte das Band und brach in Tränen aus. Sie klagte, es sei das letzte Andenken, das sie von ihrem Kinde haben solle, und daß keine andere Erinnerung jemals so kostbar sein könne; denn dieses Band war das letzte, was sie von dem kleinen Körper bekam, bevor ihn der schreckliche Tod zerstörte. Einige behaupteten, man könne in der Höhle zuweilen fernen Lichtschein sehen, und dann machte sich jedesmal ein ganzer Trupp unter lauten Freudenrufen dorthin auf — und dann folgte jedesmal die traurigste Enttäuschung. Es ging nicht von den Kindern aus, es war nur das Licht eines Suchenden.

Drei schreckliche Tage und Nächte schleppten ihre unendlichen Stunden dahin, und das Dorf versank in stumme Hoffnungslosigkeit. Für nichts anderes hatten die Leute Sinn. Die eben gemachte überraschende Entdeckung, daß der Besitzer des Temperenzler-Wirtshauses Spirituosen im Besitz habe, erregte kaum schwaches Aufsehen, so unerhört sie auch war.

In einem lichten Moment begann Huck mit schwacher Stimme von Wirtshäusern im allgemeinen zu sprechen und fragte schließlich, von vornherein das Schlimmste fürchtend, ob, seit er krank sei, etwas in dem Temperenzler-Wirtshaus entdeckt worden sei.

Die Witwe bejahte. Huck fuhr im Bett in die Höhe, die Augen rollend: „Was — was ist‘s?“

„Spirituosen! Und ‘s ist daraufhin zugesperrt worden. Lieg‘ still, Kind — wie hast du mich erschreckt!“

„Nur noch das sagen Sie mir — nur *das* noch — bitte: — War‘s Tom Sawyer, der‘s entdeckt hat?“

Die Witwe brach in Tränen aus: „Still, still, Kind! habs dir doch gesagt, du *sollst* nicht sprechen. Du bist sehr, sehr krank!“

Also war nichts als Schnaps gefunden; wär‘s das Geld gewesen, hätt‘s doch sicher mächtiges Aufsehen erregt. So war also der Schatz für immer verloren — für immer! — Aber warum weinte sie denn? Sonderbar, daß die Frau da weinte.

Solche trüben Gedanken gingen Huck durch den Kopf, und infolge der dadurch erzeugten Erschöpfung schlief er ein. Die Witwe dachte bei sich: „So da — jetzt schläft er wieder — armer Kerl! Tom Sawyer es finden! Erbarm‘ dich — wenn doch jemand den Tom Sawyer finden wollte! Viele gibt‘s sicher nicht, die noch Hoffnung oder auch nur Kraft genug haben, auf die Suche zu gehen!“

Zweiunddreissigstes Kapitel

Kehren wir jetzt wieder zu Toms und Beckys Anteil am Picknick zurück. Mit der übrigen Gesellschaft trieben sie sich durch die finsteren Gänge, die bekannten Wunder der Höhle betrachtend — mit hochtrabenden Bezeichnungen wie „Gesellschaftszimmer", „Kathedrale", „Aladins Palast" usw. ausgestattete Wunder. Als dann das lustige Fangen und Verstecken begann, beteiligten sich Tom und Becky eifrig daran, bis auch das allmählich langweilig wurde. Darauf spazierten sie eine gewundene Felsgasse hinunter, indem sie mit hochgehaltenen Kerzen die halb von Spinnweben verdeckten Namen, Daten, Postorte und Mottos lasen, mit denen die Wände verziert waren.

Als sie so allein und plaudernd weitertrieben, merkten sie schließlich, daß sie sich bereits in einem Teil der Höhle befanden, der keine solchen Inschriften aufwies. Sie kritzelten ihre eigenen Namen mit Kerzenrauch unter einen Felsvorsprung und gingen weiter. Plötzlich kamen sie an eine Stelle, wo eine Quelle, über Geröll herunterrieselnd und Kalkstückchen mit sich treibend, durch endlose Jahrhunderte einen kleinen Niagara über in ewige Finsternis gehüllte unveränderbare Felsen bildete. Tom zwängte seinen kleinen Körper darunter, um den Wasserfall zu illuminieren. Er fand, daß er eine Art natürliche steinerne Treppe in die Tiefe verbarg, welche zwischen schmalen Wänden eingeklemmt war. Die Begierde, den Entdecker zu spielen, ergriff ihn sofort. Becky stimmte ihm bei, und sie machten zur Sicherheit wieder ein Rauchzeichen und machten sich auf die Suche. Sie verfolgten diesen Weg, brachten tief in den tiefsten Abgründen der Höhle noch mehrere solche Zeichen an und trieben sich dann kreuz und quer herum, um Dinge zu entdecken, mit denen sie die Oberwelt verblüffen könnten. Irgendwo fanden sie eine große Höhle, von deren Wölbung eine große Menge schimmernder Tropfsteine, von der Länge und dem Umfange eines Mannes herunterhingen. Staunend und sich verwundernd gingen sie hindurch und plötzlich mündete die Höhle in einen engen Gang, und dieser brachte sie zu einem bezaubernd schönen Springbrunnen, dessen Becken mit einer Eisschicht glänzenden Kristalls bedeckt war. Er befand sich in der Mitte eines hallenartigen Raumes, dessen Wände getragen wurden von einer Reihe phantastisch geformter, aus Tropfstein gebildeter Säulen, das Resultat durch Jahrtausende ruhelos fallender Wassertropfen. Unter der Wölbung hatten sich riesige Ballen von Fledermäusen gebildet, viele tausend aneinander hängend; die Lichter schreckten die Tiere auf, und sie kamen hundertweise herunter, quiekend und wahnsinnig auf die Flammen der Kerzen losstürzend. Tom kannte ihre Art und die Gefahr, die hier entstand. Er griff Becky bei der Hand und zog sie in den ersten sich auftuenden Gang; und nicht zu früh, denn eine Fledermaus löschte mit ihrem Flügel Beckys Licht aus, während sie aus der Höhle rannten. Die Tiere verfolgten die Kinder noch eine gute Strecke, aber die Flüchtlinge stürzten sich in jeden neuen Gang und entgingen so schließlich der gefährlichen Situation. Tom entdeckte einen unterirdischen See, dessen düsteres Wasser weit entfernt sich im Schatten des Unbekannten verlor. Tom wollte seine Ufer umwandern, meinte aber, es möchte besser sein, sich vorher zu setzen und eine Weile zu ruhen. Jetzt, zum erstenmal legte sich die tiefe Stille der Umgebung gleich einer feuchten Hand auf die Gemüter der Kinder.

Becky sagte: „Weißt du, drauf geachtet hab‘ ich ja nicht, aber es scheint mir so lange her, seit ich die andern gehört hab‘.“

„Na, Becky, denk‘ doch nur, wir sind doch tief unter ihnen, und ich weiß nicht, *wie* weit nördlich oder südlich oder westlich oder was sonst. Können sie hier unmöglich hören.“

Becky wurde ängstlich. „Möcht‘ doch wissen, wie lang‘ wir schon hier unten sind, Tom. Laß uns lieber umkehren.“

„Ja, denk auch, ‘s ist besser. *Vielleicht* ist‘s besser.“

„Kannst du den Weg finden, Tom? Für mich ist‘s ein reiner Irrgarten.“

„Denk wohl, ich könnt ‘n finden. Aber dann die Fledermäuse, wenn die uns die Kerzen ausmachen, ist‘s ‘ne schreckliche Sache. Laß uns ‘nen anderen Weg versuchen, wo wir nicht durch müssen.“

„Ja, aber ich hoff‘, wir werden uns nicht verlaufen. ‘s wär doch zu gräßlich.“

Und das Kind schüttelte sich schaudernd beim bloßen Gedanken an die furchtbare Möglichkeit.

Sie verfolgten einen Gang lange Zeit schweigend, nach jeder neuen Öffnung schauend, ob sich dort nicht eins ihrer Merkmale sehen lasse; aber nichts war zu sehen. So oft Tom seine Untersuchung anstellte, durchforschte Becky sein Gesicht nach einem ermutigenden Zeichen, und er sagte zuversichtlich: „O, ‘s ist schon recht! Der da ist‘s noch nicht, aber wir werden schon zum rechten kommen!“ Aber bei jedem mißlungenen Nachforschen fühlte er weniger und weniger Zuversicht, und schließlich begann er auf gut Glück in jeden sich öffnenden Gang einzulenken, in der verzweifelten Hoffnung, zu finden, was so bitter not tat. Er sagte immer noch: „‘s wäre recht,“ aber auf seinem Herzen lastete solch lähmende Angst, daß die Worte ihren Klang verloren hatten und klangen, als habe er gesagt: „Alles ist verloren.“ Becky, halbtot vor Furcht, schmiegte sich an ihn und versuchte, krampfhaft die Tränen zurückzuhalten, aber sie kamen doch. Schließlich sagte sie: „O, Tom, was tun die Fledermäuse. Laß uns denselben Weg zurückgehen! Wir kommen ja weiter und immer weiter ab.“

Tom blieb stehen „Horch,“ sagte er.

Tiefe Stille; so tiefe Stille, daß sogar ihr Atem hörbar wurde. Tom schrie. Der Schall dröhnte durch die hohlen Gänge und erzeugte hundertfaches Echo, um in der Ferne in einem schwachen Ton zu ersterben, der wie höhnisches Lachen klang.

„O, tu‘s nicht wieder, Tom! ‘s ist zu gräßlich,“ flehte Becky.

„‘s ist gräßlich, aber ‘s muß sein, Becky. Sie *könnten* uns doch hören, weißt du.“

Und er schrie abermals. Dieses „könnte“ war ebenso schrecklich wie das höhnische Lachen, es sprach so völlige Hoffnungslosigkeit daraus. Die Kinder verharrten in Schweigen und lauschten. Aber nichts war zu hören. Plötzlich wandte Tom sich auf demselben Weg zurück und beeilte seine Schritte. Es dauerte gar nicht lange, da enthüllte eine gewisse Unsicherheit in seinen Bewegungen Becky eine neue schreckliche Tatsache: er konnte den Weg nicht wiederfinden!

„Ach, Tom, du hast keine Zeichen mehr gemacht!“

„Becky, was war ich für ‘n Esel! Was für ‘n Esel! Dachte gar nicht dran, daß wir wieder zurück müßten. Und jetzt kann ich den Weg nicht mehr finden; ‘s geht ja so durch‘nander!“

„Tom, Tom, wir sind verloren! wir sind verloren! Nie, nie wieder kommen wir aus dieser gräßlichen Höhle heraus! Ach, warum sind wir nicht bei den anderen geblieben!“

Sie sank nieder und brach in so herzzerreißendes Weinen aus, daß Tom von dem Gedanken gepackt wurde, sie möchte sterben oder den Verstand verlieren. Er setzte sich zu ihr und legte seinen Arm um sie, sie verbarg ihr Gesicht an seiner Brust, sie weinte sich aus, klagte sich an, zerfloß in nutzloser Reue; und das ferne Echo gab alles als höhnisches Gelächter zurück. Tom bat sie, wieder Mut zu fassen, und sie sagte, sie könne es nicht. Er begann, sich selbst bitter anzuklagen, da er sie in diese fürchterliche Lage gebracht habe. Dies wirkte. Sie sagte, sie wolle wieder Hoffnung zu fassen versuchen, sie wolle sich aufraffen und ihm folgen, wohin er sie auch führen würde, wenn er nur so etwas nicht wieder reden wolle; denn er sei nicht schlimmer als sie selbst.

So setzten sie sich also wieder in Bewegung — ziellos, lediglich dem Zufall sich überlassend. Alles, was sie tun konnten, war ja, vorwärts zu gehen. Während kurzer Zeit belebte sie schwache Hoffnung, nicht auf Grund irgendwelcher Überlegung, sondern lediglich, weil es in der Natur liegt, zuversichtlich zu sein, so lange Alter und die Gewohnheit des Mißlingens ihr noch nicht die Schwingen gebrochen haben. Plötzlich nahm Tom Beckys Kerze und blies sie aus. Diese Sparsamkeit sprach schrecklich deutlich. Worte waren nicht nötig. Becky verstand, und ihre Hoffnung starb wieder. Sie wußte, Tom hatte eine ganze Kerze und drei oder vier Stückchen in der Tasche — und doch mußte er sparen!

Dann begann sich Müdigkeit geltend zu machen. Die Kinder versuchten, ihr nicht nachzugeben, denn der Gedanke, sich zu setzen und dadurch eine Menge kostbarer Zeit zu verlieren, stachelte sie wieder auf; sich bald in dieser, bald in jener Richtung fortzubewegen, war doch immerhin Fortschritt und konnte irgend welchen Erfolg haben; aber sich setzen, hieß den Tod herbeirufen und beschleunigen.

Schließlich versagten Beckys zarte Glieder den Dienst, sie setzte sich. Tom blieb bei ihr, und sie sprachen von zu Hause, ihren Freunden, ihren bequemen Betten, und vor allem — dem Tageslicht! Becky weinte, und Tom zermarterte sich das Hirn, um etwas zu ihrer Aufheiterung zu finden, aber all seine ermunternden Worte waren längst verbrauchte Argumente und klangen wie Hohn. Schließlich drückte die Erschöpfung so schwer auf Becky, daß sie in Schlaf verfiel. Tom war glücklich. Er saß da, starrte in ihr bekümmertes Gesichtchen und sah es sich immer mehr aufhellen unter dem Einfluß angenehmer Träume; schließlich breitete sich ein Lächeln darüber aus. Auch auf ihn schien aus diesen friedvollen Gesichtszügen etwas wie Frieden und Vergessenheit überzugehen, seine Gedanken verloren sich in vergangenen Tagen und zauberten schöne Erinnerungen hervor. Während er tief darin versunken war, wachte Becky mit einem reizenden, kleinen Lachen auf — aber es erstarb ihr auf den Lippen, und ein Stöhnen folgte ihm.

„O, wie *konnte* ich schlafen! Ich wollt', ich wär' nie, nie wieder aufgewacht! Nein, nein, Tom, 's ist ja nicht wahr, Tom! Schau nicht so! Ich will's ja nicht wiedersagen!"

„Becky, ich war so froh, daß du schliefst; jetzt bist du wieder stark, und wir werden den Weg heraus schon finden!"

„Wollen's versuchen, Tom! Aber ich hab' im Traum so 'n schönes Land gesehen. Ich glaub' dahin gehen wir beide jetzt."

„Nein, nein! Sei lieb, Becky, und laß uns gehen und 's versuchen."

Sie standen auf und gingen weiter, Hand in Hand und hoffnungslos. Sie versuchten, sich vorzustellen, wie lange sie schon in der Höhle seien, aber alles, was sie wußten, war, daß es Tage und Wochen schienen, und doch war's nicht möglich, da ihre Kerzen ja immer noch brannten.

Eine lange Zeit war vergangen — sie hätten nicht sagen können, eine wie lange — als Tom vorschlug, leise zu gehen und zu horchen, ob sie nicht irgendwo Wasser tropfen hörten, sie müßten eine Quelle finden. Bald fanden sie wirklich eine, und Tom meinte, es sei wieder an der Zeit, auszuruhen. Beide waren schrecklich müde, doch Becky erklärte, noch weiter gehen zu können. Sie wunderte sich, daß Tom widersprach. Sie verstand das nicht. Sie setzten sich und Tom befestigte seine Kerze an der Wand vor ihnen. Wieder wurde ihnen schwer zumute. Lange herrschte tiefes Schweigen. Da wimmerte Becky: „Tom, ich bin so hungrig!“

Tom zog etwas aus der Tasche. „Kennst du das?“ fragte er.

Becky lächelte beinahe. „‘s ist unser Hochzeitskuchen, Tom!“

„Ja — wollt‘, ‘s wär‘ so groß wie ‘n Balken, denn ‘s ist alles, was wir haben.“

„Ich hab‘s vom Picknick aufbewahrt, Tom, um davon zu träumen, wie ‘s die erwachsenen Leute mit dem Hochzeitskuchen *machen* — aber nun wird‘s unser —“

Sie ließ den Satz unvollendet. Tom teilte den Kuchen und Becky aß mit Appetit, während er nur daran herumknapperte. Es gab eine Menge kaltes Wasser — zum Beschluß der Mahlzeit. Bald schlug Becky vor, weiter zu gehen. Tom schwieg einen Augenblick, dann sagte er:

„Becky, kannst du‘s ertragen, wenn ich dir was sage —?“

Becky wurde totenblaß, aber sie sagte, sie dächte.

„Na also, Becky, wir müssen hier bleiben, wo‘s Trinkwasser gibt. Dies kleine Stückchen da ist unser letztes Licht!“

Nun brach Becky doch in Tränen aus und wimmerte leise. Tom tat, was er konnte, sie zu beruhigen, aber mit schwachem Erfolg. Schließlich hauchte Becky: „Tom!“

„Na, Becky?“

„Sie müssen uns doch vermissen und nach uns suchen!“

„Gewiß, müssen sie! Selbstverständlich müssen sie!“

„Suchen sie uns wohl jetzt schon, Tom?“

„Na, ich denk‘ doch, sie tun‘s! — Hoff‘ wenigstens, sie tun‘s.“

„Wann mögen Sie uns vermißt haben, Tom?“

„Denk‘ doch — wie sie zum Dampfboot zurückgingen.“

„Tom, ‘s mußte doch dunkel sein — konnten sie‘s merken, daß wir nicht kamen?“

„Glaub' kaum. Aber dann mußte deine Mutter es merken, wie die andern nach Haus kamen."

Ein erschreckter Blick aus Beckys Augen brachte Tom zur Besinnung, und ihm fiel ein, daß er sich da einem traurigen Irrtum hingegeben hatte. Becky sollte zur Nacht ja gar nicht heimkommen! Die Kinder wurden still und nachdenklich. Dann belehrte ein neuer Anfall von Verzweiflung bei Becky Tom, daß sie denselben Gedanken hatte wie er — daß der Sonntagmorgen zur Hälfte vergehen konnte, bevor Frau Thatcher erfuhr, daß Becky nicht bei Harpers gewesen sei. Die Kinder hefteten die Augen auf das Kerzenrestchen und beobachteten, wie es erbarmungslos kleiner und immer kleiner wurde; sahen, wie schließlich nur noch ein halber Zoll Docht übrig war; sahen die Flamme flackern, auf und nieder, eine kleine Rauchsäule von dem Docht aufsteigen, und dann — dann herrschte der Schrecken vollkommener Finsternis.

Wie lange danach Becky allmählich zu dem Bewußtsein gelangte, daß sie weinend in Toms Armen lag, wußten beide nicht. Alles, was sie wußten, war, daß nach anscheinend *sehr* langer Zeit beide aus totenähnlichem Schlaf erwachten und sich ihres Elends wieder bewußt wurden. Tom meinte, es könne Sonntag sein, vielleicht auch Montag. Er versuchte, Becky zum Sprechen zu bringen, aber ihr Kummer war zu niederdrückend, sie hatte alle Hoffnung verloren. Tom tröstete sie mit der Bemerkung, sie müßten schon lange vermißt sein, und es sei kein Zweifel, daß die Suche schon begonnen habe. Er wollte schreien, vielleicht würde doch jemand kommen. Er versuchte es — aber in der Dunkelheit tönte das ferne Echo so gräßlich, daß er's nicht zum zweitenmal tun mochte.

Die Stunden flossen dahin, wieder stellte sich quälender Hunger ein. Ein Stück von Toms Kuchenhälfte war noch da; sie teilten und aßen sie. Aber sie schienen nur hungriger zu werden. Die armseligen Krümel erweckten nur das Verlangen nach mehr.

Plötzlich sagte Tom: „Pscht! Hörst du nichts?"

Beide hielten den Atem an und horchten. Es wurde etwas wie ein ganz entfernter Ruf hörbar. Sofort antwortete Tom, und, Becky an der Hand führend, lief er in der entsprechenden Richtung den Gang entlang. Dann horchte er wieder; wieder war der Ton hörbar, und, wie es schien, noch näher.

„Sie sind‘s!“ jubelte Tom. „Sie kommen! Komm mit! Becky — jetzt ist alles gut!“

Die Freude der Gefangenen war nahezu überwältigend. Das Vorwärtskommen war indessen schwer, weil es hier zahlreiche Spalten gab, man mußte daher äußerst vorsichtig sein. Bald kamen sie an eine und mußten halten. Sie konnte drei Fuß tief sein, aber auch hundert — es war kein Hinüberkommen. Tom legte sich platt nieder und reichte so tief es ihm möglich war. Kein Boden. Sie mußten bleiben und warten, bis die Retter kommen würden. Sie horchten; augenscheinlich klangen die Rufe immer entfernter. Ein bis zwei Minuten, dann waren sie ganz verklungen! Herzbrechende Verzweiflung! Tom brüllte, bis er heiser war, aber vergebens. Er sprach Becky hoffnungsvoll zu, aber eine Ewigkeit angstvollen Wartens verging, kein Ruf ertönte.

Die Kinder tasteten zur Quelle zurück. Endlos schleppte sich die Zeit hin. Sie schliefen wieder und erwachten hungrig und trostlos. Tom glaubte, es müsse jetzt schon Dienstag sein.

Jetzt kam ihm ein neuer Gedanke. Es gab dicht dabei ein paar Seitengänge. Es würde besser sein, einige von ihnen zu untersuchen, als die Last der Verzweiflung in Untätigkeit zu tragen. Er nahm eine Drachenleine aus der Tasche, befestigte sie an einer Felskante und er und Becky gingen, Tom voran, indem sich die Leine allmählich abwickelte, vorwärts. Nach zwanzig Schritt endete der Gang in einen abfallenden Platz. Tom warf sich auf die Knie, tastete herum und suchte mit der Hand um die Ecke des Felsens herumzukommen; er machte eine heftige Anstrengung, möglichst weit zu reichen, und sah, nicht zwanzig Meter entfernt, eine menschliche Hand, ein Licht haltend, um eine Ecke erscheinen! Tom stieß ein Triumphgeschrei aus, und plötzlich folgte der Hand der dazu gehörige Körper — der des Indianer-Joe! Tom erstarrte; er konnte kein Glied rühren. Dabei war er höchst überrascht, den „Spanier“ sich Hals über Kopf davonmachen zu sehen. Er wunderte sich, daß Joe seine Stimme nicht erkannt und ihm nicht für seine Aussage vor Gericht den Hals abgeschnitten habe. Das Echo mußte also wohl seine Stimme unkenntlich gemacht haben. Zweifellos war es so, dachte er. Der Schreck hatte jeden Muskel in ihm erschlafft. Er beschloß, wenn er noch Kraft genug habe, zur Quelle zurückzukehren, dort bleiben zu wollen, und *nichts* solle ihn wieder veranlassen können, sich der Gefahr eines Zusammentreffens mit dem Indianer-Joe auszusetzen. Er war besorgt, Becky von dem, was er gesehen habe, nichts merken zu lassen. Er sagte, er habe nur auf gut Glück nochmals gerufen.

Aber Hunger und Trostlosigkeit wurden immer schlimmer. Nochmals eine Zeit tödlichen Einerleis an der Quelle und nochmals ein langer Schlaf brachten ihn zu einem anderen Entschluß. Sie erwachten, von rasendem Hunger gequält. Tom glaubte, es müsse Mittwoch oder Donnerstag, vielleicht gar Freitag oder Samstag sein, und daß die Suche längst aufgegeben sei. Er schlug vor, einen anderen Gang zu untersuchen. Er war jetzt bereit, es mit Joe und allen Schrecken aufzunehmen. Aber Becky war sehr schwach. Sie war in tiefe Empfindungslosigkeit versunken und wollte nicht gestört sein. Sie erklärte, wo sie jetzt sei, warten zu wollen — und zu sterben; es werde ja nicht mehr lange dauern. Tom solle nur mit der Drachenleine weiter suchen; aber sie beschwor ihn, zuweilen wiederzukommen und mit ihr zu sprechen; und wenn die schreckliche Stunde gekommen sei, solle er bei ihr sein und ihre Hand halten — bis alles vorüber sein würde. Tom küßte sie mit erstickendem Gefühl in der Kehle und zeigte dabei nach Kräften Zuversicht, die Suchenden zu finden oder aber einen Ausweg aus der Höhle. Dann nahm er die Drachenleine und machte sich, auf Händen und Füßen kriechend, davon, von Hunger gequält und elend vor trüben Ahnungen des Kommenden.

Dreiunddreissigstes Kapitel

Dienstag-Nachmittag kam und wurde von der Dämmerung abgelöst. Das Dorf St. Petersburg lag wie im Totenschlaf. Die verlorenen Kinder waren nicht gefunden worden. Öffentliche Gebete waren für sie abgehalten worden; wieviel ungehörte Gebete mochten außerdem zum Himmel gestiegen sein! Aber noch immer kam keine hoffnungsvollere Nachricht aus der Höhle. Die meisten Suchenden hatten ihre Bemühungen aufgegeben und waren zu ihren täglichen Beschäftigungen zurückgekehrt, da nach ihrer Meinung die Kinder endgültig aufgegeben werden müßten. Frau Thatcher war sehr krank und lag meistens im Delirium. Man sagte, es sei herzbrechend, ihr Rufen nach ihrem Kinde zu hören, sie den Kopf heben und minutenlang horchen und sie dann unter Stöhnen sich mutlos wieder in die Kissen werfen zu sehen. Tante Polly war in vollkommene Schwermut versunken, ihr graues Haar war fast weiß geworden. Traurig und mutlos beschloß das Dorf den Dienstag-Abend.

Ungefähr um Mitternacht ertönte wildes Glockengeläut, im Augenblick waren die Straßen erfüllt von halbbekleideten, verschlafenen Menschen, die schrien: „Heraus, heraus — sie sind gefunden! Sie sind gefunden!" Blechpfannen und Hörner vermehrten noch den Spektakel, das Volk bildete große Trupps, die dem Fluß zuliefen, um die Kinder in Empfang zu nehmen, welche in offenem Wagen, umgeben von schreienden Bürgern, herangezogen kamen; Hurra über Hurra brüllend, wälzte sich der Zug durch die Straßen.

Das Dorf wurde illuminiert, niemand ging wieder zu Bett, es war die größte Nacht, die das kleine Nest je erlebt hatte. Während der ersten halben Stunde zog eine wahre Prozession von Bürgern nach Richter Thatchers Haus, riß die Geretteten an sich, um sie zu küssen, drückte

Frau Thatchers Hand, suchte vergebens nach Worten, und strömte wieder hinaus, alles mit Tränen überschwemmend.

Tante Pollys Seligkeit war vollkommen und Frau Thatchers beinahe. Vollkommen konnte sie erst sein, wenn ein Bote mit der Glücksnachricht bei ihrem noch immer in der Höhle herumirrenden Mann angelangt sein würde.

Tom lag auf dem Sofa, von begierigen Zuhörern umgeben und erzählte die Geschichte seiner großartigen Abenteuer, hie und da kleine Ausschmückungen anbringend; er schloß mit der Beschreibung, wie er Becky verließ, um einen neuen Streifzug zu machen; wie er zwei Gänge, so weit seine Leine reichte, verfolgte; wie er auch eine dritte untersuchte und eben im Begriff war, umzukehren, als er in weiter Ferne einen schwachen Lichtschimmer entdeckte, der wie Tageslicht erschien; wie er die Leine fortwarf und darauf zukroch, Kopf und Schultern durch eine enge Öffnung preßte und die Ufer des Mississippi vor sich sah. Und wäre es zufällig Nacht gewesen, hätte er den Lichtschimmer nicht gesehen und wäre umgekehrt, ohne den Gang weiter zu untersuchen! Er erzählte, wie er zu Becky zurückkehrte, ihr die Nachricht brachte, und sie ihn bat, sie nicht durch solchen Unsinn aufzuregen, denn sie sei müde, im Begriff zu sterben und *wolle* sterben; welche Mühe er sich gab, sie zu überzeugen, und wie es ihm endlich gelang, und wie sie dann fast starb vor Freude, als sie hingekrochen und den Tagesschein selbst gesehen habe; wie er zuerst durch das Loch gekrochen sei und dann auch ihr hindurchgeholfen habe; wie sie dasaßen und vor Entzücken weinten; wie ein paar Leute in einem Boot vorbeikamen, er sie anrief und ihnen ihre Lage und ihren verhungerten Zustand schilderte; wie die Leute die ganze Erzählung erst nicht glaubten, „denn," sagten sie, „ihr seid fünf Meilen stromabwärts vom Eingang der Höhle," sie dann zu sich nahmen, sie in ihr Haus brachten, sie essen und dann bis zwei oder drei Stunden nach Dunkelwerden ruhen ließen und sie dann schließlich hierher geleiteten.

Drei Tage und Nächte Aufregung und Hunger in der Höhle ließen sich nicht auf einmal abschütteln, wie Tom und Becky bald bemerkten. Mittwoch und Donnerstag mußten sie das Bett hüten und schienen dabei immer schwächer und schwächer zu werden. Donnerstag konnte Tom ein bißchen herumkriechen; am Freitag war er wieder auf den Beinen und am Samstag fast wie sonst. Becky aber konnte ihr Zimmer erst am Sonntag verlassen, und dann sah sie noch aus, als habe sie eben eine schwere Krankheit durchgemacht.

Tom hörte von Hucks Krankheit und ging am Freitag hin, um ihn zu sehen, wurde aber nicht zugelassen; ebensowenig Samstags und Sonntags. Danach durfte er täglich den Kranken besuchen, doch war ihm verboten, von seinen Abenteuern zu erzählen, um keine Aufregung bei dem Freund hervorzurufen. Die Witwe Douglas saß dabei und paßte auf, daß er gehorchte. Zu Hause erfuhr Tom das Cardiff Hill-Abenteuer; auch daß der Körper des einen Strolches, des „Fremden", im Fluß nahe der Landungsstelle des Dampfbootes gefunden worden sei. Wahrscheinlich war er auf der Flucht angeschossen worden.

Ungefähr vierzehn Tage nach seiner Wiederherstellung ging Tom zu Huck, der inzwischen wieder so weit bei Kräften war, um aufregende Neuigkeiten vertragen zu können; und Tom wußte einige, die, dachte er, ihn wohl interessieren könnten. Richter Thatchers Haus lag an Toms Weg, und er ging hinein, nach Becky zu sehen. Der Richter und ein paar Freunde zogen Tom ins Gespräch, und jemand fragte ihn ironisch, ob er wohl Lust habe, nochmals in die Höhle zu gehen. Tom sagte, ja, er glaube wohl, daß er möchte.

Der Richter lachte: „‘s gibt wohl noch mehrere außer dir, Tom, daran zweifle ich nicht im geringsten. Aber dafür ist gesorgt. Niemand soll nochmals in der Höhle verloren gehen."

„Wieso?"

„Weil ich schon vor zwei Wochen die Eichentür mit eisernen Bändern und ‘nem dreifachen Schloß habe versichern lassen; und die Schlüssel habe ich selbst in Verwahrung."

Tom wurde weiß wie die Wand.

„Was ist‘s mit dem Jungen? Ho — lauf mal jemand nach ‘nem Glas Wasser!"

Das Wasser wurde gebracht und Tom ins Gesicht gespritzt.

„Aha — ‘s hilft schon! Na, was war denn Tom?"

„Gott, Herr Richter — in der Höhle drinnen war der Indianer-Joe!"

VIERUNDDREISSIGSTES KAPITEL

Wenige Minuten genügten, um die Neuigkeit bekannt zu machen, und ein Dutzend Bootsladungen Männer war unterwegs nach der Douglas-Höhle, denen bald das vollgestopfte Dampfboot folgte. Tom Sawyer befand sich im gleichen Boot mit dem Richter Thatcher. Als die Tür zur Höhle geöffnet wurde, bot sich in der ungewissen Dämmerung des Ortes ein trauriger Anblick. Der Indianer-Joe lag auf der Erde ausgestreckt, tot, das Gesicht fest an eine Lücke in der Tür gepresst, als wenn seine Augen bis zum letzten Augenblick an den Anblick der hellen, freien Welt dort draußen geheftet gewesen wären. Tom fühlte sich gerührt, denn aus eigener Erfahrung wußte er, was der Schuft gelitten haben mußte. Sein Mitleid war erregt, aber trotzdem empfand er ein überwältigendes Gefühl der Freiheit und Sicherheit, das ihm deutlich zeigte, was er bisher nur dunkel in sich getragen hatte; wie groß seine Furcht vor einem gewaltsamen Tode bei ihm gewesen sei, seit er vor Gericht gegen den Blutmenschen Zeugnis abgelegt hatte.

Joes Messer lag dicht bei ihm, die Klinge war abgebrochen; mit grenzenloser Ausdauer hatte er den eichenen, starken Grundbalken der Tür durchschnitten. Freilich war es vergebliche Ausdauer gewesen, denn der Felsen bildete eine natürliche Schwelle, und an der Härte *dieses* Hindernisses mußte sein Messer machtlos abgleiten; eine Wirkung zeigte sich auch nur an diesem selbst. Aber auch ohne diesen Steinwall würde alle Mühe umsonst gewesen sein, denn hätte der Indianer auch den Balken ganz entfernen können, so konnte er sich doch unmöglich durch diesen engen Spalt durchzwängen — und er wußte das. So hatte er denn die Arbeit nur verrichtet um etwas zu tun, um die fürchterliche Zeit totzuschlagen, um seinen Geist abzulenken. Gewöhnlich konnte man ein halbes Dutzend Kerzenreste in den Nischen des Eingangs finden, die von Besuchern dort zurückgelassen waren. Jetzt war nicht eine einzige da. Der Gefangene hatte sie zusammengesucht und sie gegessen. Auch hatte er ein paar Fledermäuse gefangen und sie verzehrt, nichts als die Flügel übrig lassend. Der arme, unglückliche Mensch war Hungers gestorben. In der Nähe hatte sich durch undenkliche Zeiten ein Tropfsteingebilde vom Boden herausgebildet — infolge beständigen Wassertropfens von der Decke. Er hatte die Spitze dieser Säule abgebrochen und einen etwas ausgehöhlten Stein darauf gelegt, worin er die von zwanzig zu zwanzig Minuten regelmäßig wie durch ein Uhrwerk herunterfallenden Tropfen auffing — einen Teelöffel voll in vierundzwanzig Stunden! Dieser Tropfen fiel schon, als die Pyramiden neu waren, als Troja sank, als Rom gegründet wurde, bei der Kreuzigung Christi, als der Eroberer nach England kam, als Columbus aussegelte, als das Blutbad von Lexington „neu" war. Er fällt noch; er wird noch fallen, wenn all die jetzigen Dinge durch Vergangenheit Geschichte geworden, durch die Dämmerung der Sage in die Nacht der Vergessenheit versunken sein werden. Hat alles einen Zweck und eine Bestimmung? Mußte dieser Tropfen durch fünftausend Jahre fallen, weil er einmal für dieses menschliche Insekt nötig werden sollte, und hat er vielleicht in zehntausend Jahren noch einmal einen Zweck zu erfüllen? Aber genug. Es sind viele, viele Jahre vergangen, seitdem dieser hilflose Indianer den Stein aushöhlte, um ein paar unschätzbare Wassertropfen aufzufangen; aber bis zum heutigen Tage betrachtet jeder Reisende, der die Wunder der Douglas-Höhle kennen zu lernen kommt, am längsten von allem diesen merkwürdigen Stein und den langsam fallenden Tropfen. „Der Becher des Indianer-Joe" steht unter den Sehenswürdigkeiten der Höhle an erster Stelle; selbst „Aladins Palast" kann nicht mit ihm verglichen werden.

Der Indianer wurde nahe der Mündung der Höhle begraben. Das Volk strömte dahin aus dem Dorfe und aus allen Farmen und Niederlassungen sieben Meilen in der Runde zusammen; man schleppte die Kinder und eine Menge Lebensmittel heran und war schließlich von dem Begräbnis so befriedigt, als wäre Joe gehängt worden.

Die Beerdigung machte einer äußerst wichtigen Sache ein Ende — der Petition an den Gouverneur für des Indianer-Joes Begnadigung. Sie trug eine endlose Menge Namen; mehrere gerührte, redselige Versammlungen hatten getagt, ein Komitee weiser Frauen lag dem

Gouverneur mit Murren und Klagen in den Ohren und bestürmte ihn, eine mächtige Eselei zu begehen und seine Pflicht mit Füßen zu treten. Der Indianer galt als Mörder von fünf Bürgern des Dorfes — aber was tat das? Wäre er der Teufel selbst gewesen, es hätte sich doch eine Anzahl Schwächlinge gefunden, die ihre Namen unter ein Begnadigungsgesuch gekritzelt und eine Träne aus ihren beständig übervollen Wasserwerken darauf fallen gelassen hätten.

Am Morgen nach dem Begräbnis zog Tom Huck zu einer wichtigen Unterredung an einen geheimen Ort. Huck hatte bereits durch den Walliser und die Witwe Douglas von Toms Abenteuern gehört, aber Tom meinte, es gäbe wohl noch etwas, wovon jene ihm nichts gesagt haben dürften; darüber eben wollten sie jetzt sprechen. Hucks Gesicht verfinsterte sich.

„Weiß schon, was es ist,“ sagte er. „Warst in Nummer Zwei und fandst nichts als Schnaps. ‘s hat mir zwar niemand gesagt, daß du‘s warst, aber ich wußte wohl, daß du‘s sein mußtest, sobald ich von dieser Schnaps-Geschichte hörte; und wußte, du hättst das Geld nicht erwischt, weil du sonst auf irgend ‘ne Weise zu mir gekommen wärst und mir‘s gesagt hättest, auch wenn du sonst gegen alle stumm gewesen wärst. Tom, ich glaub‘ fast, wir kriegen nie was von dem Schatz zu sehen.“

„Was, Huck, kein Wort red‘ ich von dem Schnapswirt. Du weißt doch, den Sonntag, als ich zum Picknick ging, war in seiner Schenke noch alles in Ordnung. Erinnerst du dich nicht, daß du in der Nacht wachen solltest?“

„O, sicher. Zwar, ‘s kommt mir vor, als wär‘s ein Jahr her. ‘s war dieselbe Nacht, wo ich dem Joe zur Witwe nachschlich.“

„Du schlichst ihm nach?“

„Freilich — aber reinen Mund halten! Denk‘ doch, der Joe hat Freunde hinterlassen. Möcht‘ sie doch nicht auf mich hetzen! Wär‘ ich nicht gewesen, säß‘ er jetzt in Sicherheit unten in Texas!“

Dann erzählte Huck Tom sein ganzes Abenteuer im Vertrauen, der bisher nur von des Wallisers Anteil an der Sache wußte.

„Aber,“ unterbrach er sich plötzlich, auf die Hauptfrage zurückkommend, „wer den Schnaps in Nummer Zwei entdeckt hat, hat auch's Geld in die Finger bekommen, denk' ich — auf jeden Fall ist's für uns verloren, Tom."

„Huck — das Geld war gar nicht in Nummer Zwei."

„Was!?" Huck starrte seinen Kameraden verdutzt an. „Tom, hast du wieder 'ne Spur von dem Geld?"

„Huck — 's ist in der Höhle!"

Hucks Augen leuchteten. „Sag's noch mal, Tom!"

„Das Geld ist in der Höhle!"

„Tom — Allmächtiger — jetzt — ist das Ernst oder Scherz?"

„Ernst, Huck, so ernst wie alles bei mir. Willst du mitgehn und 's rausholen?"

„Denk' doch, daß ich will! — Wenn's wo liegt, wo wir's leicht finden können — ohne den Weg zu verlieren —"

„Huck, wir können's ohne die geringste Gefahr von der Welt."

„Ist mal was! Aber, warum denkst du, daß das Geld —"

„Huck, du mußt warten, bis wir drin sind. Wenn wir's *nicht* finden, geb' ich dir meine Trommel — und alles, was ich sonst noch hab'; verlaß dich drauf!"

„'s ist gut — ist 'n Wort. Wann wolln wir?"

„Meinetwegen gleich, wenn du magst. Bist du stark genug?"

„Ist's weit in der Höhle? Bin zwar schon drei bis vier Tage wieder auf den Beinen, aber mehr als 'ne Meile — Tom, ich glaub', mehr kann ich nicht."

„'s sind ungefähr fünf Meilen auf dem gewöhnlichen Weg, aber den wolln wir nicht gehn, Huck, sondern 'nen ganz kurzen, den niemand kennt außer mir. Huck, ich werd' dich in 'nem Boot hinfahren. Werd' das Boot da anlegen und 's wieder zurückrudern, alles ganz allein. Brauchst dich gar nicht drum zu kümmern."

„Na, Tom, laß uns schnell hin!"

„Schon recht, aber wir brauchen Brot und Fleisch und unsere Pfeifen, und 'nen kleinen Sack und zwei oder drei Drachenschnüre, und dann noch ‘n paar von den neuartigen Dingern, die sie Zündhölzer nennen. Sag‘ dir, ich hätt‘ welche davon brauchen können, wie ich neulich drin war.“

Kurz nach Mittag liehen sich die Jungen ein kleines Boot von einem Bürger, der gerade abwesend war und machten sich auf den Weg. Als sie ein paar Meilen unterhalb der Höhlenbucht waren, sagte Tom: „Sieh mal hier, dies schroffe Ufer da sieht genau so aus, wie sonst an ‘ner beliebigen Stelle — kein Haus, kein Garten, nichts als Gestrüpp. Aber siehst du die weiße Stelle, wo ein Erdrutsch mal gewesen sein mag? Na, das ist eins von meinen Kennzeichen. Wollen landen.“

Sie landeten. „Jetzt, Huck — wo wir jetzt stehn, kannst du das Loch berühren, aus dem ich neulich herausgekrochen bin. Schau mal, ob du‘s finden kannst.“

Huck suchte überall herum, fand aber nichts. Tom ging stolz auf ein dickes Gewirr von Sumachbüschen zu und sagte: „*Hier* ist‘s! Schau her, Huck. ‘s ist die verborgenste Höhle in diesem gesegneten Lande. Daß du aber den Mund hältst! Hab‘ ja schon immer Räuber sein wollen, aber ich wußt‘, daß ich erst so ‘n Ding haben müßt‘, wic das da, wohin man sich mal verstecken kann. Jetzt haben wir‘s und müssen‘s geheim halten; höchstens darf‘s der Joe Harper und Ben Rogers wissen, weil‘s doch ‘ne rechte Bande sein muß, oder ‘s hat gar keinen Schick. ‚Tom Sawyers Räuberbande‘, ‘s klingt mächtig großartig, Huck, was?“

„Na, das will ich wohl meinen, Tom! Und *wen* wollen wir berauben?“

„Na, so ziemlich *alle* Leute. Auf der Straße auflauern — das ist so die rechte Manier.“

„Und töten die Kerls.“

„Nein — nicht immer. Sperren sie in die Höhle, bis sie sich auslösen.“

„Aus — was ist ‚auslösen‘?“

„Na — Geld zahlen. Man zwingt sie, daß ihre Freunde für sie alles, was sie auftreiben können, zusammenscharren; und wenn man sie ‘n Jahr festgehalten hat, und das Geld ist noch nicht da — dann tötet man sie. ‘s ist allgemeine Sitte so. Bloß die Frauen tötet man nie. Man sperrt sie ein, aber man tötet sie nicht. Sie sind immer ganz verdammt schön und reich und schrecklich furchtsam. Man nimmt ihnen die Uhren weg und alles, was sie sonst haben, aber man nimmt bei ihnen immer den Hut ab und ist furchtbar höflich. Niemand ist so höflich wie Räuber — du kannst das in allen Büchern lesen. Und dann — dann verlieben sich die Weiber in uns, und wenn sie ein oder zwei Wochen in der Höhle gewesen sind, hören sie auf, zu heulen, und noch später kannst du sie gar nicht wieder los werden. Schmeißt man sie 'raus, kehren sie sofort um und kommen zurück. 's ist in allen Büchern so."

„Na, das ist aber unangenehm, Tom. Glaub' doch, Pirat sein ist noch besser."

„Ja, 's ist besser in manchen Dingen, aber Räuber sind näher bei zu Hause, und dann haben sie 'n Zirkus und all das andere."

Inzwischen waren sie herangekommen und krochen in die Höhle, Tom voran.

Sie gingen bis ans andere Ende des Ganges, befestigten ihre Drachenschnüre und setzten den Weg fort. Wenige Schritte brachten sie an die Quelle, und Tom fühlte einen kalten Schauder. Er zeigte Huck den noch an der Wand klebenden Rest des Kerzendochtes und beschrieb, wie er und Becky das letzte Aufflackern und Erlöschen der Flamme beobachtet hatten.

Die Jungen verfielen jetzt unwillkürlich in Flüsterton, denn die Stille und Finsternis des Ortes lasteten schwer auf ihrem Geist. Sie gingen weiter und bogen dann plötzlich in Toms anderen Gang ein, den sie bis zu dem „Abgrund" verfolgten, an dem Tom hatte Halt machen müssen. Die Lichter zeigten ihnen jetzt, daß es ein solcher eigentlich nicht sei, sondern nur ein steiler Lehmabhang, zwanzig oder dreißig Fuß tief.

Tom flüsterte: „Jetzt will ich dir was zeigen, Huck!" Er hielt die Kerze in die Höhe und sagte: „Schau' so weit um den Felsvorsprung herum, wie du kannst. Siehst du? Da — auf dem großen Felsblock über dir — "

„Tom, 's ist ein Kreuz!"

„Na, und wo ist deine ‚Nummer Zwei'? ‚Unter dem Kreuz', he? Gerade dort, wo ich den Indianer-Joe sein Licht hinhalten sah, Huck!"

Huck starrte eine Weile auf das geheimnisvolle Zeichen und sagte dann mit zitternder Stimme: „Tom, laß uns machen, daß wir von hier fortkommen!"

„Wa — a — as? Und den Schatz hier lassen?!"

„Ja — hier lassen! 's ist sicher, Joes Geist spukt hier herum!"

„Denkt nicht dran, Huck, denkt nicht dran! 's ist ja nicht der Platz, wo er gestorben ist — der ist weit von hier an der Mündung der Höhle — fünf Meilen von hier."

„Nein, Tom, 's ist nicht so. Er geht um, wo 's Geld liegt. Ich weiß, wie's bei den Geistern ist, *so* machen sie's."

Tom begann zu befürchten, Huck könne recht haben. Mißbehagen beschlich ihn. Aber plötzlich kam ihm eine Idee.

„Schau doch, Huck, was für Schafsköpfe wir wieder mal sind! Indianer-Joes Geist kann nirgends umgehn, wo 'n Kreuz ist!"

Diese Beweisführung schlug durch. Es ließ sich nichts dagegen sagen.

Tom machte sich als erster daran, rohe Stufen in die Lehmwand zu hauen. Huck folgte. Vier Gänge öffneten sich von der kleinen Höhlung aus, in der sich der bewußte große Felsen befand. Die Jungen untersuchten drei ohne Erfolg. In dem der Basis des Felsens am nächsten befindlichen fanden sie eine kleine Nische, in der sich eine Anzahl Wolldecken, ein alter Gürtel, ein paar Schinkenschwarten und die sauber abgenagten Knochen von zwei bis drei Hühnern vorfanden. Aber keine Geldkiste.

Die Jungen durchsuchten alles wieder und immer wieder — aber vergebens.

Dann meinte Tom: „Er sagte, *unter* dem Kreuz! Na, dies ist *beinahe* unter dem Kreuz. Unterm Felsen selbst kann's nicht sein, denn der sitzt zu fest."

Sie suchten immer wieder und wieder und setzten sich schließlich mutlos nieder. Huck wollte nichts einfallen. Aber Tom sagte plötzlich: „Schau mal her, Huck! Auf der einen Seite des Felsens sind 'n paar Fußspuren und Kerzen-Spritzer, auf der anderen Seite sind *keine*! Was meinst du *nun*? Bitt' dich, das Geld ist *unter* dem Felsen! Werd' mal gleich im Lehm nachgraben."

„Kein übler Gedanke, Tom," entgegnete Huck mit Bewunderung.

Toms „echtes Barlow-Messer“ war im Nu heraus, und er hatte noch nicht fünf Striche getan, als er auf Holz stieß.

„Hoho, Huck, hörst du das?“ Huck begann ebenfalls zu graben und zu wühlen. Ein paar Bretter waren bald ausgegraben und beiseite geworfen. Sie hatten eine natürliche Spalte verborgen, die unter den Felsen führte. Tom kroch hinein und leuchtete, so tief er konnte, vermochte das Ende der Spalte aber nicht zu sehen. Er schlug vor, noch weiter zu forschen, kroch hinein und geradeswegs hinunter. Er folgte allen Windungen des Spalts, erst nach rechts, dann nach links, Huck immer hinterdrein. Plötzlich machte Tom eine kurze Wendung und schrie:

„Bei Gott, Huck, schau her!“

Es war die Geldkiste in einem kleinen Loch, daneben ein Pulverbehälter, eine Menge Flinten in verschiedenen Hüllen, zwei Paar alte Mocassins, ein alter Gürtel und ein paar Kleinigkeiten, alles gründlich durchnäßt durch das heruntertropfende Wasser.

„Gott im Himmel!“ schrie Huck, mit den Händen im Gold wühlend, „sind wir jetzt aber reich, Tom!“

„Huck, ich hab‘ ja immer drauf gerechnet. ‘s ist aber fast *zu* schön, um dran zu glauben, aber wir haben‘s mal sicher — endlich! Wollen‘s nicht hier liegen lassen, sondern mitnehmen; laß mal sehen, ob ich die Kiste aufheben kann!“

Die wog aber über 50 Pfund, Tom konnte sie mit großer Anstrengung ein bißchen heben, an Fortschaffen aber war gar nicht zu denken.

„Dacht‘s mir,“ meinte er. „Damals im Gespensterhaus trugen sie, schien‘s, schwer genug daran — merkt‘s wohl. Denk‘, ‘s wird gut sein, die kleinen Beutel herzunehmen.“

Bald war das Geld verpackt, und sie schleppten‘s heraus.

„Nun laß uns noch Gewehre und sonst so ‘n Zeug mitnehmen.“ schlug Huck vor.

„Nein, Huck, da lassen! Sind gerad‘ Sachen, die wir brauchen, wenn wir erst Räuber sind. Nehmen‘s seiner Zeit zu unsern Orgien; ‘s ist ein verdammt feiner Platz für Orgien.“

„Was sind Orgien?“

„Weiß nicht. Aber Räuber halten immer Orgien. also müssen wir doch auch welche halten. Nun komm‘ aber, Huck, wir sind hier lang genug gewesen. ‘s ist schon spät, denk‘ ich. Bin außerdem mächtig hungrig. Im Boot wolln wir essen und rauchen.“

Sie schlüpften also hinaus ins Sumachgebüsch, lugten vorsichtig herum, fanden die Luft rein und waren bald im Boot in vollem Schmausen und Rauchen. Als die Sonne sank, stießen sie vom Ufer und machten sich auf den Weg. Tom huschte im Zwielicht an die Küste heran, und kurz darauf landeten sie in voller Dunkelheit.

„Jetzt, Huck,“ sagte Tom, „wollen wir ‘s Geld auf dem Boden des Holzschuppens der Witwe verstecken, morgen komm‘ ich dann, wir können‘s zählen und teilen, und dann suchen wir im Wald ‘nen Platz, wo wir‘s sicher vergraben können. Jetzt halt dich mal ganz still und bewach das Zeug, bis ich hinlauf‘ und Benny Taylors kleinen Schubkarren leih‘. Bin in ‘ner Minute wieder da.“

Er verschwand, kehrte sogleich mit dem Karren zurück, legte die zwei kleinen Säcke drauf, befestigte zwei Drachenleinen dran und zog an, seinen Schatz hinter sich. Als die Jungen das Haus des Wallisers erreichten, standen sie still, um auszuruhen. Gerade, als sie sich wieder auf den Weg machen wollten, kam der Walliser heraus und rief:

„Hallo, wer da?“

„Huck und Tom Sawyer.“

„‘s ist gut! Kommt nur mit, Jungens, werdet schon überall gesucht. Na — vorwärts, sputet euch mal! Will den Karren für euch ziehen. Alte Ziegelsteine drin oder altes Metall?“

„Altes Metall,“ stotterte Tom.

„Dacht‘ mir‘s; alle Jungen machen sich mehr Mühe und brauchen mehr Zeit, um für sechs Pence altes Eisen zusammenzuscharren, als sie brauchten, um doppelt so viel Geld durch ordentliche Arbeit zu verdienen. Aber ist mal die menschliche Natur so!“

Die Jungen hätten gern gewußt, wozu die große Eile sei.

„Weiß nicht; werdet‘s sehn, wenn wir zur Witwe Douglas kommen.“

Huck sagte ein wenig beunruhigt — denn er war längst daran gewöhnt, unschuldig angeklagt zu werden: „Mr. Jones, wir haben‘s gewiß nicht getan!“

Der Alte lachte. „Na, weiß doch nicht, Huck, mein Junge. Weiß doch nicht, seid ihr mit der Witwe gut Freund?“

„J — a! Wenigstens ist sie immer freundlich mit mir gewesen.“

„Na also! Warum dann Angst haben?“

Die Frage war noch nicht ganz von Huck beantwortet, als er sich mit Tom in der Witwe Besuchszimmer gestoßen fühlte. Mr. Jones ließ die Karre draußen und folgte.

Das Zimmer war glänzend erleuchtet und alles, was irgend dazu gehörte, erschienen. Thatchers waren da, Harpers, Rogerses, Tante Polly, Sid, Mary, der Pfarrer, der Redakteur und viele andere, und alle mit feierlichen Gewändern angetan. Alle zeigten feierliche Mienen. Tante Polly wurde vor Verlegenheit blutrot und schüttelte den Kopf zornig gegen Tom. Niemand konnte indessen leiden wie die beiden Buben. Mr. Jones erklärte: „Tom war leider nicht zu Haus, so gab ich ihn auf, stieß aber gerade bei meiner Tür auf ihn und Huck — so bracht‘ ich sie denn Hals über Kopf mit hierher.“

„Und ‘s war recht von Ihnen,“ entgegnete die Witwe. „Kommt mit, Jungen.“ Sie zog sie in ein Schlafzimmer und sagte: „Jetzt wascht euch und zieht euch ordentlich an. Hier sind zwei neue Anzüge — Hemden, Strümpfe — alles da. Sie sind für dich, Huck, — nein, keinen Dank, Huck! — einer von Mr. Jones, der andere von mir. Denk‘, sie werden euch beiden passen. Zieht sie an. Wir wollen warten — kommt runter, wenn ihr schön genug seid.“

Damit ging sie.

Fünfunddreissigstes Kapitel

Tom, wenn wir 'n Seil finden, können wir famos durchbrennen," sagte Huck, „die Fenster sind nicht hoch!"

„Unsinn — wozu denn durchbrennen?"

„Na, so 'ne Menge Menschen kann ich nicht aushalten. Kann ich nicht! Ich will raus, Tom!"

„Ach was 's ist ja gar nichts! Fürcht' mich nicht 'n bißchen. Will schon für dich mit aufpassen."

Sid erschien. „Tom," sagte er, „Tante hat den ganzen Nachmittag auf dich gewartet. Mary hatte deine Sonntagskleider zurecht gelegt, alles wartete nur auf *dich*. — Sag' mal, ist das da nicht Lehm und Talg auf deinen Kleidern?"

„Na, Mr. Siddy, möcht' dir raten, nach deinen eigenen Sachen zu sehen! — Wozu ist die ganze Geschichte da unten?"

„'s ist einfach so 'ne Gesellschaft, wie die Witwe Douglas sie ja immer mal gibt. Diesmal ist's für den Walliser und seine Söhne, von wegen heut nacht. Und dann — kann auch noch was sagen, wenn ihr's wissen wollt —"

„Na, was denn?"

„Der alte Jones wollt' der Gesellschaft heut abend 'ne große Sache erzählen, aber ich hört 's ihn heut morgen Tante Polly als großes Geheimnis anvertraun, denk' aber, 's ist kein großes Geheimnis mehr. Jedermann weiß es — auch die Witwe, obwohl sie alles tut, um 's nicht merken zu lassen. Oho, Mr. Jones wollte dafür sorgen, daß Huck hier wäre — konnt' mit seinem großen Geheimnis nicht ohne den Huck fertig werden, wißt ihr!"

„Geheimnis — wovon?“

„Na, daß Huck die Räuber angezeigt hat. Denk‘, Mr. Jones wird ‘ne große Sache aus seinem Geheimnis machen, aber, könnt‘ euch denken, ‘s wird ins Wasser fallen.“

„Sid, *wer* hat‘s verraten?“

„Na — wer weiß? Irgend jemand hat‘s gesagt, das ist doch genug.“

„Sid, ‘s gibt im ganzen Dorf nur *einen*, der gemein genug ist, so was zu tun, das bist *du*! Wärst du an Hucks Stelle gewesen, du hättest dich schleunigst davongemacht und niemand von den Räubern gesagt. Du kannst nichts tun, was nicht gemein ist, und kannst‘s nicht vertragen, wenn andere für was Gutes gelobt werden. Da — keinen Dank — wie die Witwe sagt!“ Und Tom packte Sid an den Ohren und half ihm unter Püffen aus der Tür. „Jetzt geh, sag‘s Tante Polly und morgen rechnen wir dann ab!“

Wenige Minuten danach saßen die Gäste an einer langen Speisetafel; nach guter, alter Sitte waren die Kinder — ein Dutzend — an einem kleinen Seitentischchen zusammengesteckt. Zur rechten Zeit hielt Mr. Jones seine Ansprache, worin er der Witwe für ihre Dankbarkeit dankte, und sagte dann, es gäbe einen anderen, dessen Bescheidenheit —

Und so weiter und so weiter. Da alles die Geschichte kannte, so war die Überraschung etwas mäßig, nur die Witwe selbst machte verzweifelte Anstrengungen, zu tun, als wisse sie noch von nichts. Sie bewies Huck ihre Dankbarkeit auf so stürmische und zärtliche Manier, daß ihm sein jetziger Zustand noch weit entsetzlicher erschien als der Zwang der neuen Kleider und des gesitteten Benehmens.

Die Witwe erklärte, Huck unter ihrem Dach aufnehmen und ihm eine sorgfältige Erziehung geben zu wollen; und wenn sie so viel Geld zurücklegen könne, wolle sie ihm später ein anständiges Geschäft übergeben.

Toms Zeit war gekommen. „Huck braucht‘s gar nicht — Huck ist reich,“ sagte er.

Nur die gute Lebensart der Gesellschaft konnte bei diesem vermeintlichen Witz ein allgemeines Gelächter hintanhalten. Aber das Schweigen war doch ein wenig drückend.

Tom brach es. „Huck *hat* Geld! Wenn Sie's nicht glauben — Huck kann's beweisen. O, Sie brauchen nicht zu lächeln, denk', ich kann's beweisen. Warten Sie nur 'ne Minute."

Tom rannte hinaus. Die Gesellschaft schaute sich überrascht an und drang in Huck, der stumm zu sein schien.

„Sid, was ist's mit Tom?" fragte Tante Polly. „Er — na, werd' ein anderer klug aus dem Jungen. Ich kann's nicht —"

Tom erschien, sich mit den Säcken abschleppend, und Tante Polly ließ ihren Satz unbeendet. Tom schüttete das Geld auf den Tisch und meinte trocken: „Da — was hab' ich gesagt? Halb Huck seins — halb meins!"

Dieser Anblick machte alle atemlos. Alles schaute nur, niemand konnte sprechen. Dann folgten unartikulierte Laute des Entzückens. Tom sagte, er könne es erklären, und tat's. Die Erzählung war lang, aber mächtig spannend. Niemand unterbrach ihn, außer durch Ausrufe, wie sie hier angebracht waren. Als er geendet hatte, meinte Mr. Jones: „Dachte 'ne kleine, besondere Überraschung für diese Gelegenheit in Hinterhalt zu haben, aber jetzt denk' ich, 's war nichts. Dies da läßt meins furchtbar lumpig erscheinen — kann's nicht leugnen."

Das Geld wurde gezählt. Die Summe belief sich auf etwas über zwölftausend Dollar. Das war mehr, als irgend einer der Anwesenden jemals beisammen gesehen hatte, obwohl verschiedene unter ihnen waren, die über viel mehr als das in Grundbesitz verfügten.

Sechsunddreissigstes Kapitel

Der Leser kann sich vorstellen, was für ein kolossales Aufsehen Tom und Huck in dem armen, kleinen Dörfchen St. Petersburg gemacht hatten. Eine solche Summe, auf einem Fleck, schien nahezu unglaublich. Es wurde darüber geschwatzt, disputiert, phantasiert, bis der Verstand mancher Bürger unter dem Einfluß dieser ungesunden Erregung zu wanken begann. Jedes „verhexte" Haus in St. Petersburg und der Nachbarschaft wurde durchstöbert, Balken für Balken, die Grundmauern bloßgelegt und auf verborgene Schätze hin untersucht, — und nicht durch Kinder — nein, durch Männer, verflucht ernste, ganz unromantische Männer meistens. Wo Tom und Huck erschienen, wurden sie gefeiert, bewundert, angestarrt. Sie konnten sich nicht erinnern, daß ihren Bemerkungen bisher Wert beigelegt worden war; jetzt aber waren sie gesucht und geschätzt; alles, was sie taten, erschien bemerkenswert; augenscheinlich hatten sie die Fähigkeit verloren, etwas Gewöhnliches zu tun oder zu sagen; noch mehr — ihre Vergangenheit wurde unter die Lupe genommen, und man erklärte, es sprächen ganz wunderbare Begabungen aus allem, was sie bisher getan hatten. Sogar das Käseblättchen brachte biographische Skizzen über die beiden Buben.

Die Witwe Douglas legte Hucks Geld zu sechs Prozent an, der Richter Thatcher tat auf Pollys Wunsch dasselbe mit Toms Anteil. Jeder von ihnen hatte jetzt ein Einkommen, das einfach märchenhaft erschien — einen Dollar für jeden Wochentag des Jahres und die Hälfte der Sonntage. Es war so viel wie der Geistliche erhielt, — nein, es war das, was er hätte erhalten *sollen*, denn er bekam nicht alles. Für gewöhnlich genügten in diesen einfachen Zeiten ein und ein viertel Dollar wöchentlich, um einen Jungen zu ernähren, zu kleiden, zu waschen, ihm Wohnung zu schaffen und den Schulbesuch zu ermöglichen.

Richter Thatcher hatte eine hohe Meinung von Tom gefaßt. Er sagte, kein gewöhnlicher Junge würde seine Tochter jemals aus der Höhle herausgebracht haben. Als Becky ihrem Vater im strengsten Vertrauen erzählte, wie sie Tom in der Schule vor Prügel bewahrt habe, war er sichtlich bewegt; und als sie gar die heldenhafte Lüge, durch die Tom ihre Schuld auf die eigenen Schultern geladen hatte, berichtete, sagte er im Tone der Überzeugung, es wäre eine edle, großmütige, glänzende Lüge — eine Lüge, die wert sei, von Geschlecht zu Geschlecht in Ehren gehalten zu werden, unmittelbar nach George Washingtons berühmter Wahrheitsliebe.

Becky dachte, ihr Vater habe niemals so stolz und großartig ausgesehen, als während er auf und nieder lief, mit dem Fuß aufstampfte und dies sagte. Sie ging sofort davon und erzählte Tom davon. Der Richter hoffte, Tom einmal als großen Gesetzgeber oder großen Soldaten oder so zu sehen. Er versicherte, dafür sorgen zu wollen, daß Tom auf die Nationale Militärschule und nachher auf die beste Gesetzesschule des Landes komme, damit er sich dort für eine dieser Karrieren ausbilden solle — oder auch für beide.

Huck Finn wurde durch seinen Reichtum und durch den Umstand, daß er sich unter dem Schutze der Witwe Douglas befand, in die Gesellschaft eingeführt — nein, hineingestoßen, hineingezerrt — und seine Leiden wurden bald so schlimm, daß er sie nicht mehr tragen konnte. Die Dienerschaft der Witwe striegelte ihn rein und sauber, bürstete ihn und packte ihn nachts in ein gräßliches Bett, in dem sich nicht ein einziger Fleck fand, den er hätte ans Herz pressen und Freund nennen können. Er sollte mit Messer und Gabel essen. Schüsseln, Becher und Teller sollte er benützen; aus Büchern lernen; in die Kirche gehen; sich so manierlich ausdrücken, daß ihm die eigene Sprache fremd erschien. So daß es ihm schließlich vorkam, als werde er durch diese „Kultivierung“ an Händen und Füßen gebunden.

Drei Wochen trug er sein Mißgeschick tapfer, dann schüttelte er es eines Tages gewaltsam ab. Achtundvierzig Stunden hindurch suchte die Witwe in höchster Bestürzung nach ihm. Das ganze Dorf war tief ergriffen; man suchte überall herum und ließ den Fluß ab nach seiner Leiche. Früh am dritten Tage schlenderte Tom zu ein paar alten, leeren Fässern, die hinter dem jetzt unbenutzten Schlachthause vergessen ihr Dasein fristeten; in einem derselben fand er den Flüchtling. Huck hatte da geschlafen; eben hatte er mit einigen gestohlenen Kleinigkeiten sein

Frühstück gehalten und lag jetzt gemütlich da, die Pfeife im Munde. Er war ungekämmt, ungewaschen und in dieselben Ruinen von Kleidern gehüllt, die ihm in den goldenen Tagen der Freiheit und vollen Glückseligkeit ein so pittoreskes Aussehen gegeben hatten. Tom schalt ihn, erzählte ihm von der durch ihn verursachten, Bestürzung und drängte ihn, nach Haus zurückzukommen. Hucks Gesicht verlor seinen ruhig-zufriedenen Ausdruck und wurde immer melancholischer.

„Sag‘ nichts davon, Tom,“ bat er. „Hab‘s versucht, aber ‘s geht nicht, Tom! ‘s ist nichts für mich, pass‘ nicht dafür! Die Witwe ist gut und freundlich gegen mich; aber ich kann‘s nicht aushalten. Jeden Tag weckt sie mich zur selben Zeit, läßt mich waschen — sie schrubben mich noch zu Tode! läßt mich im Bett schlafen; dann soll ich diese verdammten Kleider tragen, die mich ersticken, Tom; sie scheinen gar keine Luft durchzulassen und sind so verteufelt fein, daß ich nicht drin sitzen, liegen, mich nirgends hinwerfen kann. Auf ‘ner Kellertreppe bin ich nicht mehr hinuntergerutscht seit — na, ‘s ist wohl schon Jahre her! In die Kirche gehn soll ich und schwitzen und schwitzen — wie ich diese langweiligen Predigten hasse! Nicht mal ‘ne Fliege fangen darf man, nicht rauchen; dafür soll man alle Sonntage Schuhe tragen! Wenn die Witwe ißt, läutet‘s, wenn sie zu Bett geht, läutet‘s, wenn sie aufsteht, läutet‘s — ‘s ist alles so gräßlich regelmäßig — das halt der Teufel aus!“

„Na, Huck, das muß aber doch jeder.“

„Tom, ich will ‘ne Ausnahme machen; ich bin nicht jeder, ich *kann‘s* nicht aushalten! ‘s ist schrecklich, so gezogen zu werden. Und ‘s Essen wird einem so bequem gemacht — so macht‘s mir gar keinen Spaß. Soll fragen, wenn ich fischen will, fragen, wenn ich baden will — Herrgott, um jedes und jedes fragen! Na, und dann nicht sprechen dürfen, wie man‘s gewohnt ist. Könnt‘ ich nicht jeden Tag auf den Heuboden und dort ‘n bißchen schwatzen in *meiner* Manier, ich müßt‘ krepieren, Tom! Die Alte läßt mich auch nicht rauchen und nicht ‘n *bißchen* brüllen, nicht gähnen — nicht mal kratzen, wenn jemand dabei ist!“ Dann mit einem Ausbruch ganz besonderen Ingrimms: „Und das weiß der Henker — beten tut sie den ganzen Tag! Nie hab‘ ich so ‘n Weib gesehen! Mußte fort, Tom, *mußte*! — Tom, in all das Elend wär‘ ich nicht gekommen, wär‘ nicht das Geld gewesen! Jetzt sei so gut, Tom, nimm du‘s und gib mir zuweilen zehn Cent —

nicht zu oft, denn ich geb‘ nichts um ‘ne Sache, wenn sie nicht schwer zu kriegen ist; und dann — geh‘ hin, bitt‘ mich von der Witwe frei!“

„Ach, Huck, du weißt doch, daß ich das nicht tun kann! ‘s wär‘ unanständig; und dann, wenn du‘s noch ‘ne Weile versuchst, wirst du dich schon dran gewöhnen!“

„Dran gewöhnen! Könnt‘ mich auch wohl an ‘nen heißen Ofen gewöhnen, wenn ich lang‘ genug drauf sitzen müßte! Nein, Tom, ich *mag* nicht reich sein, und ich will nicht in dem verdammten schläfrigen Hause wohnen. Hab‘ den Wald zu lieb und den Fluß und die Berge — und zu denen will ich zurück! Verdammt! Jetzt, wo wir Geld haben und ‘ne Höhle und alles, was wir als Räuber brauchen, wirft einem so ‘ne verrückte Tollheit alles übern Haufen!“

Tom ersah seinen Vorteil. „Na, weißt du, Huck, das Reichsein hat mich gar nicht davon abgebracht, Räuber zu werden.“

„Nicht! All ihr guten Geister, sprichst du in wirklichem, todsicherem Ernst, Tom?“

„So todsicher, wie ich hier sitze! Aber, Huck, weißt du, wir können dich nicht unter uns aufnehmen, wenn du nicht gut erzogen bist.“

Hucks Freude war schon wieder zu Ende. „Könnt‘s nicht, Tom? Würd‘s nicht als Pirat gehn?“

„Ja, aber das ist ‘n Unterschied. Ein Räuber ist viel was Nobleres, als was so ‘n Pirat ist — für gewöhnlich. In den meisten Ländern sind sie furchtbar nobel! ‘s sind Herzöge dabei und so was!“

„Ach, Tom, du bist doch sonst immer so‘n guter Kamerad gewesen! Du wirst mich doch nicht ausschließen, Tom, nicht wahr? Du wirst doch *das* nicht tun, Tom —?“

„Huck, ich möcht‘s ja nicht tun — und ich *tät‘s* auch nicht, aber was würden die Leute sagen? Pah! würden sie sagen — Tom Sawyers Bande! Schön‘ lump‘ge Kerle darunter! Sie würden dabei *dich* meinen, Huck! *Das* möchtst du doch nicht, Huck, oder —?“

Huck schwieg eine Weile, in tiefes Nachdenken versunken. Schließlich sagte er:

„Na, dann will ich zur Witwe zurück — auf ‘nen Monat oder so, und sehn, ob ich durchkomm‘ — wenn ich dann eintreten kann, Tom.“

„‘s ist recht, Huck, ist recht! Komm‘ mit, alter Dummkopf, und ich will sehen, ob ich die Witwe bereden kann, dir ‘n bißchen nachzulassen, Huck.“

„Willst du, Tom? Nein, *willst* du?! ‘s ist wundervoll! Wenn sie mir nur die schlimmsten Sachen nachläßt, will ich heimlich rauchen und fluchen und sehen, daß ich durchkomm‘ — oder krepieren. — Wann willst du denn dran gehen und ‘ne Bande gründen?“

„O, recht bald, Huck. Meinetwegen können wir noch diese Woche die Jungen zusammentrommeln und die Einschwörung vornehmen.“

„Vornehmen — was?“

„Die Einschwörung.“

„Was ist das?“

„Na, halt schwören, zusammenhalten, nie ‘n Geheimnis zu verraten, wenn man auch drum gevierteilt werden sollte — und jeden zu töten, und seine ganze Familie, der was schwatzt.“

„Großartig, Tom — sag‘ dir‘s, einfach großartig!“

„Na, ich glaub‘, ‘s ist‘s! Und das muß natürlich um Mitternacht sein, am einsamsten, schrecklichsten Ort, den man finden kann. Ein Gespensterhaus ist das beste, aber so was gibt‘s ja kaum noch.“

„Mitternacht ist gut, Tom!“

„Ja — ‘s ist gut. Und aufs Schwert schwören mußt du und mit Blut unterzeichnen.“

„Na, das laß ich mir gefallen! ‘s ist ja tausendmal besser, als Pirat sein. Na, Tom, will mich jetzt an die Witwe halten und alles tun, bis ich verfaul‘! Und wenn ich dann mal so ‘n richtiger Räuber bin und alle Welt von mir spricht, denk‘ ich, wird sie noch stolz sein, daß sie mich aus dem Schmutz gezogen hat.“

Schluss

So endet diese Geschichte. Da es nur die Geschichte eines Jungen sein soll, muß sie hier enden; sie könnte nicht weiter gehen, ohne die eines Mannes zu werden. Wenn jemand eine Erzählung über erwachsene Leute schreibt, weiß er genau, wo er aufzuhören hat — bei der Heirat; schreibt er aber über ein unreifes Kind, so muß er aufhören, wo er's für passend hält.

Die meisten der in diesem Buch vorkommenden Personen leben noch, sind glücklich und mehren sich.

Vielleicht erscheint es eines Tages als angebracht, die Geschichte der Jugend wieder aufzunehmen und zu sehen, was für Männer und Frauen aus ihnen geworden sind; darum wird's am besten sein, von ihrem jetzigen Leben hier nichts mehr zu verraten.

Printed at Repro India Ltd.